साख

साख

शर्मिला जालान

वाणी
प्रकाशन

प्रकाशन के उत्कृष्टतम 62 वर्ष

पेपरबैक प्रथम संस्करण : 2025

vaniprakashan.com

वाणी प्रकाशन

4695, 21-ए, दरियागंज, नयी दिल्ली-110 002

फ़ोन : + 91 11 23273167, 23275710

शाखाएँ

अशोक राजपथ, पटना-800 004, बिहार

कॉफ़ी हाउस कैम्पस, महात्मा गांधी मार्ग, प्रयागराज-211 001, उत्तर प्रदेश

महात्मा गांधी अन्तरराष्ट्रीय हिन्दी विश्वविद्यालय, वर्धा-442 001, महाराष्ट्र

sales@vaniprakashan.in
vaniprakashan@gmail.com

Saakh
by Sharmila Jalan

ISBN : 978-93-6944-085-6
Collection of Stories

मूल्य : ₹ 299

जी.एस. ऑफ़सेट, दिल्ली-110 095 में मुद्रित

वाणी प्रकाशन का लोगो मक़बूल फ़िदा हुसैन की कूची से

अनुक्रम

ओट

दिव्या प्रशान्त भाव से भागीरथी नदी को देख रही है। शान्त सुरम्य इलाक़ा, बहरामपुर का। मुर्शिदाबाद डिस्ट्रिक्ट के अन्दर आता है। सिराजुद्दौला, अमीनचन्द, मीरजाफ़र का इतिहास यहाँ बिखरा हुआ है। कासिम बाज़ार जूट की मण्डी। पलासी पास ही है जहाँ से अंग्रेज़ों ने बंगाल में पैर जमाये थे। अंग्रेज़ों के हिन्दुस्तान में आने की अनन्त कहानियाँ हैं। बांग्लादेश के बॉर्डर जलंगी को कई बार दिव्या ने क़रीब से छूकर देखा है। उसकी भी अनन्त कहानियाँ। ये कहानियाँ सुनी जा सकती हैं, सुनाई जा सकती हैं, पर ये कहानियाँ बिला जाती हैं।

दिव्या के पास उसकी अपनी कहानी ही लौट-लौटकर आती है। भागीरथी नदी का यह शान्त बहता जल उसके व्याकुल मन को शान्त करेगा। पीछे के संसार के अराजक, अमूर्त जीवन को लय में बदल देगा। पीछे का संसार छूटता नहीं। क्या करे! यह शरीर छोड़ने से, क्या वह छूटेगा? उसे स्पेस चाहिए। स्पेस। माँ भागीरथी, मुझे शरण दो, निर्मल कर दो मुझे। इस घट को ख़ाली कर दो। दिव्या ने देखा नदी में एक पत्ता बह रहा है। सहारा! कोई सहारा। कितने सहारे मिलते और छूटते। मन अनाथ ही रहता।

बात उन वर्षों की है जब वह ब्याह कर इस घर में आयी थी। मात्र 14 वर्ष की थी। पूरे परिवार में बात हो रही थी, बड़े घर में ब्याही जा रही है। ज़मीन-जायदाद वाले घर में। अपना मकान, दास-दासी। ऐसा पारम्परिक घर जहाँ ब्राह्मणों का आना-जाना लगा रहता है। आज वह प्रौढ़ हो गयी है। उम्र से पर मन से प्रौढ़ तो तब भी थी जब ब्याह कर अग्रवाल परिवार में आयी थी। व्यवसायी परिवार, कपड़ों की दुकान।

जिस दिन ब्याह कर आयी इस क़स्बे में, बस स्टॉप पर एक सभा बैठी हुई थी। किसान मज़दूर सभा में सम्मिलित थे साथ ही रिक्शेवाले, छोटे-छोटे कामगार

लोग। ज़ोर-ज़ोर से भाषण हो रहा था। कुछ सुसंस्कृत लोग मंच बनाकर बैठे थे और मज़दूरों में से कोई एक विषमता और भेदभाव पर खुलकर अपने उद्‌गार व्यक्त कर रहा था। बीच-बीच में अपने हाथ ऊपर पर उठाकर नारे लगाने लगता। सभा में बैठे लोग भी साथ में बोलने लगते। यह क़स्बा सम्पन्न माना जाता था। छोटे-बड़े व्यवसायी, ताल्लुकेदार से सम्पन्न। एक किनारे मुसलमानों की बसावट थी। दूसरी तरफ़ बंगाली समाज का बड़ा हिस्सा। विभिन्न जातियों के लोगों की मिली-जुली आबादी और बांग्लादेश से आकर बसे मारवाड़ियों के घर। हिन्दू के बराबर की संख्या में मुसलमान। इस क़स्बे में एक छोर पर भागीरथी नदी बहती थी। आज भी बह रही है। भागीरथी ही उसका सहारा है। कोलकाता से बहरामपुर आते हुए जब रास्ते में उसने भागीरथी को देखा उसे लगा कि वह रह लेगी इस क़स्बे में। भागीरथी की अनन्तधारा को समर्पित है उसका जीवन।

रास्ते में सभा और उससे उठने वाले विरोधी स्वर उसने सुने पर समझ नहीं पायी। वे लोग सम्पत्ति, धन, धरती सम्पदा, व्यापार सभी पर बात कर रहे थे, उनमें छायी विषमता पर। विषमता, अधिकार, स्वतन्त्रता इन शब्दों का पहली बार इतनी ज़ोर से सुना। इनका अर्थ वह उस उम्र में नहीं जानती थी। उसे तो यह पता था कि उसका विवाह जहाँ हुआ है, वे ख़ूब सम्पन्न और समृद्ध हैं। परिवारवालों, रिश्तेदारों के पास ऊँचा व्यवसाय है। उसके अपने पिता नौकरीपेशा थे। छह पुत्रियों के पिता। एक ब्याही जाये तो दूसरी के बारे में सोचें।

उसने देखा ज़ोर-ज़ोर से नारे लगने लगे। उस दृश्य को देखकर दिव्या सहम गयी। तगड़े डील-डौल वाले, एक युवक का हाथ उसने कसकर पकड़ लिया। दबी ज़ुबान में पूछा–"यह क्या हो रहा है? यह लोग किससे भयभीत हैं? कौन किसका ख़ून चूस रहा है?" अट्‌ठारह वर्षीय युवक जो दिव्या के पति थे उन्होंने कहा–ध्यान मत दो इन सब पर। ये जाहिल गँवार हैं, जेल जायेंगे तब अक्ल ठिकाने आयेगी। इन से कौन डरेगा? बड़े झण्डे लेकर नारे लगाने से, भाषण झाड़ने से, कुछ नहीं होता। दिव्या शान्त प्रकृति की युवती थी। अपने पति मनोहर की प्रकृति से परिचित नहीं थी। उसके उपहास और क्रोध को देखकर उसकी आँखें सजल हो उठीं।

अपने ससुराल में दिव्या सबकी भाभी थी। आयु में छोटी पर सबकी भाभी। ख़ूब आदर-सम्मान। कोलकाता से आयी थी इस छोटे क़स्बे में। घर में घुसने की गली में गुड़ और गोबर की सुगन्ध दूर तक पसरी हुई थी। ससुर चार भाई हैं। चाचा ससुर के यहाँ गुड़, चूड़ा और चावल का कारोबार है, फलों के कोल्ड स्टोरेज भी।

उसके ससुर और पति का कारोबार वह ठीक से नहीं जानती। पास ही खटाल भी थी जहाँ गाय दिन-रात रंभाती। क्या इन्हीं गुड़ और गोबर की गन्धों के साथ जीवन बिताना होगा।

घर में घुसी ही थी कि सुना मुक़दमे की तारीख़ है। मुक़दमा! तारीख़! किस पर? दबी-छुपी आवाज़ में जो सुना समझ में नहीं आया। बड़े होने पर एक-दो साल बाद नहीं पूरे पन्द्रह साल बाद समझ में आया कि मालगाड़ी से सरकारी खपत की लकड़ियों के कुछ गट्ठर ग़ायब कर दिये गये थे। पकड़ लिया पुलिस ने। थाना, मुक़दमा। घर में लकड़ी काटने की आरा मशीन बैठाई गयी थी, नया रोज़गार। सरकारी खपत वाला माल, लकड़ी के गट्ठर निकाल लिए गये थे। मनोहर बाबू पर मुक़दमा। जब इन बातों को समझी, उसे भूल जाना ही ठीक लगा। सरकारी माल की चोरी का मुक़दमा वर्षों चलता रहा बाद में भी ख़त्म हुआ या नहीं उसे ठीक से पता नहीं। हाँ मन में सन्देह का खटका बैठ गया।

ब्याह के बाद शुरू के दिनों में तो वह घर सँभालते हुए निहाल हो जाती। उच्च और प्रतिष्ठित कुल की गृहिणी, घर में ध्यान, पूजा, जप-तप व्रत-उपवास का वातावरण था। सास का ध्यान उसी में रहता। एक देवर थे पर कहाँ रहते पता नहीं। ससुर नीचे बैठक में रहते, ताश के पत्ते बिछाये। बारह पत्ता खेलते हुए। कभी-कभी उनके कमरे से पति मनोहर बाबू और देवर जी के ज़ोर-ज़ोर से बोलने की आवाज़ आती। वे बात करते या लड़ते कौन जाने! इधर दिव्या के हाथ में ख़र्च करने के लिए एक रुपया भी नहीं रहता। दो वक़्त के खाने की दिक़्क़त कभी नहीं हुई पर कोई मन की बात कर सके उसके लिए धेला भी नहीं रहता। वह माँगना नहीं चाहती थी।

सास का मायका कोलकाता था। वे कभी कोलकाता तो कभी गंगासागर मेला की यात्रा पर निकल जातीं। अपने तीन बच्चों के साथ दिव्या अकेली रह जाती उस अट्टालिका में जो धीरे-धीरे जर्जर हो गयी थी रंग-रोगन के अभाव में। उस घर की मरम्मत कभी नहीं करवायी गयी। मामूली टूट-फूट धीरे-धीरे बढ़कर खटकने लगी और परेशानी पैदा करने लगी पर मनोहर बाबू तो इन सब चीज़ों पर कभी भी ध्यान नहीं देते थे। वह तो बड़े घर की बहू है, ज़मीन-जायदाद, धन-सम्पत्ति की मालकिन। स्वच्छ और गोरा रंग, क़द कम। चेहरे पर ऐसी कान्ति कि दीप्ति से आँखें मीचना सम्भव नहीं। सुन्दर और शालीन दिव्या।

दस साल तक एक के बाद एक पाँच सन्तान को जन्म देने में जीवन रह गया। तीन जीवित रहीं तो दो ख़त्म हो गयीं।

कोलकाता उसका मायका था सो आना-जाना लगा रहता। दिव्या अपनी दोनों लड़कियों के साथ रेल यात्रा अकेले करने लगी थी। वैसे तो वह कक्षा आठ तक ही पढ़ी थी पर उसमें समझने की विलक्षण शक्ति थी। पिता के घर में पारम्परिक मध्यवर्गीय जीवन था। नौकरीपेशा पिता की सन्तान होने पर भी दिव्या में आभिजात्य था पहनावे और व्यवहार में। यह गुण उसे दूसरों से अलग करता था।

मनोहर बाबू पूरे दिन कहाँ रहते ठीक-ठीक नहीं जानती थी। उन्होंने क्या अर्जित किया क्या नहीं वह उससे छुपा नहीं था। बाहर की दुनिया में वह बड़े घर की बहू थी पर धीरे-धीरे वह यह जान समझ रही थी कि वह ऐसे बड़े घर की बहू है जिसके हाथ में एक कौड़ी भी नहीं है कि उठाकर दासी को अठन्नी भी दे सके। मायके में उसकी छोटी बहनें जब वह जाती भोलेपन और स्नेह से उससे कुछ न कुछ उपहार की उम्मीद रखतीं। दिव्या क्या कर पाती उनके लिए वह वही जानती है। दिव्या ने एक ओट बनाकर रखी सम्पन्नता की, जो उसकी दिक़्क़तों, कठिन दिनों को ढाँप सके। बाहरी और भीतरी अभाव को। दिव्या को बचपन से ओट में रहना आता था। उसे पता था कि ओट में रहना आ जाये तो जीवन की गरिमा बनी रहे।

बंगाली समाज अपनी लड़कियों को संगीत, नृत्य का प्रशिक्षण देता। कला साहित्य की घर में चर्चा होती। दिव्या का मन होता अपनी लड़कियों को संगीत सीखने भेजे। ख़ुद भी किसी समय सीखना चाहती रही थी। पर उनके परिवार में लड़कियों को संगीत और नृत्य सिखाने का किसी में उत्साह नहीं था। स्कूल में जितना सीख पायी बस उतना ही पास रहा। विवाह के बाद बच्चे थोड़े बड़े हुए और समय मिलने लगा तब सोचा कुछ सीख सके। एक अन्धे संगीत के मास्टरजी कुछ दिनों के लिए आये फिर वह नहीं रहे सो अधूरी रह गयी इच्छा।

मनोहर बाबू ने कोलकाता पोद्दार छात्रावास में रहकर बीकॉम की पढ़ाई पूरी की थी। दिव्या का बहुत मन था वह अपने बच्चों को ऊँची शिक्षा दें। छात्रवृत्ति और मेडल उन्हें मिले, फुटबॉल, क्रिकेट, हॉकी, उनका लड़का खेले। पर मनोहर बाबू बच्चों की पढ़ाई में कभी कोई रुचि नहीं लेते थे। दिव्या अपने बच्चों के लिए देखे जाने वाले सपनों के साथ अकेली थी।

दिव्या के आसपास दायें-बायें, चारों ओर बंगाली और बिहारी पड़ोसियों के घर सटे हुए थे। बंगाली घरों से मछली पकने की तो बिहारी के यहाँ से मांस पकने की गन्ध आती जो दिव्या को सुहाती नहीं थी। मुखर्जी बाबू की बाड़ी (घर), ध्रुव कुमार की दुकान और मकान दिव्या के बड़े ऊँचे छत वाले मकान से सटकर थे। अपने

बरामदे से ध्रुव के घर में झाँकती तो वहाँ चावल की हांडी से अभी पके चावल की गन्ध निकल रही होती और आसपास चारों ओर पानी फैला हुआ रहता। दिव्या का पड़ोस बंगाली और बिहारी परिवारों का पड़ोस रहा। बंगाली पड़ोसी सुसंस्कृत व सांस्कृतिक रूप से सम्पन्न, साहित्य और कला पर बात करने वाले थे। पर उसके जीवन में साहित्य और संस्कृति के लिए समय नहीं था। उसका मन भागता था कविता पढ़ने के लिए। एक शाम वह पड़ोस में रहने वाली सुकन्या मुखर्जी के साथ रवीन्द्र गान सुनने चली गयी। उसे लगा यही तो वह जीवन है जहाँ वह रहना चाहती है। यही तो वह आकाश है जिसमें उसके पंख खुल और फैल रहे हैं। वह यहीं क्यों न रह जाये! रुक जाये। रवीन्द्र गान सुनते हुए। थोड़ी देर बाद उसे अपना घर याद आने लगा। नहीं वह ज़्यादा नहीं रुक सकती यहाँ। उसका अपना मन भी उसका साथ नहीं देता। जहाँ है वहाँ मन नहीं है और जहाँ थोड़ा मन लगता है वहाँ से भी ऊब जाती। उसका जीवन उपग्रह की भाँति है। जिस घर को केन्द्र बनाकर घूम रहा उसके निकट नहीं जा पाती और उससे छूटकर भी नहीं रह पाती।

सास कोलकाता प्रवास में रहती, मनोहर बाबू बड़े बाज़ार की तरफ़ निकल जाते। देवर अपनी पत्नी के साथ राँची रहते और ससुर अधिकतर बैठक में। ससुर दमे की बीमारी से जल्दी गुज़र गये। घर में स्वतन्त्र जीवन था। अधीन नहीं कह सकती पर स्वाधीन भी अपने को कहाँ कह सकती। न ख़ुद मन का कुछ कर पाये न ही बच्चों को कुछ करवा पाये। शिक्षा-दीक्षा, आचार-व्यवहार-संस्कार ऐसे थे कि दूर निकट के आत्मीय बन्धु-बान्धव सब उससे स्नेह करते थे। दिव्या का ज़्यादातर समय ताज़ा सब्ज़ियों को सँभालने, खाना पकाने, भण्डार घर को सँभालने, अनाज के कम बेशी होने पर चिन्ता करने, चुगने-बिनने में और मनोहर के परिवार के लोगों से मधुर संवाद बनाकर रखने में जाता रहा। थियेटर, सिनेमा, पिकनिक, सैर-सपाटा, घूमना-फिरना कुछ भी जीवन में नहीं था। दिव्या का समूचा जीवन अन्तर की यात्रा करते हुए निकल गया। संयम और धीरज से बनाये और बचाये जीवन के तीसरे पहर में भागीरथी के साथ अपने जीवन को साझा करने बैठी है, तब ना जाने यादों के कैसे बादल बरस रहे हैं। नि:संग रहकर जीवन से उसने अपना समय काट दिया।

एक तरफ़ ऐसा भरा-सा जीवन किसी की बहू, पत्नी, माँ, भाभी। दूसरी तरफ़ दो बोल किसी से बोल पाये मन की किसी से कह पाये, ऐसा कोई संग-साथ नहीं। क्या यही है मनुष्य का जीवन! क्या यही है दिव्या का परिचय! एक साथ तो ऐसा मिला होता जिसे अपने कठिन दिनों में याद कर पाती। जिस पर आस्था टिकती। उड़ेल देती वह अपने अन्दर का सारा आकाश।

दिव्या उस घर में बड़ी हो रही थी उम्र से भी और मन से भी। मनोहर बाबू उसके पति न तो हुक़्क़ा पीते, न शराब। लेकिन रहते ऐसे ही थे जैसे नशेड़ी रहता है। ज़ोर-ज़ोर से बोलना आवेग को वश में न कर पाना। संयम और धीरज को छोड़ देना। दिव्या को जल्दी ही समझ में आ गया कि इस इन्सान का मन जीर्ण और श्री हीन है। इसका मन किसी धर्म, मर्यादा को सँभाल रखने में असमर्थ है। इसके अन्दर सब कुछ भुरभुरा रहा है, टूटा हुआ है। कहीं पर भी पाँव रखकर वह चल नहीं सकती। जर्जर इमारत। पर उसमें कोई कटुता नहीं है। वह तो जीवन के रंग देख रही है। बड़े घर की बहू के सुख देख रही है। जिस कच्ची उम्र में वह इस घर में आयी एक बन्धन चाहती थी। वह था प्रेम का बन्धन। पर वहाँ वह आज़ाद थी। कोई बन्धन नहीं था। और सारे बन्धनों में बँधी थी, दायित्वों के निर्वाह में, प्रतिष्ठित परिवार की बहू होने के बन्धन में, पर जो बन्धन वह मन का चाह रही थी वहाँ मरु थी। एक दीया मन में जलता रहता था उम्मीद का। उस लौ से अन्दर प्रकाशित थी और बाहर भी।

दीपावली दीपों का त्योहार है। उस दिन दिव्या ने लाल चुनरी की साड़ी पहनी थी। तीनों बच्चों और मनोहर के साथ पूजा की तैयारी कर पूजा करने बैठी थी। पूजा करते हुए अचानक मनोहर ने कहा चरणामृत कहाँ है पूजा में चाहिए। भूल गयी, तुरन्त भागी चरणामृत बनाने, पर उस बात को ऐसा विस्तार दिया मनोहर बाबू ने, इतने ताने दिये दिव्या को कुशल गृहिणी ना होने के दिव्या की छाती टूक-टूक होती रही। यह एक प्रसंग है पर उसके जीवन में ऐसे छोटे-छोटे प्रसंग भरे हुए हैं। अवमानना और अपमान के। हर बात पर विवाद अभियोग।

मनोहर बाबू पर एक-दो मुक़दमे चल रहे थे। छोटी-मोटी गफ़लत से हुए मुक़दमे। अपने पिता से विवाद में झगड़े-रगड़े होते रहते। जो ज़मीन-जायदाद है वह कम नहीं बहुत है। उसे सँभालने के लिए उस पर कोई कारोबार करने के लिए दूरदर्शिता और साहस का अभाव था। मनोहर बाबू की अपने व्यवसाय में ना जाने कितनी असफलताएँ हैं और एक चरणामृत का पूजा में उपलब्ध न होना इसको सहारा बनाया क्रोध निकालने का। अनगिनत प्रसंगों, ढेरों बातें, हर बात पर कोई बात निकालना, दिव्या चुप रहती। वह अभागिन नहीं थी बड़भागिनी थी। कुदरत ने उसे तीन सन्तानें दी थीं। और ऐसा बड़ा घर। हाँ, उसके अन्दर पुरुषों के प्रति शंका जन्म लेने लगी थी। क्या यही होता है पुरुष! इतना कमज़ोर! नहीं वह आँख से एक बूँद भी जल टपकाना नहीं चाहती है।

बस उसका मन व्याकुल है इसी व्याकुलता में सोमनाथ बाबू से दो बात करने लगी थी। उन दिनों सत्ताईस साल की थी वह। कोई झोंका आया। सोमनाथ बाबू को उसने कुछ कहना चाहा। सोमनाथ बाबू उसके जीवन में उसे सुनने नहीं आये थे। असफल हो चुके, चोट खाये इन्सान थे। अपने जीवन के तीस वर्ष अपने परिवार, पेशे और व्यवसाय को देने के बाद वह जगह, वह स्पेस नहीं पाने के कारण अकेलेपन में चले गये थे। न ही उनमें कोई दृढ़ता बची थी न ही नैतिक साहस। वह तो अपने दुर्बल क्षणों में अपना कोई सहारा ढूँढ़ रहे थे। दिव्या को धीरे-धीरे यह समझ में आ गया था कि सोमनाथ बाबू ब़ाहर से दृढ़, सबल, स्नेहिल लगते हैं पर अन्दर वहाँ सब कुछ ख़ाली है। मामूली सी उपलब्धियों को बार-बार बताने लगते हैं। दूसरों की छोटी-छोटी बात की कभी किसी दिन निन्दा करते तो कभी किसी दिन प्रशंसा। दिव्या को यह भी समझ में आया कि दुर्बल को सहारा दे दो, पर सहारा उसमें मत ढूँढ़ो। सोमनाथ बाबू को दो-चार मुलाक़ात के बाद समझ और पहचान गयी। वह जर्जर और विक्षिप्त हैं। वह उसके जीवन का परिहास ही निकले। दिव्या के जीवन की यह कोई मरीचिका नहीं थी बल्कि वह पड़ाव था जहाँ से गुज़र कर वह मज़बूत हुई थी।

बाद के वर्षों में दिव्या ने नवल बाबू से बात करनी शुरू की। वह दूर रहते थे। उनसे रेल यात्रा में मिली थी। दिव्या ने उन्हें झूठ बताया कि वह किस घर की बहू है। स्टेशन पर रुककर जो बातें हुईं उसमें अपने सम्पन्न घर की बहू होने का परिचय छिपा गयी। वह पिछले वर्षों किसी से भी बात करती तो यह पाती थी कि लोग उसे बड़े घर की स्त्री मान उसकी कुलीनता, आचार-निष्ठा का आदर करते पर उससे दूर हो जाते। कोई अन्त:सलिला जो हृदय के अन्तर्तम प्रदेश में बहती थी उसे कोई नहीं देख पाता था। वह स्वाभिमानी थी, पर घर-बार कुल कुलीनता की ओट में एक ऐसा मन था जो अनाथ था।

जब नवल बाबू से पहली बार मिली उसने अपने परिचय में कहा कि वह साधारण स्त्री है। नौकरीपेशा घर की युवती। उसने रास्ते में नवल बाबू से बात की। उसमें प्राण भरने लगे। जीवन की गाँठें भारहीन होने लगीं। मन हुआ खुलकर बात करे। अपरिचित से बात और संवाद की अमृत धारा बह पड़ी। उसने सब कुछ सत्य कहा एक छोट झूठ के साथ कि बहुत साधारण स्त्री है। अग्रवाल परिवार की बहू कहने मात्र से साथ खो बैठती। उसने नेह से अपने को जोड़ा ख़ूब बातें हुईं। पर

वह व्यक्ति उसका होना भी मिथ्या था। हावड़ा स्टेशन पर बैठी उन दिनों को याद कर रही है। ओह! नि:शब्द है। ऐसा दुर्बल, ईर्ष्यालु, उसमें न कर्म की प्रेरणा है न जीवन की गरिमा। हर बात पर झूठ। लफ़्फ़ाज। गाड़ी कितने गाँव नगर पार करती चली जा रही। जीवन भी इसी तरह सालोंसाल निकलता गया! उसने ख़ुद से ही कहा–भटककर कहीं ग़लत मार्ग पर तो नहीं आ गयी। पगडंडियों का कोई अन्त नहीं। एक व्यक्ति भी जीवन में ऐसा नहीं मिला जिसे निर्भय होकर अपने को सौंप सके। उसके अन्दर पुरुषों के प्रति शंका जन्म लेने लगी थी। क्या यही होता है पुरुष! इतना दुर्बल। इतने चेहरे वाला! उसका चेहरा अन्धकार में डूब गया। नहीं वह आँख से एक बूँद भी जल टपकाना नहीं चाहती। एक-एक करके सभी जीवन से झड़ते जा रहे थे। उसे यह सुख था कि वह उन्हें पहचान रही है। दूसरों को पहचान पाने का एहसास उसे मज़बूत बना रहा था।

जीवन के तीसरे पहर में यह सब सोचने बैठी थी कि एक दुर्घटना घट गयी। अपने जीवन के श्मशान से छुटकारा नहीं मिला, अपना शव ढो रही थी कि दूसरे श्मशान में आ गिरी। उसकी तीन सन्तानों दो बेटी और एक बेटे में एक लड़की निशी मर गयी। निशी के जीवन का मध्य भाग था। वह अस्वस्थ थी। डॉक्टर, इलाज कोई कुछ नहीं कर सका। उसके रोग को समझा नहीं जा सका। ठीक हो रही थी हो सकती थी पर अपनी अस्वस्थता से इतनी टूट गयी थी कि ठीक होना ही नहीं चाहती थी। उसके चेहरे पर न जाने क्यों उदासी की छाया रहती। उसके अपने जीवन का मरु ही क्या उसके जीवन में फैल गया! यह क्या हो गया! माँ के रहते बेटी की मृत्यु देख दिव्या की हिम्मत टूट गयी। उसे लगा वह महाश्मशान के किसी भाग में खड़ी है। ऊपर चमगादड़ के बच्चे के रोने की भयानक आवाज़ आ रही। चारों तरफ़ मुण्ड ही मुण्ड। उसके सिवा कोई शरीरधारी वहाँ नहीं। तभी अचानक हवा ज़ोरों से चलने लगी। उन मुण्डों में से हवा गुज़रने लगी और चारों ओर उसाँसें सुनाई देने लगीं। मानो कई अतृप्त आत्माएँ कराह रही हैं। पूरा श्मशान साँय-साँय कर रहा। उसका बायाँ हाथ काँपने लगा। किसी तरह वह उस दु:स्वप्न से निकली। बहती हुई भागीरथी को याद किया। उसी का जल उसे निर्मल करेगा। भागीरथी ही उसे बल और ताप देती रही। उसके सिवा दु:ख बाँटने वाला कौन है! वह प्रार्थना कर रही, मुझे पार उतारो। इस बड़ी-सी दुनिया में मेरा छोटा-सा जीवन बस एक ओट से ही बचा रहा। वह ओट बनी रहे। घर, समाज, गृहस्थी की संरचनाओं को वह समझती रही। ओट में रही।

स्मृतियों का आलोडन ख़त्म हुआ। बाद के सालों में दिव्या ने बहरामपुर का वह जीर्ण घर छोड़ दिया। सास-ससुर के नहीं रहने पर वह कोलकाता आ गयी। बाग़ बाज़ार में मैदाकल के पास एक अपार्टमेंट में उसके बेटे प्रसून ने फ्लैट ले लिया। प्रसून कलकत्ते की एक प्रतिष्ठित चार्टेड फर्म में नौकरी करने लगा। पति और प्रसून के साथ दिव्या बाग़ बाज़ार में रहने लगी। दिव्या ने इस नये घर में देव मन्दिर नहीं बनाया। उसने वह सारे आवरण छोड़ दिये पूजा, जाप, व्रत, उपवास।

घर में बौद्ध धर्म की पुस्तकें दिखने लगीं। घर में पास की बस्ती से संध्या काम करने आती थी। साठ वर्ष की उम्र में दिव्या ने उसके जीवन में रुचि लेनी शुरू कर दी। बस्ती में बांग्लादेश से आये लोगों के जीवन को देखना-जानना शुरू कर दिया। इन सालों में मनोहर बाबू ने वही सब करना शुरू कर दिया जो प्रसून कहता। कभी-कभी अपनी सनक के कारण वह चार-पाँच घण्टा कहीं ग़ायब हो जाते। पता चलता सियालदह स्टेशन पर बैठे बहरामपुर जाने वाली लाल गोला पैसेंजर और हजारद्वारी एक्सप्रेस को देखते रहते हैं। क़स्बे का खुला आज़ाद जीवन उन्हें याद आता है।

दिव्या भागीरथी को देखने एक बार बहरामपुर जाना चाहती है। भागीरथी से प्रार्थना करने, बात करने—माँ जो जीवन जिया, देखा, भोगा वह छोड़ दिया है, आज जो जीवन जी रही उसका पुराने से कोई मेल नहीं। हाँ, एक ओट बना रखी थी। वह कभी नहीं खुले। भागीरथी तुमसे पाये बल और ताप से जीवन निभ गया। आज उन्हीं मज़दूरों, कामगार लोगों के जीवन को देख-सुन रही हूँ जिनको पहली बार चौदह साल की उम्र में जब ब्याह कर आयी थी जिज्ञासा से देखा था।

नयी लड़की का पाक चेहरा

आज शुक्रवार का दिन है और सामने वीकेंड। मार्च ख़त्म होने को है। गर्मी बढ़ने लगी है और हवा ख़ुश्क। खिड़की के बाहर पलाश के फूल दहक रहे हैं।

कॉरीडोर में खड़े बच्चे अपनी-अपनी पसन्द के गाने जिसे वे दिन-रात सुनते रहते हैं उसको डिस्कस कर रहे हैं। साथ ही नेटफ्लिक्स पर जो नयी फ़िल्म देखी उस पर बात हो रही है। सुधा मूर्ति को पढ़ना बारह साल की निहारिका को अच्छा लगता है और वह उसी पर चर्चा कर रही है। पॉप सोंग्स 'बीटीएस' बैंड की बात हो रही है। दो-तीन बच्चे आपस में 'स्टैंड अप कॉमेडी' की बात भी कर रहे हैं। राजवी कहती है–"हाँ..हाँ। मुझे वीर दास का कॉमेडी अच्छा लगता है, ऐसा कह वह ज़ोर-ज़ोर से हँसने लगी। सभी बच्चे हँस रहे हैं। तभी कनु ने उन बच्चों को डाँटा, कहा–"अपनी कक्षा में जाइये। कॉरिडोर में खड़ा होना मना है" ऐसा कह राजवी को बुलाकर कहा, "इतना छोटा स्कर्ट क्यों पहना है? और कानों में इतने बड़े इयर रिंग क्यों हैं?" उसे डाँटकर वह अपनी जगह पर आकर बैठ गयी।

कोलकाता महानगर के दक्षिण इलाक़े में जो बड़ा हाई स्कूल है वहाँ कनु विज्ञान पढ़ाने आयी है। उसने लैपटॉप खोला। लैपटॉप में कई जगह पर स्टिकी नोट्स लगे हुए हैं। गुलाबी रंग के पर्चे हवा में लहरा रहे हैं। माँ को दवा इतनी बजे देनी है। बच्चों की कॉपी परसों लौटानी है। कृतिका के मार्क्स बढ़ाने हैं। कई तरह की छोटी-छोटी बातें वहाँ पर लिखी हुई हैं। बाहर तरह-तरह का शोर है। स्टाफ रूम की खिड़कियाँ बड़ी सड़क की तरफ़ खुलती हैं। सड़क पर गाड़ियों के चलने का शोर। आसपास में बच्चों के आने-जाने की आवाज़ें, अध्यापिकाओं की बोलने, उठने और बैठने की आवाज़ें, हर चालीस मिनट के बाद घण्टी बजने की आवाज़। वह इन आवाज़ों को नहीं सुनती। उसके कान में इयर प्लग लगा हुआ है और कुछ दिनों से पॉप सॉन्ग सुने जा रही है। बीटीएस कूरियन बैंड भी। इसके अलावा जो

आवाज़ें उसे सुनाई पड़ रही हैं वहाँ डॉक्टर बोल रहे हैं। माँ का चेहरा, डॉक्टर की आवाज़। माँ की कीमो थेरेपी हुई है। माँ को क्या खिलाना है और क्या नहीं यह सब विस्तार से समझाते हुए डॉक्टर डाइट चार्ट दे रही हैं। बाबा घर में अकेले हैं और माँ को पानी पिलाना है, माँ का रेडिएशन कुछ दिनों बाद होगा, कीमो थेरेपी होने के बाद माँ को आराम की ज़रूरत है। इन आवाज़ों के बीच कोई भी बात भूल ना जाये इसलिए हमेशा स्टिकी नोट्स रखती है। उसकी किताबों में, नोट्स कॉपी में, लैपटॉप पर हर जगह स्टिकी नोट्स लगे रहते हैं जो उसे याद दिलाते रहते हैं कौन-सा काम कब करना है। कान में लगे प्लग को वह हटाती नहीं है। संगीत उसका सहारा है।

पॉप सॉन्ग और नये-नये बैंड को सुनने वाले कभी-कभी अपने बालों, कपड़ों की स्टाइल भी उसी तरह रखने लग जाते हैं जिस तरह से बैंड के सिंगर। पर नयी लड़की पर उन सब चीज़ों का कोई प्रभाव नहीं है।

वह पिछले दो महीनों से स्कूल आती अपना काम करती और चली जाती। पहले किसी का उस पर विशेष ध्यान नहीं गया। पर सोमवार को सभी ने नयी लड़की की तरफ़ घूमकर देखा। उसका चेहरा पीला पड़ गया था, आँखें उदास थी और उसमें आँसू थे। वह भावुक नहीं थी, पर आँसू तो थे और वह रुक-रुककर बोल रही थी–

"आयी गेट फ़ूड फ्रॉम आउटसाइड। इट लुक्स फैंसी बट इट इज़ नॉट। मैं रोज़ ख़रीदकर खाना खाती हूँ। देखने में बहुत अच्छा लगता है पर आप लोगों को पता नहीं है पाँच-छह रातों से मैं सोयी नहीं हूँ। तीन-चार महीनों से मैंने घर का खाना नहीं खाया है। आप लोग मुझे खाना मँगवाते हुए देखते रहते हैं। कभी जोमैटो में ऑर्डर देती हूँ कभी स्विगी में। आप सभी को लगता है कि मुझे बाहर का खाना अच्छा लगता है। मुझे अपना भोजन मँगवाते हुए देखकर आप लोगों ने कहा–इसे ऑर्डर देना आता है। यह बहुत कुशल है मँगवाने और कैंसिल करने में। इससे कहो हमारे लिए भी ऑर्डर कर दे। आप लोगों ने वैज और चिकन कटलेट मँगवाने के लिए कहा पर एक बार भी मुझसे यह नहीं पूछा कि मैं आप लोगों के लिए ऑर्डर देना चाहती हूँ या नहीं। मेरा मन है या नहीं। मुझे काम सौंप दिया कि हम आठ लोगों का चिकन कटलेट ऑर्डर कर दो। मैंने मना नहीं किया। ऑर्डर भी कर दिया और जब एक कटलेट, ज्योति मैम का नहीं आया तो आप लोगों ने चिल्ला कर कहा–पैसा रिफंड करने बोलो। आप सभी ने जिस तरह से बोला मुझे यह लगा कि मैंने लापरवाही से एक कटलेट का ऑर्डर कम दिया था। पर ऐसा नहीं है। मुझे क्या ऑर्डर करना नहीं

आता है? उन लोगों ने अगर नहीं दिया तो इसमें मेरी क्या ग़लती? आप लोगों ने यह नहीं सोचा कि ऐसे नहीं बोलना चाहिए।"

नयी लड़की जिसका नाम कनुप्रिया था उसकी बात सुनकर स्टाफ रूम में सभी उसकी तरफ़ देखने लगे थे। किसी के मुँह से एक शब्द भी नहीं निकला। लावण्या पाल उसे क्षुब्ध देख समझाते हुए प्यार से बोली–

"नहीं...नहीं! तुमने समझा नहीं। हम ऐसा नहीं कह रहे थे। हम सिर्फ़ यह कह रहे थे कि हम स्विगी फ़ूड पार्टनर कम्पनी की कम्प्लेन करेंगे। अगर तुमने ऑर्डर किया और उसने कम दिया, आठ की जगह सात दिया है तो हम उसकी शिकायत करेंगे।" नयी लड़की इन बातों को ना सुन अपनी ही बोले जा रही थी।

नित्या ने आज पहली बार मुँह उठाकर कनु को ध्यान से देखा। वह स्टाफ रूम में आती बैठती और चली जाती। उसे यह नहीं पता कि बात क्या हुई है! पर कुछ हुआ है जिसका सम्बन्ध इस फ्लोर की सभी अध्यापिकाओं से है।

नित्या लावण्या के पास गयी और लावण्या से पूछा, "नयी लड़की को क्या हुआ है!"

लावण्या ने कहा, "अरे कुछ नहीं वह खाने की चीज़ों का ऑर्डर करती रहती है। हमने कहा हमारे लिए भी वेज और चिकेन कटलेट ऑर्डर कर दो। जब उसने ऑर्डर किया तो सात ही आया। हमने कहा–एक कम आया है। और यही कहा कि उसके पैसे रिफंड कर दो। बस इतनी सी बात है। पर नयी लड़कियाँ होती ही ऐसी हैं।" ऐसा कहकर वह मुस्कुरा दी जिसमें हल्का सा व्यंग छिपा था।

नित्या की विचित्र आदत है वह एक से पूछकर सन्तुष्ट नहीं होती। उत्खनन चलता रहता और कइयों से एक ही बात पूछती जाती। नित्या ने ज्योति मोहता से पूछा–

"कनु को क्या हो गया था?"

"पता नहीं!" ऐसा कहकर ज्योति ने बिना कोई दिलचस्पी लिए जैसे कोई अख़बार की ख़बर पढ़ रही हो बोली, "हम लोगों ने देखा कि वह टिफिन नहीं लाती। दिन भर खाना ऑर्डर करती रहती है। कभी जोमैटो से, कभी स्विगी से, हमने कहा हमारे लिए भी कटलेट मँगा दो। उसने मँगवाया पर मेरा नहीं आया तो। मैंने कहा भी कि कोई बात नहीं। मैं तो अपना खाना लायी हूँ। टिफिन खा लूँगी। मैंने तो उसे कुछ नहीं बोला। फिर भी वह बोलने लगी–चार रात से सोयी नहीं हूँ। चार महीने से घर का खाना नहीं खाई हूँ। आप लोगों को लगता है कि यह सब मुझे अच्छा लगता है।

हमने तो इतनी बातें पूछी ही नहीं उससे।"

नित्या ने वन्दना दीदी से पूछा–

"कनु को क्या हुआ था?" वन्दना दी के चेहरे पर करुणा थी। वह मनोविज्ञान पढ़ाती हैं। उन्होंने कहा, "अभी वह परेशान है। टाटा कैंसर हॉस्पिटल में उसकी माँ एडमिट है। वह स्कूल से अस्पताल जाती है और फिर वहाँ से रात में घर। बस ऐसे ही थोड़ी बहुत नाराज़गी थी। नयी लड़की है।"

नित्या जब कनु दोपहर तीन बजे अकेली बैठी थी उसके पास गयी। धीरे-से पूछा–

"सब ठीक है ना! तुम्हें क्या हुआ था?"

कनु बोली, "नहीं कुछ नहीं मैम। मैं यहाँ से अस्पताल जाती हूँ और अस्पताल से मैं बग़ल में ही हमने घर लिया है दमदम में, वहाँ चली जाती हूँ। अस्पताल में मुझे नींद नहीं आती है। ग्रेजुएशन में थी तभी मेरी माँ को ब्लड कैंसर डिटेक्ट हुआ था। अभी वह लास्ट स्टेज पर हैं। मेरे पापा गवर्नमेंट जॉब में थे रिटायर हो गये हैं। मुझे जॉब करना ही होगा माँ को सपोर्ट करने के लिए। दो-तीन दिनों से कुछ टीचर्स कहने लगी हैं–हमारा खाना ऑर्डर कर दो। क्या ये लोग गाँव के लोग हैं कि ये ऑर्डर नहीं कर सकतीं! मैं क्यों ऑर्डर करूँ! फिर इन लोगों ने मुझसे पूछा ही नहीं कि मैं ऑर्डर करना चाहती हूँ या नहीं। यह कोई नहीं समझता कि मैं अपने लिए बाहर से जो भोजन मँगाती हूँ यह विलासिता नहीं है, मज़बूरी है।"

नित्या ने कहा, "अब तो तुम ठीक हो ना!"

"हाँ।"

नित्या ने देखा कनु पोनीटेल बनाती है फिर भी उसके बाल बिखरे-बिखरे रहते हैं जैसे छोटी लड़की के। आँखें पनीली। उसका पैंट बैगी रहता है और उसके ऊपर शर्ट या टी-शर्ट भी थोड़ी अलग तरह की। अनकैप्ड सी, पर अव्यवस्थित नहीं। हर समय कान में इयर प्लग लगा होता है। कुछ सुनती रहती है। नित्या उसके सामने ही बैठती है। नित्या ने एक बार सुना कनुप्रिया प्रियंका को बोल रही थी–"मुझे इंटरव्यू के लिए कहा गया सलवार सूट दुपट्टे के साथ आओ। 'दुपट्टा'–ऐसा कहकर वह मुस्कुरायी। मेरे पास तो है ही नहीं। फिर मैंने दुपट्टा ख़रीदा।"

नित्या के मन में उसे लेकर और जिज्ञासा हुई। एक दिन उससे पूछा–"तुमने प्राइमरी और मिडिल स्कूल कहाँ से पास किया है?"

"कलकत्ते में लिलुआ लोरेटो हाउस से हायर सेकंड्री किया है।"

"माध्यमिक कहाँ से किया?"

थोड़े संकोच में धीरे-से कहा, "कृष्ण नगर से।" न जाने क्यों छोटे टाउन का नाम लेने से कनु सकुचा रही थी।

"अच्छा! कृष्ण नगर की लड़की हो!"

"और आगे की पढ़ाई हैदराबाद से। वहीं से मास्टर्स किया। मैं वहीं पढ़ाती थी। फिर बेंगलूरु में एक हाईस्कूल में पढ़ाया। अब यहाँ चली आयी। माँ का इलाज चल रहा है।"

"अच्छा।" नित्या ने उसे ध्यान से देखा। उसकी उम्र अट्ठाईस या तीस होगी। अकेली लगती है।

"क्या तुम्हारे कोई मित्र नहीं हैं।"

"नहीं मेरे मित्र यहाँ पर ज़्यादा नहीं हैं।"

"रिश्तेदार?"

"रिश्तेदार मुझे पसन्द नहीं हैं। स्कूल में मेरी सहकर्मी मेरी मित्र हैं।" बीच में वह कुछ और सोचने लगी। बोली–

"एक बार मैं अपने माँ और बाबा के साथ ताजपुर, जो पूर्व मेदिनीपुर डिस्ट्रिक्ट में है, गयी थी, वहाँ का आकाश प्रदूषण रहित है। मुझे तारे देखना बहुत अच्छा लगता है। खुला आकाश वहाँ तारे साफ़-साफ़ दिखाई दे रहे थे। स्कूल के दिनों में स्काई लैब क्लब के द्वारा ताजपुर की हम लोगों ने यात्रा की थी वे दिन आज भी नहीं भूली हूँ। आज भी मुझे लगता है वह आकाशगंगा मेरे साथ है। माँ और बाबा के साथ वह मेरी अन्तिम यात्रा थी। समुद्र तट पर घूमना, समुद्र में नहाना और तारों का साथ। ताजपुर जाते हुए यात्रा में एक परिवार साथ में था। ट्रेन में चौदह वर्ष की एक लड़की थी जिसने बताया उसकी छह साल की जुड़वाँ बहनें हैं जिनके साथ वह अपना कमरा शेयर नहीं करती। वह लड़की बोल रही थी–जीवन में सब कुछ होना चाहिए लेकिन छोटी जुड़वाँ बहनें नहीं होनी चाहिए। उनके साथ जीवन बहुत कठिन हो जाता है। मैं दोनों को नहीं सह सकती। पर मैं ऐसा नहीं सोचती। अगर मेरी बहन होती तो आज माँ-बाबा के बीमार होने के दुःख को उनसे बाँट सकती थी। वह यात्रा अविस्मरणीय थी। छोटी-छोटी बातों पर बात करते हुए पूरा सफ़र कट गया था।"

इस स्टाफ रूम में तीन पीढ़ियों के लोग एक साथ काम कर रहे हैं। मिडिल एज की टीचर्स हैं–जिनकी उम्र चालीस से पचास के बीच में है और एक-दो वरिष्ठ टीचर्स रिटायर होने के बाद एक्सटेंशन पर हैं। इकसठ से पैंसठ की उम्र। नयी दो-तीन

टीचर्स पच्चीस से तीस के बीच में हैं। जब कोई नयी टीचर आती है तो मिडल एज में कुछ दिनों के लिए असुरक्षा की भावना आ जाती है।

पिछली बार कुछ नयी अध्यापिकाएँ आयी थीं। इकोनॉमिक्स, सोशियोलॉजी, साइकोलॉजी और फिजिक्स की। ये नयी टीचर्स आपस में झुण्ड बनाकर बैठतीं, लंच होते ही लपककर एक-दूसरे के पास पहुँच जातीं और ज़ोर से हँसने लगती हैं। किशोर उम्र सा उनका व्यवहार मिडल एज की टीचरों को पसन्द नहीं आता था।

नयी टीचर बहुत तरह की चीज़ों में दक्ष होती हैं। टेक्नोलॉजी उनके लिए बायें हाथ का खेल होता है।

नयी टीचर अपने बालों को स्टाइलिस्ट ढंग से रखती हैं। कलर्रड।

नयी टीचर बहुत आत्मविश्वास से भरी हुई होती हैं।

नयी टीचर, मिडल एज, और सीनियर टीचर की परवाह नहीं करतीं। उनसे दबती नहीं हैं।

नयी टीचर घबराती नहीं हैं जैसे मिडल एज की टीचर अपने समय में अपने बड़ों से घबराती थीं। कोई भी टीचर आती है—नयी लड़की कहकर सभी आपस में उसकी बात करते हैं।

उस दिन नित्या सहगल को स्कूल से निकलने में देर हो गयी। वह लगभग चार बजे स्कूल से निकली। शनिवार, रविवार सामने था। उसने सोचा क्यों ना गरिया हाट चली जाये। वहाँ के बाज़ार से कुछ चीज़ों को ख़रीदना था। वह विद्यालय से निकलकर हाट चली गयी। ब्रिज के नीचे सामने फ़ुटपाथ पर बहुत सारी दुकानें थीं और कोने में एक पान वाला था। वहाँ पर उसकी नज़र नयी लड़की पर गयी। वह चौंकी। वह यहाँ क्या कर रही है! इस वक़्त तो उसे अपनी माँ के पास अस्पताल में होना चाहिए था।

उसने देखा लड़की के हाथ में सिगरेट है। वह निश्चिन्त भाव से सिगरेट पी रही है। उसके बग़ल में उसका एक मित्र भी था जिसके कन्धे पर बच्चों की तरह एयर बैग था। दोनों एक-दूसरे को नहीं देख रहे थे। दोनों कहीं और देख रहे थे। वह उसी तरह से बिखरे-बिखरे बालों में थी और उदास चेहरे से सिगरेट पी रही थी।

दोनों के चेहरे बासी लगे। लगा सफ़ेद कबूतर का एक पंख आकर आसपास गिर गया है। उनका जीवन पहले मिसरे पर ही रुक गया है। वहाँ एक मुलायम सन्नाटा है। दोनों साथ थे। साथ रहकर भी उनमें अटूट चुप्पी, अजीब-सा ख़ालीपन था। तल्लीनता थी तो दुख की। उसने दुख को चुना नहीं था पर वह उसके हिस्से आ

गया था। बहते हुए समुद्र में ठहरे हुए जलपोत सा। दोनों के साथ होने का प्रयोजन कोई नहीं जान सकता। नववधू के सोलह श्रृंगार में ऐसा लग रहा था एक श्रृंगार कम है। दोनों को साथ देखकर आनन्दी ने उनके बीच कोई लालसा का आविष्कार किया और जैसे हरसिंगार का जीवन होता है क्षणभंगुर उनका भविष्य भी वैसा ही लगा। इतने दिनों तक माँ की बीमारी के साथ रहने के कारण उसकी आँखों में पीली शाम उतर आयी थी। कृशकाय म्लान देह। उनके बीच ज़िन्दगी के तीन सौ स्टेशन थे। दोनों एक-दूसरे के बालों और देह की गन्ध से बेख़बर थे। उनके बीच कुछ था तो सिर्फ़ साथ हैं यह भाव था। 'सिर्फ़' से आगे उनका कोई भविष्य नहीं था।

नित्या ने अपना रास्ता बदल लिया। वह नयी लड़की के प्राइवेट वर्ल्ड में, रुनझुन संगीत के संसार में प्रवेश करना नहीं चाहती थी। एक तरफ़ जहाँ उसे यह देखकर अच्छा लगा कि नयी लड़की अपने मित्र के साथ है। कोई तो है जिससे वह अपनी बातें कर सकती होगी तो दूसरी तरफ़ यह देखकर चिन्ता भी हुई कि वह सिगरेट पीती है। स्कूल में उसके सिगरेट पीने का ज़रा भी अन्दाज़ नहीं लगता है। अच्छी ही बात है अगर वहाँ पर पता चलेगा तो उसके लिए समस्या हो जायेगी। नयी लड़की के चेहरे पर किशोर भाव है। उसके पहनने-ओढ़नो और बालों के रखने के ढंग में उच्च माध्यमिक की हुई लड़कियों के जैसा भाव है। लगता है चेहरा बादल है जो अभी बरस पड़ेगा पर हाथ में जो सिगरेट है वह किशोर भावों को कमज़ोर बना देता है और एक वयस्क लड़की के बोध से उसे भर देता है। जब वह सिगरेट से धुआँ छोड़ती है तब उसके चेहरे को देखकर लगता है कोई पहाड़ है जहाँ आग लगी हुई है और कोई खण्दक है जहाँ जंग छिड़ी हुई है।

अगले दिन नयी लड़की की जगह ख़ाली थी। पूरे दिन नित्या अपने में व्यस्त रही। उसे यह तो लग रहा था कि कनु आज नहीं आयी है। दूसरे और तीसरे दिन भी नयी लड़की अनुपस्थित थी। चार दिनों के बाद वह दिखाई दी। नित्या ने पूछा क्या हुआ? उसने बताया–"माँ घर आ गयी है अस्पताल से लेकिन बाबा को दाख़िल कर दिया। बाबा अचानक बेहोश हो गये थे। अब बाबा को दो दिन हो गये हैं। वे लौटना चाहते हैं ताकि माँ को फिर से एडमिट कर पायें।" ऐसा कह वह स्टाफ रूम से खिड़की के बाहर लगातार देखने लगी। नित्या ने पूछा–

"क्या देख रही हो?"

"यूँ ही पलाश। इसे हम रौद्र पलाश कहते हैं। कितने सुन्दर खिले हैं। यहाँ से देखकर बहुत अच्छा लग रहा है। टेसु के रंग से शान्ति निकेतन में होली खेली जाती

है। माँ के साथ गयी थी शान्ति निकेतन। कई जगहों की यात्रा की है माँ के साथ। एक बार माँ के साथ बोकारो जा रही थी मार्च का महीना था चारों तरफ़ पलाश खिले हुए थे। खिले पलाश को देखकर हर बार यही बोलते कि ऐसा लग रहा था जंगल में आग लग गयी है। रवीन्द्रगान याद आता है–'ओरे भाई फागुन लेगेचे बोने बोने।' हमारे नाना बोकारो में रहते थे। मामा स्टील कम्पनी में काम करते थे। मामा विदेश चले गये और नाना नहीं रहे और बोकारो का घर बेच दिया गया अब वहाँ कोई नहीं है। उसकी आँखों में वे दिन तैरने लगे। सोमवार का मामूली सा दिन नामामूली दिन में बदलने लगा।

स्कूल में सेशन ब्रेक शुरू हो गये। एक सप्ताह बाद सेशन ब्रेक ख़त्म होने पर सभी टीचर्स स्टाफ रूम में गयीं। स्टाफ रूम उसी तरह से गुलज़ार हो गया पर कनु की जगह ख़ाली थी। "कनु नहीं आयी क्या?"–नित्या ने पूछा। कनु को क्या हुआ? कुछ लोगों ने कहा–'पता नहीं, हो सकता है देर से आये।' सभी अपने-अपने कामों में पूरी तरह से लगे हुए थे और नित्या का मन बार-बार कनु की ख़ाली कुर्सी पर जा रहा था। कनु पूरे दिन नहीं आयी। दूसरे दिन भी कनु की जगह ख़ाली थी और तीसरे दिन भी। चौथे दिन बहुत उमस थी। लगा एक पुरानी बात दोहराई जायेगी। कुछ अप्रिय घटने का डर लग रहा था। नित्या की साँस में आस थी कि कनु की तरफ़ से बुरी ख़बर नहीं आयेगी। लेकिन कनु के टेबल के फूल मुरझा गये थे। उसकी माँ नहीं रही। कुछ दिनों के बाद स्टाफ रूम के नोटिस बोर्ड पर एक कार्ड लगा हुआ था माँ की बारहवीं का। सभी को निमन्त्रित किया गया था। सभी टीचर्स मिलकर कनु के घर गयीं। नित्या फल ले गयी थी। उसने कनु को पकड़ाया। उसे पता है मृत्यु होने पर कुछ बंगाली परिवारों में फल और मिठाइयाँ लेकर जाया जाता है। मिठाई ले जाना उसे ठीक नहीं लग रहा था। फल ही ले गयी।

कनु इन दो-तीन महीनों में नित्या से इस प्रकार बात करने लगी थी कि औपचारिकताएँ जाती रही थीं और नित्या कनु को थोड़ा बहुत जानने लगी थी। यह जानने लगी कि कनु बिल्कुल अकेली है। माँ बाबा के अलावा उसका कोई नहीं। उसकी आर्थिक, सामाजिक स्थिति भी जर्जर सी है। माँ की बीमारी की हालत में दमदम में एक गली में किराये के मकान में अपने बाबा के साथ रह रही है। माँ के श्राद्ध पर जब नित्या कनु के घर गयी तो उसने देखा एक तल्ले वाला वह मकान ना तो हवादार है और ना ही उसमें रोशनी की उचित व्यवस्था है। एक पलंग पर साफ़-सुथरा बिस्तर बिछा हुआ है और दो अलमारियाँ रखी हुई हैं। मेज़-कुर्सी एक

जगह है और ओढ़ने-बिछाने के कपड़े करीने से रखे दूसरी जगह रखे हुए हैं। एक दीवार घड़ी टँगी हुई है उसके बग़ल में हाथ से बनी हुई एक पेंटिंग। वह रात में देर तक जागती और लिखती-पढ़ती रहती है। उसने देखा वहाँ एक अलमारी में साहित्य, काव्य-दर्शन, विज्ञान, संगीत, मनोविज्ञान आदि की किताबें हैं। उसे थोड़ा आश्चर्य हुआ वह इन किताबों को कब पढ़ती होगी और बीमारी की हालत में कैसे इन किताबों को लायी होगी! नित्या ने उन किताबों को हाथ में लिया। कनु बोली–

"मेरी माँ की किताबें हैं।"

"तुम्हारी माँ की! क्या तुम्हारी माँ लेखक थी?"

"नहीं अनुवादक। अंग्रेजी और बांग्ला से हिन्दी में अनुवाद करती थी। उन्होंने नौकरी भी की। ठाकुर रवीन्द्रनाथ को बहुत पढ़ा था। माँ चाहती थी कि वे अपने जीवन में एक कहानी लिखें। माँ का जीवन अलग तरह का था। माँ चाहती थी कि मैं भी लिखूँ। मुझे लिखना कभी भी अच्छा नहीं लगा। पर माँ की बतायी फ़िल्में ज़रूर देखती थी। सत्यजीत राय और ऋत्विक घटक की। अपनी पसन्द की नयी फ़िल्में माँ को देखने को कहती थी। माँ कहती थी–'इतनी फ़िल्में देखती हो फ़िल्मों की समीक्षा लिखो।' कुछ चीज़ों पर जब मैं प्रतिवाद करती थी, माँ कहती थी–'उसे लिखो।' अपने विचारों को लेकर बहस करती थी–'माँ कहती थी लिखो।' माँ को जब मैं अपने स्कूल और कॉलेज के दुनिया के संघर्ष बताती थी, माँ कहती थी–'लिखो।' हर बात पर माँ कहती थी–'लिखो।' यातना और आकांक्षा लिखो। माँ के जीते जी मैंने कभी नहीं लिखा। पर अब लिखूँगी। माँ चाहती थी मेरा जीवन वह हो जो नहीं है। अन्दर की खाई-खन्दक, अन्दर की जंग, अन्दर की गौरैया, चिरैया, अन्दर का आसमान सब कुछ मैं लिखूँ, वह लिखूँ जिसमें हो चाँद और जाने-जाँ।"

नित्या ने पूछा, "स्कूल कब से आ रही हो?"

"मैंने रिजाइन कर दिया है। मैं बाबा के साथ कृष्ण नगर जाऊँगी। वहाँ पर उनकी छोटी-सी ज़मीन-जायदाद है पास ही एक छोटा-सा विद्यालय भी है। वहाँ पर बाबा के घर में एक लाइब्रेरी है। उसमें बहुत किताबें हैं। माँ ने इन किताबों को छुआ था। बहुत चाव से पढ़ा था। मैं वे किताबें अपने साथ ले आऊँगी। हम कोलकाता छोड़ देंगे। कोई छोटी जगह पर मैं बाबा के साथ रहूँगी और पहले अपनी एक किताब पूरी करूँगी। वह किताब जो माँ चाहती थी कि मैं लिखूँ।"

कनु के बात करने के ढंग में उस दिन अलग तरह की शिष्टता और शालीनता थी जिस पर नित्या विस्मित हो गयी। उसने अपनी माँ के लिखने-पढ़ने के बारे में

बताया। आज उसमें दृढ़ता थी और दुविधा का अभाव। घबराहट नहीं थी। निष्ठा और विश्वास था। वह माँ की बात को याद कर लिखने-पढ़ने की तरफ़ जाना चाहती है। उसके अन्दर जो दृढ़ता है वह दुख और पीड़ा भोगने के कारण आयी होगी। वह ऐश्वर्य में पली-बढ़ी युवती नहीं है।

नित्या ने कनु से पूछा–"तुम्हारा वह दोस्त आज नहीं आया!"

"कौन!"

"जिसके साथ तुम सिगरेट पी रही थीं।"

"ओह! गोपला! अभी-अभी तो गया है। अपने स्कूल और कॉलेज के दिनों की कहानी सुनकर। आप सुनेंगी गोपला की कथा?"

"ठीक है सुनाओ।" नित्या चाहती थी कि कनु कुछ अवान्तर बातें करे ताकि माँ की बात थोड़ी देर के लिए भूल पाये।

गोपला की आत्मकथा

उसे अपने स्कूल के दिनों की कोई भी ऐसी बात याद नहीं आती जिसे याद कर वह पुलकित हो सके। उसने कई लोगों को यह कहते पाया है कि उनके जीवन में उनके स्कूल के अध्यापकों का बहुत योगदान था। उसे कोई भी टीचर याद नहीं आती। छठी कक्षा में जब वह था एक बार क्लास टीचर ने हाज़िरी लेते समय पुकारा–'गोपला कौन है?' वह खड़ा हो गया। उन्होंने उसे बुलाया। उसके मन में क्षण भर के लिए यह आया कि शायद किसी विषय में उसे सबसे अधिक अंक मिले हैं तभी मैम बुला रही हैं। वह मैम के पास जाकर खड़ा हो गया। मैम ने पहले तो उसे देखा फिर उसे थप्पड़ मारा। बोली–'थर्ड लैंग्वेज संस्कृत में सिर्फ़ पाँच नम्बर मिले हैं पचास में।' वह अन्दर तक हिल गया। टीचर मारते हैं। इतनी ज़ोर से। यह उसका पहला अनुभव था। उस दिन के बाद से वह टीचरों से डरने लगा।

कक्षा नौ में उसने एनसीसी से जुड़ने के लिए स्पोर्ट्स टीचर कल्याणी शंकर से आग्रह किया। वे टालती रहीं। वह स्मार्ट लड़कों को ही चुनती थी। वह साफ़ स्वच्छ तो रहता था पर अन्य लड़कों की तरह अंग्रेज़ नहीं दिखता था। मैम ने कई बार इनकार करने के बाद उसे भर्ती किया। मैम के साथ अच्छे अनुभव नहीं रहे। वे रूप-रंग-क़द को ज़्यादा महत्त्व देती थी भले ही वे लड़के बोदे हों। पक्षपात करती थीं। सो उसे एनसीसी की ट्रेनिंग में अच्छा नहीं लगा। पर बाद में गोपला को फ़ेलोशिप मिली। उसने सेंट जेवियर्स कॉलेज से पढ़ाई की। वहाँ की बातें वह ख़ूब चाव से बताता है। कहता–"जानती हो, मेरे अंग्रेज़ी के लेक्चरर विश्वनाथ सर ने सौ

से ऊपर बांग्ला फ़िल्मों में काम किया है। वे तमिलभाषी थे। एकाउंट्स के सर तो कुरता-पायजामा पहनकर ही आ जाते थे। उन्होंने पूरे तीन साल कुरता-पायजामा में ही पढ़ाया। उनकी लिखी किताब कोर्स में चलती थी। उन्होंने कई इकोनॉमिक्स की किताबें लिखी थीं। लेखक थे।"

ये बातें मन पर बारिश के छींटे सदृश थीं।

नित्या ने कहा "कनुप्रिया बोस का नाम क्या कनुप्रिया भट्टाचार्या हो जायेगा गोपला से ब्याह करके!"

कनु ने गम्भीर होकर कहा, "नहीं। मेरी माँ चाहती थी कि मेरा जीवन अलग तरह का हो। औसत नहीं रहे। मुझे कुछ अलग सोचना है। गोपला मेरा साथी है सिर्फ़ सिगरेट पीने तक।"

ऐसा कह वह कुछ देर के लिए चुप हो गयी। नित्या और कनु के रिश्ते में संकोच और औपचारिकता दूर हो गयी थी। कनु का मन उद्विग्न था। वे कौन-से गम्भीर और विषम कारण थे जिसके कारण उसके जीवन में माँ के जाने के बाद कुछ नयी स्थितियाँ पैदा हो गयी थीं। वह नित्या से कुछ बातें कहना चाहती थी।

"पिता जी को बहुत अपमानित किया गया। वे सरकारी नौकरी में थे। उनके ऊपर पैसों की हेराफेरी का इल्जाम लगाया गया। हुआ यह था कि उन्होंने एक बड़े अफ़सर को भारी रकम लेते हुए देख लिया था। वहाँ महकमे में कई गड़बड़ियाँ हो रही थीं। पिता जी ने कुछ सोचे बिना ही उसकी ख़बर ऊपर कर दी थी। उस अफ़सर ने पहले तो पिता जी को भद्दी गालियाँ दीं फिर उनका ट्रान्सफ़र दूर इलाक़े में करवा दिया। वहाँ भी उन्हें परेशान किया गया। वे कुछ दिनों के लिए बीमार हो गये थे तो वहाँ एक आदिवासी लड़की खाना पकाने आया करती थी। उसको लेकर वहाँ यह बात फैला दी गयी कि वह रखी हुई औरत है। पिता जी की झूठमूठ की कार्रवाई शुरू की गयी। परेशान किया गया। अन्त में माँ ने कहा कि वे नौकरी छोड़कर लौट आयें। वे तुरन्त नहीं लौटे।

"यह उन दिनों की बात है जब मैं छोटी थी और कृष्ण नगर में एक साधारण म्युनिसिपैलिटी के स्कूल में पढ़ रही थी। पिता जी के दूर जाने से माँ ट्यूशन करने निकलने लगी। माँ को पैसों की सख़्त ज़रूरत थी फिर भी कई ग़रीब बच्चों को मुफ़्त भी पढ़ा दिया करती थी। ट्यूशन करने के दौरान ही माँ की मुलाक़ात एक लेखक परिवार से हुई। माँ बांग्ला जानती थी सो अनुवाद करने लगी। माँ को काम मिलने लगा। एक तरह से नौकरी। पिता जी दूर थे। माँ के मन पर पिता जी से दूर रहने का

तनाव, और आतंक सूखा और अवसाद बन कर जीवन भर के लिए छा गया। मैं माँ जैसी नहीं थी। पर अब देखती हूँ तो भलापन, बुरापन, ग़ुस्सा, धैर्य सब कुछ माँ का आ गया है। मेरा उठना, मेरा बैठना, मेरा सोचना सब माँ की तरह का है। माँ की ही तरह बर्तन धोती हूँ। पिता जी को पेंशन मिलनी बन्द हो गयी थी पर माँ सबसे कहती कि उनकी पेंशन से घर चलता है। मैं भी माँ की तरह सबसे कहती हूँ पिता जी के पेंशन से घर चलता है। पर गोपला सच जानता है। रिटायरमेंट के पहले ही उनको नौकरी से हटा दिया गया। पेंशन बन्द कर दी गयी। वे बहुत कठिन दिन रहे। गोपला के पिता जी और मेरे पिता जी का क़िस्सा कमोबेश एक-सा है इसलिए ही उसके साथ सिगरेट पीती हूँ।" ऐसा कह वह इस तरह चुप हो गयी मानो कोई रहस्य बता दिया हो। नित्या शाम के अँधेरे में बाहर दूर कहीं जलती नियोन लाइट के प्रकाश में नयी लड़की का पाक चेहरा देख रही थी।

सितम्बर, दुर्गा पूजा और निवेदिता

हर घर अपनी तरह से जागता और सोता है।

हर घर की रसोई अपनी तरफ़ से सुबह, दोपहर और रात सुवासित रहती है। हर घर में खाने के अपने तौर-तरीक़े होते हैं और अपना खान-पान। हर घर में अपनी तरह से उठने-बैठने चलने, हँसने-बोलने, बात करने, लोगों से मिलने-जुलने, आदर और मनुहार करने की अपनी निजी शैली होती है।

हर घर के झगड़े भी निजी होते हैं। आवाज़ का आरोह-अवरोह भी अपनी तरह का होता है। पर झगड़ा अपने स्वभाव में सभी परिवारों में अमूमन कुछ ही चीज़ों पर होता है। हर घर के अपने निजी तनाव होते हैं और वे लोग जो उस परिवार के होते हैं वे चेहरे आवाज़, चाल और पहनावा देखकर परिस्थिति समझ जाते हैं कि मुद्दा क्या है? कुछ घटा है या कुछ घटने वाला है का अन्देशा उन्हें हो जाता है। घरों में जहाँ चुप्पी होती है उसके भी अर्थ घर के लोग सुन लेते हैं। हर घर की अपनी एक रवायत होती है।

यह कहानी अशोक की कहानी है। अशोक के घर की। इस कहानी के प्रारम्भ का प्रारम्भ कहाँ है! अशोक अपने पिता का बड़ा लड़का है और एक व्यवसायी घर में उसका जन्म हुआ है। अशोक की शादी उसी की तरह सुन्दर और आकर्षक निवेदिता से हुई। निवेदिता और अशोक की जोड़ी परिवार में सराही जाने वाली जोड़ी रही है। ऐसा ख़ूबसूरत जोड़ा कि लोगों को लगता कि नज़र से बचने के लिए दिठौना लगा दिया जाये।

कब निवेदिता और अशोक के दाम्पत्य जीवन के दस साल बीत गये पता ही नहीं चला। बात-बात में होनेवाले मनुहार कम हो गये। हँसने-बोलने में वह ख़ुशबू और गरमाहट नहीं रही हवा में तनाव और उदासी छा गयी। रोज़मर्रा का जीवन बदल गया है यह बाहर के लोगों को पता ही नहीं चला। उस घर में वैसे ही लोग जाग रहे थे और रसोई भी वैसे ही सुवासित थी।

हर घर का अपना चेहरा होता है। उस घर का चेहरा सुसंस्कृत था।

घर अमर है। अपने शोक में। अपने आनन्द में।

घर शाश्वत है। जहाँ आपसी तनाव पैदा होते हैं और दफ़न भी हो जाते हैं। जहाँ कई लोगों की आत्माएँ मरती हैं।

घर सब कुछ है।

घर कुछ नहीं है।

घर को घर कहा जाये कब तक! जब तक वह तसल्ली दे।

घर में रहने वाले तब बेघर हो जाते हैं जब वह तसल्ली छीन लेता है।

विवाह के दस साल बाद भी उनकी कोई सन्तान नहीं हुई तो निवेदिता के अन्दर एक नयी स्त्री ने जन्म लिया। वह स्त्री जो अन्दर से उदास होती जा रही थी। जो तरह-तरह से अपना इलाज करवा रही थी। जो अपने तईं अपने जीवन को सँवारने में लगी हुई थी। निवेदिता अन्दर ही अन्दर बदल रही थी। तमाम तरह की दवा आयुर्वेद, होम्योपैथी, एलोपैथी इन सब ने उसके शरीर पर बहुत असर डाला। उसका रूप-रंग बदलने लगा। अशोक और उसकी माँ बार-बार एक बात कहते–'हमें अपनी औलाद चाहिए।' पर यह आवाज़ बाहर के लोग सुन नहीं पाते। यह अबोली आवाज़ उस घर की एक ख़ास सिफ़त थी।

अपनी सन्तान का ख़्वाब। अस्पताल से लौटते हुए निवेदिता पार्क में घूम रही थी। गीली घास से उठने वाली गन्ध ने निवेदिता को बेचैन कर दिया और वह कविता करने लगी।

ख़्वाब शब्द की हस्ती हर बार मिटी है।

ख़्वाब के ख़्वाब पर न जाने कितनी खाक पड़ी है।

ख़्वाब न देखो,

ख़्वाब भ्रम है।

ख़्वाब निर्गुण है।

एक दिन बहुत सलाह-मशविरे के बाद निवेदिता और अशोक ने एक दशक बाद अनाथ आश्रम से एक बच्ची को गोद ले लिया। बाहर के लोगों ने समझा कैसा ज़ज्बा है जो बच्ची को लाये हैं। उदार खुले दिमाग़ वाले लोग हैं। वह बात जो घर के लोग ही सुन सकते थे वह यह थी कि–लड़की को लाने के पीछे आशय यह भी था कि हो सकता है निवेदिता को अपना गर्भ ठहर जाये और लड़की तो विवाह के बाद अपने घर चली जायेगी। अपनी सन्तान हो सकता है लड़का हो जाये।

लोग अप्रत्याशित होने की राह देखते रहते हैं। कल्पना का संसार सजाते रहते हैं। निवेदिता के सन्तान नहीं हुई निवेदिता ने लड़की को बड़ा करना शुरू किया। इसी बीच अशोक के घर में भाइयों के बीच में बँटवारा हुआ। अशोक के हिस्से नगद आये। जो पैसे मिले उससे वह अपना नया व्यवसाय खड़ा करने की कोशिश में आगे बढ़ने लगा।

उसने अपना एक नया व्यवसाय शुरू किया। एक नयी युवती को रिसेप्शनिस्ट रखा। यह कहानी एक पुरानी कहानी का रूप ले रही है। लेकिन दुनिया में कोई भी कहानी पुरानी नहीं होती। हर व्यक्ति के अन्दर एक पुरानी कहानी नवीन होती रहती है। यह कहानी भी उस नयी कहानी का ही हिस्सा है। अशोक उस नयी युवती के साथ यात्राएँ करने लगा। अशोक उस नयी युवती को अपने काम की बहुत सारी ज़िम्मेदारियाँ देने लगा।

निवेदिता को इस बीच धीरे-धीरे समझ में आने लगा कि अशोक की दुनिया बदल रही है। निवेदिता अपने ससुराल में ससुराल के नियम-क़ायदों के अनुसार इन वर्षों में अपने को ढालने में काफ़ी ढल गयी थी। सन्तान के लिए दवा-इलाज में उसका शरीर ढल गया था। फिर एक सन्तान को लाकर उसको पालने, बड़ा करने में उसकी सारी मोहकता दम तोड़ रही थी। इस बीच नयी कहानी ने उसके जीवन में हड़कम्प मचा दिया। सब कुछ नश्वर है और भंगुर यह वह जान गयी।

उसे किसी का रोना सुनाई पड़ता था। दिन-रात, सुबह-शाम वह क्रन्दन उसका पीछा नहीं छोड़ता। ना जाने कौन था जो रोता ही रहता था। यह वह स्त्री रो रही थी जिसने निवेदिता के अन्दर जन्म लिया था।

एक आदमी जीवन को ख़ुशनुमा और दोस्ताना बनाता है। एक ही आदमी जीवन को नर्क बनाता है। सिर्फ़ एक आदमी। अशोक के साथ बिताये दस साल लौटकर नहीं आ सकते।

निवेदिता के अन्दर कोई कहता है—सब मर चुके। पर वह कहती सब मर गये बाहर में। अन्दर सभी उपस्थित हैं। अन्दर से उन्हें कैसे निकाले। बचा हुआ उसका पूरा जीवन अन्दर के संघर्ष में बीतेगा।

यह निवेदिता की कहानी है।

एक कहानी।

एक कहानी एक नहीं होती।

अनेक होती है।

उसमें न जाने जल के कितने स्रोत बह रहे हैं। अन्दर ही अन्दर रिसाव हो रहा है। उसमें न जाने कितने ख़िलाफ़त के मोड़ छिपे होते हैं।

उसने अशोक से कहा वह उसके साथ नहीं रह सकती उसे दिव्या को ऑफ़िस से निकालना होगा।

अशोक इस बात के लिए तैयार नहीं था। निवेदिता एक दिन आधी रात को अशोक के घर से निकल अपने पिता के घर चली गयी। बाद की कहानी अशोक और निवेदिता के कोर्ट-क़ानून आरोप-प्रत्यारोप, ज़िद्द-बहस, तलाक़ की कहानी है। यहाँ पर जो कहानी बतायी जाने वाली है वह यह है कि हर कहानी में कोई मुद्दा होता है। अशोक ने एक तरह से निवेदिता की चिता को दाघ दे दिया था।

परिवार की व्यवस्था में घर के लोग अपने लड़के को सही ठहराने के लिए क़वायद करते हैं। अन्दर ही अन्दर उनका एक दल तैयार हो जाता है जो बहू-बेटे में बेटे का पक्ष लेते हैं और बहू को लांछित करने के नये-नये तरीक़े खोजते हैं। यह कोई नियम के तौर पर कहा नहीं जा रहा। इस कहानी में इस तरह का एक पक्ष सामने उभरकर आया कि लड़के के परिवार वालों ने मिलकर यह बोलना शुरू किया कि बेचारा अशोक कहाँ जाये अपनी औलाद नहीं है, पत्नी भी घर छोड़कर चली गयी है। निवेदिता के बचपन में रहे एक दोस्त से उसका नाम जोड़कर उससे उसके प्रेम की कहानी रची गयी। परिवार वालों को यह बताया गया अशोक पाक साफ़ है सारा दोष निवेदिता का ही है। अगर अशोक का दिव्या के प्रति झुकाव है तो वह दोष भी निवेदिता का है। निवेदिता के प्रेम में इतनी शक्ति नहीं थी कि अशोक को बाँधकर रख सके तभी तो वह दिव्या की तरफ़ बहने लगा। इस घर की नियति क्या थी! पता नहीं। पर निवेदिता की नियति यह रही कि उसने घर छोड़ दिया। इसी घर में उसने देश में हो रहे तरह-तरह के आन्दोलन लड़ाइयों को जाना और समझा है। इसी घर में उसने देश में हो रहे तरह-तरह के संघर्ष के ऊपर प्रतिक्रिया की है। निवेदिता जिस परिवार से है उस परिवार में उसके मायके वाले पारिवारिक जीवन में बँध कर नहीं रहे। उसकी मौसी ने रेड लाइट एरिया की स्त्रियों के जीवन को सुधारने के लिए एनजीओ खोल रखा है। एक ऐसी संस्था खोल रखी है जहाँ स्त्रियों को अपनी अस्मिता को बनाये और बचाये रखना सिखाया जाता है। निवेदिता मौसी के काम को बहुत सराहती है पर उसका मन अपनी मौसी की राह पर चलने का नहीं हुआ। वह अपना एक घर चाहती रही। अपना निजी जीवन। पर घर निर्गुण होता है।

अशोक के साथ कैसे रह सकती है! बाहर वह किसी और स्त्री के साथ रहे और घर में वह उसकी ज़िम्मेदारियों को सँभालती रहे इतनी बड़ी इन्सान वह नहीं है। एक दिन तमाम कलह के बाद वह रात तीन बजे घर से निकल गयी। तीन बजे का समय वह समय है जब उसने यह निर्णय लिया कि वह अकेले रहेगी।

दिव्या अशोक के जीवन में आ चुकी थी। अशोक निवेदिता के प्रेम को भूल नहीं सकता था तो दिव्या जो अब कण्ठहार बन गयी थी उसे छोड़ना मुश्किल था। दिव्या की माँ बंगाली थी और पिता पंजाबी। पिता का कई वर्षों पहले देहान्त हो गया था। वह अपने पंजाबी पिता की तरह ही लम्बी गौर वर्ण कजरारी आँखों वाली आकर्षक युवती थी। उसकी कार्य कुशलता उसकी प्रतिभा अशोक के लिए उसके काम में बहुत मदद करने वाली थी। निवेदिता दिव्या से ज़्यादा सुन्दर बड़ी आँखों वाली, लम्बी गौर वर्णा खुलती मुस्कान बिखेरती स्त्री थी। पर निवेदिता नयी युवती नहीं थी।

अशोक के सामने द्वन्द्वात्मक जीवन खुल गया था। एक तरफ़ निवेदिता और उसकी बच्ची दूसरी तरफ़ दिव्या और उसका नया-नया खुला-खिलता मोहक संसार। अशोक दो रास्तों में एक साथ चल रहा था। चीज़ें इतनी जटिल हो गयी थी और उसके अन्दर जो अकेलापन और मरुस्थल था जो कभी निवेदिता ने सराबोर किया था तो उसे अब दिव्या अपने नेह से भर रही थी। वह रिटायरमेंट की उम्र में दिव्या से जुड़ा गया।

सोलह श्रृंगार होते हैं नयी बहू के। दिव्या सोलह श्रृंगार करके बैठी थी और वह जो सत्रहवाँ श्रृंगार है शोक और रुदन वह निवेदिता के हिस्से आ गया।

निवेदिता लहूलुहान हो, तलाक़ लेकर अलग हो गयी। अशोक ने कुछ दिनों के बाद ही दिव्या से कोर्ट मैरिज कर ली।

यह कहानी एक संसार के खुलने और एक संसार के बन्द होने की कहानी है।

निवेदिता अशोक से अलग हो गयी। आज उसका मन बहुत उदास था। सितम्बर का महीना आ गया था। कोरोना काल के पहले की बात है कलकत्ते में दुर्गा पूजा की सुगन्ध फैल रही थी। रास्ते जाम होने लगे थे और आबोहवा बदलने लगी थी। जगह-जगह पूजा के पण्डाल बाँधे जा रहे थे। बारिश हो रही थी और रास्ते कीचड़ से फिसलन भरे, खुरदुरे हो गये थे।

वह बार-बार पीछे की तरफ़ घूमकर उन पुराने दिनों में लौटती थी। उसका दुख ऐसा दुख है जो उसे उजाड़ दिनों में ले जाता। कई बार बचपन को याद करती।

फिर युवा दिनों को। उसका ध्यान अब उन सब चीज़ों पर जा रहा है जिनकी तरफ़ इन सालों में समय ना होने के कारण नहीं गया था। अब उसके पास समय बचने लगा था।

कॉलेज के दिनों में निवेदिता ने एक किताब लिखी थी। सौ पन्नों की एक भूत की कहानी थी। वह लोगों को पढ़ाना चाहती थी। उसने एक-दो मित्रों को कहानी दी थी। उनकी प्रतिक्रिया से वह ख़ुश नहीं हुई। वह कहानी पर विस्तार से बात करना चाहती थी। वह एक ही बात को बार-बार कहती। कोई भी कहानी के बारे में ठीक से नहीं बता रहा था। किसी ने भी ठीक से नहीं पढ़ी। कोई बताना ही नहीं चाहता था। कुछ ने कहा–'कहानी अच्छी है।' उसने कहा–'अच्छी होने से कोई बात नहीं बनती।' ना जाने वह क्या सुनना, किस तरह से उस पर चर्चा चाहती थी। वह कहानी को लेकर वर्षों-वर्षों तक सोचती रही। उसने उस किताब को प्रकाशित नहीं करवाया। वह उसकी जीवन की एक मात्र किताब थी। कितना असन्तोष था उसे लोगों की प्रतिक्रियाओं पर। लोग जो अच्छा बोल रहे हैं उन्होंने उसे पढ़ा ही नहीं है। वह भूत की कहानी उसे हांट करती। कई बार वह अपने घर लौटती तो मकान के सामने एक सिक्योरिटी गार्ड उसे बैठा हुआ दिखता था। आते-जाते उसे देखती थी। वह बैठा ही रहता। उसके हाथ में कोई किताब रहती और पूरे दिन इसी तरह से बैठे ना जाने कैसे अपना जीवन काटता था। शाम के समय मकान के आसपास हलचल शुरू होती। अगल-बग़ल के कुछ दरबान नौकर और ड्राइवर निकलकर आते और उनका अड्डा जमता। उसमें से बग़ल में काम करने वाला नौकर रघुवीर एक स्टील के गिलास में चाय ले आता और छोटे-छोटे कुल्हड़ में सबको चाय देता था। ये लोग शाम के समय चलती हुई हवा में इधर-उधर भागते चमगादड़ को देखते हुए, सड़क पर आती-जाती गाड़ियों की आवाज़ में बग़ल में खुले ब्यूटी पार्लर से निकलने वाली बनी-ठनी औरतों को निहारते हुए, अपने घर परिवार की बातें करते थे। ये बातें करते हैं कि इन्हें उतने पैसे नहीं मिलते, जितने की इन्हें ज़रूरत है। ये अपने-अपने हिसाब-किताब की बात करते। सिक्योरिटी गार्ड हर समय चिड़चिड़ा और उदास रहता। उसे पैसे समय से नहीं दिये जा रहे थे। जितनी ज़रूरत है नहीं दिये जा रहे। वह दिक़्क़त में है। वह यहाँ कैसे काम करे! क्यों काम करे! कहाँ जाये? वह अपने इन मित्रों को कहता। ये मित्र जिनमें मज़दूर, नौकर, ड्राइवर बग़ल के मकान का दरबान आदि होते थे। ये अपने-अपने तरह से अपने-अपने असन्तोष को व्यक्त करते थे। दुर्गा पूजा आ गयी।

उसके बाद दीपावली। ख़र्चे ही ख़र्चे है इनके जीवन में भी। घर से बार-बार पत्नी का फ़ोन आता है पैसे भेजने के लिए। लेकिन किसको क्या कितने पैसे भेजे! कितने पैसे भेज पायेगा! ये लोग अपनी असमर्थता एक-दूसरे से व्यक्त करते रहते थे। दूर कहीं नयी फ़िल्म का गाना बजता है और इनकी बातों के बीच में कभी-कभी ख़ामोशी के वर्क से आ जाते और यह अपनी बात को कुछ मिनट और सेकंड के लिए रोककर इधर-उधर देखने लग जाते। शाम का समय इनके जीवन का सबसे अच्छा समय था।

वह शाम होते ही जल्दी से अपने कमरे की खिड़की बन्द करती। सामने ऊँचा पेड़ था जहाँ पर इन वर्षों में चमगादड़ आने लग गये थे। छोटे-छोटे चमगादड़। गोल-गोल घूमते-घूमते उसके कमरे की खिड़की से उसके कमरे में एक-दो बार घुस आये थे। और जब तक चमगादड़ कमरे में घुसे रहते तब उसे कमरे से बाहर रहना पड़ता था। वह अपना कमरा छोड़ना नहीं चाहती थी। कमरा उसका घर था। उसका संसार। उसकी ज़िन्दगी। वह पूरी रात सो नहीं सकी। चमगादड़ कमरे में घूमते रहे और वह भयभीत सी उनके खिड़की से बाहर निकलने की राह देखती रही। ना जाने इन दिनों चमगादड़ क्यों और कैसे आने लगे थे!

वह अकेली रहने लगी थी। अपनी माँ और बाबा के साथ। अपनी बच्ची भाविनी के साथ। तलाक़ से मिले पैसों से थोड़ी मदद हो रही थी। पढ़ी-लिखी थी कोई काम करने की सोच रही थी। पर अपने अतीत को भूलना चाहे तो भी वह भूल नहीं सकती। इतिहास लोग भी याद दिला देते हैं। दूसरों के अन्दर अतीत और इतिहास ताज़ा रहता है। लोग वर्षों बाद भी उस बात को हूबहू वैसे का वैसा बोल देते दशक पुरानी बात को भी इस तरह दोहराते कि जैसे कल की बात हो। वह उनसे टूटती नज़र आती थी।

यह सब भूलकर एक बंगाली लड़की मोनिका जो उसके यहाँ खाना पकाने आती है उसके पास रसोई में चली जाती। मोनिका ने एक दिन आते ही कहा–"दीदी लगता है मुझे आपका घर छोड़ना पड़ेगा।"

"क्या हुआ?"

"दीदी हम जिस बस्ती में रहते हैं–कहा जा रहा है वह घर ख़ाली करो। पन्द्रह दिन के अन्दर। पहले दो साल का समय दिया गया था अब कह रहे हैं दो सप्ताह के भीतर यहाँ से निकलो।"

"तब तुम हमारे यहाँ खाना बनाने नहीं आ सकोगी?"

"हाँ। देखें आसपास कहीं जगह लेते हैं। बहुत टेंशन है।"

"मोनिका खाना बन गया?

"हाँ दीदी खाना बन रहा है।"

"मोनिका तुम्हारा फ़ोन बज रहा है।"

मोनिका जल्दी-जल्दी फ़ोन पर बात करने लगी थी। उसने सारी चीज़ों को समेटा और घर जाने के लिए भागी।

"क्या हुआ? क्यों भाग रही हो।"

"चीकू निकल गया।"

"चीकू निकल गया! कहाँ से निकल गया।"

"मेरे पति का फ़ोन था। पिंजरे से निकल गया। वे उसे पिंजरे में बन्द नहीं कर पा रहे हैं। मुझे तुरन्त जाना होगा मैं ही उसे पिंजरे में रख पाती हूँ।"

निवेदिता को याद आया मोनिका ने बताया था कि उसके पास एक बोलने वाला तोता है। उसकी छोटी बहन ने एक बार रास्ते से चुन्नी डाल के उस तोते को पकड़ लिया था। वह घायल था और एक जगह बैठा हुआ था। उसे घर लाकर उन लोगों ने उसकी सेवा की। उसके बाद वह तोता उनके घर के सदस्य जैसा हो गया। घर के सभी लोग उसे बहुत प्यार करते हैं। एक बार एक गुजराती परिवार न जाने कहाँ से उसके घर में आ गया। गुजराती महिला ने कहा कि यह तोता हमें बेच दो। मुँहमागी रकम देंगे। मोनिका ने कहा नहीं यह बेचने के लिए नहीं है। हम इसे नहीं बेचेंगे। वह गुजराती स्त्री रोने लगी। उसने कहा मेरा बच्चा अकेला है। उसका मन नहीं लगता। मैं तुम्हें और पैसे दूँगी। तोता मुझे बेच दो। मोनिका ने कहा, "आप ही बताइए दीदी हम चीकू को कैसे बेच सकते हैं! वह औरत अपना फ़ोन नम्बर देकर गयी थी। नये घर ख़रीदने के लिए पैसों की ज़रूरत है फिर भी चीकू को नहीं बेच सकते। वह मुझे कहता है–ओ माँ!ओ माँ!"

निवेदिता मोनिका की बात सुनकर सोचने लगी कि कहाँ से पाया मोनिका ने ऐसा बड़ा मन। उसे याद है मोनिका उनसे कई बार अमरूद ले जाती, तो कई बार बचा हुआ आटा। वह चीकू की बहुत सेवा करती है।

मोनिका ने कहा, "दीदी, पर यह घर छोड़ना पड़ेगा।"

"तुम इतना टेंशन मत करो। शान्ति से काम करो।"

मोनिका ने कहा, "हमें जल्दी छोड़ना पड़ेगा।"

निवेदिता ने कहा, "मोनिका पहले ठीक से खाना बनाओ।"

मोनिका ने कहा, "दीदी अगर हम लोग यह घर छोड़ देंगे तो हम दूर हो सकते

हैं और वहाँ से आने जाने में भी समय लगेगा।"

निवेदिता ने कहा, "उस बात को छोड़ दो तुम पालक की सब्ज़ी बना लो।"

मोनिका ने कहा, "दीदी आज मेरे पति की उन लोगों के साथ मीटिंग है।"

निवेदिता ने कहा, "मोनिका आटा अच्छी तरह गूँधो।"

मोनिका ने कहा, "दीदी उन लोगों ने हमारे पर दबाव बनाया है। कहा है घर जल्दी छोड़ दो।"

निवेदिता ने कहा, "मोनिका तुम बार-बार घर की बात करती हो। तुम्हारा काम में मन नहीं लग रहा है। तुम्हें काम करना है कि नहीं।"

अब निवेदिता के जीवन में हज़ारों बातें रहतीं जिससे वह घिरी रहती थी। बचपन से लेकर आज तक हर साल दुर्गा पूजा आती, और न जाने कलकत्ते की कितनी पूजा उसने देखी है। पैदल घूम-घूम कर, लाइन लगाकर, लेकिन आजकल हर साल जिस तरह से लोगों का सैलाब उमड़ता है जी घबराने लगता है भीड़ में। युवा तो सिर्फ़ सेल्फ़ी और फ़ोटो लेने में लगे रहते हैं, पूजा का आनन्द बहुत कम हो गया है। बचपन की पूजा याद आती। माँ दुर्गा की आँखें देखने का कैसा चाव रहता था। मन्त्रमुग्ध भाव से भव्य मूर्ति की आरती देखती रहती थी। घर के पास देशप्रिया पार्क की पूजा कई बार देख आती थी। आजकल तो रास्ते में चलना भी मुश्किल हो गया है। कल शाम को पण्डाल तक पहुँच ही नहीं पायी। बीच से ही लौट आयी।

अष्टमी के दिन निवेदिता भाविनी के साथ फ्लाईओवर से बाग़ बाज़ार की तरफ़ जा रही है। पुराना कोलकाता यानी उत्तर कोलकाता बहुत पुराना है। वह उत्तर कलकत्ते में पली-बढ़ी लड़की नहीं है। दक्षिण कलकत्ते की लड़की है। लेकिन पुराना कोलकाता उसे बहुत भाता है। बाग़ बाज़ार की तरफ़ जाते हुए उसने देखा युवा लड़के-लड़की के जो जोड़े साथ-साथ चल रहे थे उनमें और दक्षिण कोलकाता के जोड़ों में अन्तर है। लेक रोड के पास की जोड़ी और बाग़ बाज़ार में चलने वाली एक पारम्परिक जोड़ में अन्तर है। उसे बहुत अच्छा लगता है सड़कों पर चलना। दुर्गा पूजा में बाज़ार की तरफ़ पैदल जाते हुए उसे ऐसा लगा इन सड़कों पर चलते हुए भी जीवन गुज़ार सकती है। यह भाव जितनी जल्दी आता है उतनी जल्दी चला भी जाता है। बाग़ बाज़ार की पूजा देखने के बाद और वहाँ पर राशन की एक दुकान के सामने रुक गयी। दुकान में तेल, साबुन, क्रीम, पाउडर, कुछ चीज़ें अलमारी में करीने से रखी हुई थीं तो बहुत सारी चीज़ें–आटा, दाल, चावल आदि ज़मीन पर रखे हुए थे। निवेदिता ने अन्दर जाकर देखा काउंटर पर सुबोध दा कुछ क्या लिख रहे हैं। उनके

सामने के बाल सफ़ेद हो चुके थे। रसीद काटने के बाद उन्होंने सर उठाकर निवेदिता की तरफ़ देखा। दोनों की आँखें मिली गयीं। दोनों में कोई भी बात नहीं हुई।

वह बोली, "भाविनी को बाग़ बाज़ार की पूजा दिखाने लायी हूँ।"

"इस बार पूजा में बहुत भीड़ है।" सुबोध दा ने कहा।

"हाँ देख रही हूँ।"

सुबोध दा ने कहा, "बीच-बीच में बारिश होने से रास्ते कीचड़ से भर जाते हैं।"

निवेदिता कुछ देर वहाँ बैठी रही। थोड़ी देर बाद वह उठकर जाने लगी।

सुबोध दा उसे ध्यान से देखते हुए बोले, "अपना ख़याल रखना।"

निवेदिता ने पूछा, "आप चलेंगे? पूजा देखने!"

सुबोध दा बोले, "नहीं। फिर कभी। सुना, तुम अलग रहने लगी हो। कभी कभी आ जाया करो।"

निवेदिता ने कहा, "ठीक है। आप कुछ परेशान हैं।"

सुबोध दा बोले, "नहीं। कुछ पारिवारिक दिक़्क़तें हैं और उलझनें। पीछे को लेकर पछतावा है और भविष्य को लेकर चिन्ता। पर यह सब छोड़ो। तुम्हारी परेशानियाँ ज़्यादा हैं।"

निवेदिता कुछ नहीं बोली। दोनों चुप बैठे रहे। कुछ देर बाद वह वहाँ से निकल गयी।

सुबोध दा के साथ कभी भी वह पूजा देखने नहीं निकली। कभी भी उससे ज़्यादा देर बात नहीं हुई। कभी भी बहुत देर नहीं बैठी उनके साथ। फिर उन दोनों के प्रेम की इतनी कहानियाँ कैसे बन गयीं! कौन जाने! आज भी कुछ मिनट ही रुकी। सुबोध दा ज़्यादा नहीं बोले।

पिछले दो-तीन वर्षों में आसपास में जीवन बहुत बदला है। निवेदिता के परिवार में कुछ मौतें हो गयीं। माँ को पेट में भयंकर दर्द हुआ और किडनी में पथरी आ गयी। उसका ऑपरेशन करवाना पड़ा। बुआ का देहान्त हो गया। पिता भी प्रोस्टेट के ऑपरेशन से घर आये हैं। ऐसा भी कहा जा सकता कि यह बीमारियाँ कभी भी किसी को हो सकती हैं। परन्तु न जाने क्यों निवेदिता को ऐसा लग रहा है कि पिछले कुछ सालों में मृत्यु, रोग और वियोग सब कुछ आक्रामक ढंग से जीवन में छा गया है। जो भी हो निवेदिता सड़क पर चलते हुए अच्छा महसूस कर रही है। सड़क पर चलना उसे अच्छा लगता है। वह हल्की हो जाती है। सब कुछ सहनीय है। उसे लगता है जीवन अपनी रफ़्तार में जो है जैसा है चल रहा है और वह भी उस पर चल रही है।

वह चलते रहना चाहती है। रुकना नहीं।

निवेदिता ने इस साल पचासवें वर्ष में क़दम रखा है। उसके कुछ बाल सफ़ेद हो चले हैं। कब बचपन बीत जाता है और युवा उम्र आ जाती है। युवा उम्र कब ढल जाती है पता नहीं कब मध्य उम्र आ जाती है। मध्य उम्र आते ही ऐसा लगता है कि जीवन बदल गया है। अपने जीवन को समेटना शुरू होने लग जाता है। लगता है जो समय बचा है उसमें अपने स्वास्थ्य का ख़याल रखा जाये और बचे हुए समय में अपनी अस्मिता को बचाये रख, अपने जीवन को गरिमा दी जाये। हर समय लगता है जीवन भाग रहा है। समय बहुत कम है। भाविनी को बड़ा करना है, संस्कार देने हैं कि वह जीवन को ठीक से समझ सके।

कैसे धीरे-धीरे सब कुछ बदलने लगता है। उम्र बदल जाती है। लोगों के साथ के रिश्ते बदल जाते हैं। शाम हो गयी है। पूजा का शोर बढ़ रहा है। नन्दिनी भाविनी का हाथ पकड़े-पकड़े अपने घर की तरफ़ लौट रही है।

उसे लौटना है हर उन चीज़ों में जो उसे अच्छी लगती थीं।

उसे लौटना है अपने उस जीवन में जो उसके जीवन को एक संगति दे।

उसे लौटना है अपने उस संसार में जो उसे तसल्ली दे कि उसका जीवन उसके हाथों बिगड़ा नहीं है। उसने अपने जीवन को बनाये और बचाये रखा है। आज दशहरा है और सिन्दूर खेला की रस्म सुबह हो जाने के बाद माँ दुर्गा का अब विसर्जन हो जायेगा। विसर्जन हो रहा है, ढोलक बज रहे हैं। अब कुम्हार टोली में शिल्पकार अगले साल के लिए दुर्गा की नयी प्रतिमा छह महीने बाद बनाना शुरू करेंगे। पुरानी दुर्गा की प्रतिमा जो बिकी नहीं विसर्जित कर देंगे।

सितम्बर के अन्त और अक्टूबर की शुरुआत में उसके अन्दर एक नयी निवेदिता का जन्म हो गया है।

साख

रामदीन बाबू लम्बे, ग़ौर वर्ण के सजीले इन्सान हैं। कोलकाता महानगर में उन्होंने अपनी जगह बनायी है। अपनी बिरादरी में मान-सम्मान से उठते-बैठते हैं। आज से चालीस साल पहले अपना लड़कपन भागलपुर में बिताने के बाद कोलकाता बस गये। एक उद्योगपति रिश्तेदार के यहाँ ईमानदारी और निष्ठा से काम किया। तीस साल में पन्द्रह साल ख़ूब कमाया और अपना फ़्लैट ख़रीदा। अपने पुत्र को वह जो काम करते रहे उसी में लगा लिया। उसे अलग से कोई काम करने नहीं दिया। एक बेटी की शादी की। बहू और जमाई आये। बीमारी-हारी में ख़र्च किया। अपने परिवार को बनाये और बचाये रखने के लिए, समाज में अपनी हैसियत के अनुसार उठने-बैठने के लिए, समाज में स्वाभिमान पूर्ण जीवन जीने के लिए, उन्होंने अथक परिश्रम किया।

रामदीन बाबू की लोगों के बीच में प्रतिष्ठा है, सम्मान है। लोग जानते हैं उन पर किसी की कोई देनदारी नहीं। उन्होंने कभी किसी से दो रुपये भी नहीं लिए। जीवन में उतार-चढ़ाव आते रहते हैं और सब के दिन एक जैसे नहीं रहते। रामदीन बाबू ने पन्द्रह साल ख़ूब कमाया और धीरे-धीरे जब उनका अपना जमाया धन्धा मन्दा होने लगा तब बेटे को नया व्यवसाय कराने की कोशिश की पर नया धन्धा जमाना आसान नहीं है। असफलता हाथ लगी। कुछ ना कुछ करते हुए इतनी तो व्यवस्था उन्होंने कर रखी है कि बेटे-बहू के साथ रहते हुए घर का ख़र्च निकल रहा है।

रामदीन बाबू का मन हुआ भागलपुर में उनकी जो पुश्तैनी जगह है उसकी कोई व्यवस्था हो जाये। ज़मीन की रजिस्ट्री के काग़ज़ात उनके पास हैं। उनके पिताजी तीन भाई थे। दो चाचाजी का परिवार अभी भी भागलपुर में है। रामदीन बाबू पिछले पाँच सालों से भागलपुर नहीं गये हैं। कोविड-19 के दौरान जीवन बहुत बदल गया। उनकी पत्नी का देहान्त हो गया। कोलकाता से मन उचट गया। उन्होंने मन बनाया कि भागलपुर जाकर चार-पाँच दिन रहे और ज़मीन के बारे में कोई विचार करें।

आज रामदीन बाबू का जन्मदिन है। बहू ने कहा बाबूजी आप क्या चौहत्तर के हो गये। रामदीन बाबू बोले बहत्तर का हुआ हूँ चौहत्तर का नहीं। उन्होंने यह बात इस तरह कही मानो दो वर्ष बड़ा होने पर उन्हें न जाने और कौन से दायित्व निभाने पड़ें और दो वर्ष छोटा होने पर शायद उनके ऊपर दबाव कम हो जाये। बहू ने कहा–बहत्तरपार हमारे बाबूजी। अब ठीक है।

रामदीन बाबू ने भागलपुर अपने छोटे चाचा हीरालाल बाबू को फ़ोन लगाया और कहा–"मैं कुछ दिनों के लिए वहाँ आना चाहता हूँ।" चाचा जी कुछ नहीं बोले, हाल-चाल पूछ कर फ़ोन रख दिया। रामदीन बाबू की ज़मीन जहाँ पर है वहाँ दो मंज़िला घर भी बना हुआ है। परन्तु रामदीन बाबू जब भी भागलपुर जाते हैं चाचा के घर में ही रहते हैं। उनके अपने घर में ठहरने, रहने की व्यवस्था घर बन्द होने के कारण नहीं है। रामदीन बाबू को कुछ समझ में नहीं आया कि चाचाजी ने उनके आने की बात का कोई जवाब क्यों नहीं दिया! उनके जन्मदिन को भी याद नहीं किया और शुभकामनाएँ नहीं दीं। चाचाजी उनके जन्मदिन को हमेशा याद करते हैं। उन्होंने अपने बेटे शाश्वत से घर में विचार-विमर्श किया। बेटे ने कहा–"बाबूजी हो सकता है चाचाजी को वह बात बुरी लगी हो।"

"कौन-सी बात? तुम कौन-सी बात कह रहे हो?"

"बाबूजी आप भूल गये! कैसे भूल गये! उन्होंने आपके सामने प्रस्ताव रखा था। भागलपुर की ज़मीन आप उनके समधी को दें। आप तो जानते ही हैं उनके छोटे समधी बहुत बड़े उद्योगपति हैं और हर शहर में मॉल बना रहे हैं।"

रामदीन बाबू को याद आया छोटे चाचाजी ने उन्हें फ़ोन किया था कि उनके समधी भागलपुर में अपना मॉल बनाना चाहते हैं। उनकी ज़मीन जहाँ पर थी वह जगह उन्हें हर दृष्टि से बहुत अच्छी लगी। वे वहाँ पर एक मॉल खड़ा करेंगे। शाश्वत ने रामदीन बाबू को समझाया था—"बाबू जी हम यहाँ रहते हैं। वहाँ की जगह सँभाल नहीं सकते। यह अच्छा प्रस्ताव है।" पर ना जाने क्यों रामदीन बाबू अपनी पैतृक-पुश्तैनी जगह किसी को न तो बेचना चाहते और न ही किराये पर उठाना चाहते।

यह बात अलग है कि उन्होंने चाचाजी के लड़कों को उस जगह पर सीमेंट के पत्थर बनाने की अनुमति दे रखी है। उस बड़ी ज़मीन का कुछ हिस्सा वे उपयोग में ले रहे हैं। बड़े चाचाजी के पाँचों बच्चों से न जाने क्यों रामदीन बाबू को बहुत लगाव है। उनकी लड़कियाँ राधिका और रमा का नाम बार-बार लेते हैं। उन्होंने बड़े चाचाजी को फ़ोन लगाया। उन्हें यह विश्वास था कि चाचाजी के दोनों बेटे-बहू जो

भागलपुर में रहते हैं उनके आने से बहुत उत्साही होंगे और भागलपुर में चार-पाँच दिन रहने का रास्ता निकल जायेगा। बड़े चाचाजी ने फ़ोन उठाया। हालचाल पूछा। तबियत पानी की बात की। धन्धे की बात की। रामदीन बाबू ने कहा–"मैं तीन-चार दिनों के लिए बसन्त पंचमी को भागलपुर आना चाहता हूँ। आपके यहाँ ठहरने का मन है।" बड़े चाचाजी ने कहा–"ठीक है रामदीन। मैं तुम्हें एक-दो दिन में फ़ोन करता हूँ।" इस बात को एक सप्ताह बीत गया रामदीन बाबू के पास बड़े चाचाजी का भी फ़ोन नहीं आया। शाश्वत अपने पिता को हमेशा बोलता रहता–"बाबूजी भागलपुर में हमारा मकान जर्जर हो रहा है। हमारी अपनी इतनी ज़मीन है। जहाँ पर कभी बाग़-बग़ीचा था। बचपन में आप रहा करते थे। क्यों न उस मकान में ख़र्च करके उसे रहने लायक बना लेते हैं और वहाँ पर कोई दरबान रख दें ताकि हम बीच-बीच में भागलपुर आ-जा सकें।"

रामदीन बाबू ने अपने बेटे की बात नहीं सुनी। जब शाश्वत ने कुछ करना चाहा तो उसे भी मना कर दिया। लेकिन आज रामदीन बाबू के मन में यह बात आयी कि उनकी अपनी ज़मीन है और अपना खड़ा किया हुआ मकान। काश दस साल पहले जब उनका व्यापार ख़ूब फल-फूल रहा था और नगद हाथ में रहते थे वह उस मकान की मरम्मत करा लेते और वहाँ पर एक दरबान रखकर छोड़ देते ताकि वहाँ आना-जाना लगा रहता। वहाँ पर कोई छोटा-मोटा कारोबार करने की सोच सकते थे। रामदीन बाबू के पास जब बड़े चाचाजी का फ़ोन नहीं आया तब दसवें दिन उन्होंने उनको फ़ोन किया। चाचाजी ने हालचाल पूछा, इधर-उधर की बातें करते रहे और फ़ोन रखने ही वाले थे कि रामदीन बाबू ने कहा–"चाचाजी मैं चार-पाँच दिनों के लिए भागलपुर आने वाला हूँ।" अस्सी की उम्र पार चाचाजी ने कहा–"हाँ, याद आया। तुमने पिछली बार भी कहा था। तो ऐसा करो रामदीन मैं तुम्हारा बन्दोबस्त किसी होटल में करा दूँगा। तुम होटल में कुछ दिनों के लिए ठहर जाओ।"

"क्या? क्यों! होटल में क्यों?" रामदीन बाबू को हैरानी भी हुई और ग़ुस्सा भी आया।

रामदीन बाबू को चाचाजी की बात अच्छी नहीं लगी। उनके हाथों से फ़ोन गिरने लगा। वे भावुक हो गये। अपने शहर में जहाँ उन्होंने जन्म लिया जहाँ उनके चाचा रहते हैं होटल में रहना पड़ेगा! भागलपुर उनकी नसों में, रक्त में बसा हुआ है उसका असर अन्दर बाक़ी है। वहाँ खाये पराँठे और आम का अचार उनमें रचा हुआ है। उन्हें चक्कर सा आने लगा। उन्होंने सोचा इतनी तैयारी के साथ वे कहाँ जा रहे थे!

सम्बन्ध ऐसे बीहड़ हो जायेंगे ऐसा उन्होंने सोचा नहीं था। रामदीन बाबू के मन में चाचा लोगों के सुखी-सम्पन्न जीवन के प्रति वितृष्णा हुई। कई तरह के संशयों ने मन को घेर लिया। चाचाजी को प्रणाम कहा और खटाक से फ़ोन रख दिया।

शाश्वत सामने खड़ा था उसने पूछा, "क्या हुआ बाबूजी?" रामदीन बाबू बोले, "चाचाजी कह रहे हैं होटल में ठहर जाना। वहाँ बन्दोबस्त करा दूँगा।"

शाश्वत का चेहरा तमतमा गया बोला, "बड़े दादाजी ऐसा कैसे कह सकते हैं! आपने जब-जब बड़े दादाजी के बच्चे कोलकाता आये उन्हें अपने घर पर शिद्दत से ठहराया। माँ को कितनी असुविधा होती थी। पिछली बार दादाजी ने अपने छोटे लड़के प्रताप भैया का पथरी का ऑपरेशन कलकत्ते में करवाया और हमारे यहाँ आकर ठहरे थे। हमें कितनी दिक़्क़तें हुई थीं। मैंने कितनी बार कहा कि उन्हें पहले ही कह दीजिए कि कहीं दूसरी जगह अपनी व्यवस्था कर लें। लेकिन आपने कहा–ऐसा कहना शोभा नहीं देता है। हमारा भी अपना मान और रुतबा है। धाक है रिश्तेदारों के बीच। अगर तुम्हें दिक़्क़त होती है तो तुम कुछ दिनों के लिए बहू को लेकर कहीं घूम आओ। मैं अपने भतीजे की व्यवस्था कर लूँगा। आपको अपने बेटे से ज़्यादा प्यारा आपका भतीजा हो गया था। बाबूजी, आपने कभी भी मेरी और माँ की बात नहीं सुनी। आज कैसे उन्होंने दो टूक कह दिया होटल में ठहर जायेंगे।"

इस बीच शाश्वत ने छोटे चाचाजी से फ़ोन पर बात की। यह मालूम हुआ कि उनके पोते का विवाह होने वाला है। छोटे चाचाजी ने शाश्वत से कहा, "देखो बेटा हमारे घर में सिर्फ़ चार कमरे हैं और उसके बीच में तीन शौचालय। एक कमरे में मैं और तुम्हारी दादी रहते हैं। एक में सौरभ और सविता। मेरे पोते की शादी होने वाली है। उसके लिए एक कमरा बन रहा है। घर में रहने की कोई व्यवस्था नहीं है। चौथा कमरा हमें उठने-बैठने के लिए चाहिए। इस स्थिति में मैं तुम्हारे बाबूजी को कहाँ रखूँगा। तुम समझदार हो ऐसा करो उन्हें कहीं होटल में रुकवा दो।

रामदीन बाबू को दोनों चाचाजी की बात सुनकर झटका लगा। कैसा अटपटा और ग़लत विचार है। उन्होंने कभी कल्पना भी नहीं की थी कि अपने परिवार में उन्हें ऐसी बातें सुनने को मिलेगी। रिश्तों में कितना कुछ उलट-पुलट गया है यह सोच दुख हुआ। रामदीन बाबू ने कभी भी यह नहीं सोचा कि उनके घर में दो कमरे और एक बैठक ही है। भागलपुर से परिवार का कोई भी, कभी भी आता वह उन्हें कहते आ जाओ। इन्तज़ाम हो जायेगा। बैठक में गद्दे बिछवा देते, सोफ़े पर ख़ुद सो जाते, कमरों में नीचे ज़मीन पर गद्दे लगा दिये जाते, इस तरह आने वाले हर रिश्तेदार को

अपने घर में आश्रय देते रहे। जब उनका फ़्लैट छोटा था तब भी इस बात पर ध्यान नहीं दिया कि बाहर से आने वाले व्यक्ति तीन हैं या चार लोग हैं। कोई भी आता उन्हें फ़ोन करता वह तुरन्त कहते, चले आओ। उनकी पत्नी चुप रह जाती। शाश्वत अच्छी तरह जानता था कि पिता नहीं मानेंगे। घर के लोग सोफ़े पर सो जाते। जल्दी उठकर उनकी पत्नी खाना बनाने लग जाती। इस तरह भागलपुर से आये हुए लोगों का सत्कार होता। भागलपुर से कोई न कोई आता ही रहता। कभी परिवार में किसी लड़की की शादी ठीक हुई तो, बच्चा हुआ तो, उसकी शॉपिंग करने। साल में दो बार रिश्तेदारों को अपने घर में ठहराते ही रहे। शाश्वत ने कहा–"बाबूजी हमें कितनी असुविधा होती थी और माँ को कितनी दिक़्क़त। पर आपने कभी ध्यान नहीं दिया। कोई भी आता आप उसे अपना कमरा, शौचालय सब कुछ उपयोग में लेने देते। माँ को शौचालय की दिक़्क़त होती थी। माँ जानती थी आप उसकी बात नहीं सुनेगे। आपको ज़िद्द सी चढ़ जाती थी। शाश्वत ने उन्हें खरी-खरी सुना दी।

बहत्तर की उम्र पार रामदीन बाबू को समझ में आ गया कि समय बदल गया है और उनकी साख भी। नयी बहुएँ अतिथि का सत्कार नहीं कर सकतीं। काम देखकर चिढ़ जाती हैं। बड़ी चाची जी अगर जीवित होतीं तो क्या वे होटल में ठहरते। उन्होंने शाश्वत से कहा कि नयी लड़कियों में पहले-सी बात नहीं रही। शाश्वत चिढ़ गया। बोला, "बाबूजी मेरी पत्नी भी नयी पीढ़ी की है क्या उसने कभी कुछ कहा? हमेशा माँ के साथ काम करती रही। जबकि अपने मायके में उसने एक गिलास पानी भी अपने हाथ से लेकर नहीं पिया। इतने नौकर चाकर वहाँ देखे हैं।"

रामदीन बाबू किससे अपने मन की कहें। पत्नी रही नहीं। शाश्वत ठीक ही कह रहा है। समय इतना बदल गया है कि लोग ऊपर उठते आदमी की ही आवभगत करते हैं। जिनसे उनका काम निकले उससे रिश्ता रखते हैं। एक समय उनका काम ख़ूब चल रहा था तब बात और थी। कई सरकारी अफ़सरों से जान पहचान थी और इन भागलपुर वालों का कितना काम निकाल देते थे। अब वे अफ़सर भी रिटायर हो गये। नये लोग आ गये और उनके बीच में रामदीन बाबू की पहुँच नहीं रही। वे किसी को नहीं जानते। अब कोई दीवाली-होली भी राम-रम्मी, प्रणाम नहीं करता है। हर दीवाली को वे पाँच-छह लोगों को फ़ोन करते हैं, शुभकामनाएँ देने। सभी मित्र और रिश्तेदार रात-दिन तरक़्क़ी कर रहे हैं। ख़ूब कमा रहे हैं। इस बार उन्होंने किसी को फ़ोन नहीं किया तो किसी का फ़ोन आया भी नहीं। वे एकदम अकेले हो गये। अपने ही पैतृक शहर में एक भी घर ऐसा नहीं जहाँ जाकर वे रह सकें! अप्रैल महीने की भयंकर गर्मी में भले ही कोयल कूक रही हो उन्हें अपनी व्यर्थता वेदना लगने लगी।

पिछले दिनों की बात है रामदीन बाबू अपने एक घनिष्ठ मित्र नवलकिशोर से बात कर रहे थे। नवलकिशोर बता रहे थे कि कुछ दिनों पहले उनके बेटे और बहू लन्दन गये थे। लन्दन में उनके छोटे भाई जगदीप के बेटे-बहू रहते हैं। उनके बेटे–संजीव और बहू मानवी ने वहाँ जाकर उन्हें सन्देश दिया कि हम लन्दन आ गये हैं तो मेहुल ने कहा हमारा घर बन रहा है। हमारे यहाँ ठहरने की व्यवस्था नहीं होगी। तुम होटल में रुक जाओ। उनके बेटे संजीव और बहू मानवी को बहुत बुरा लगा। जबकि मानवी तो मेहुल की पत्नी की सहेली है। भारत से लन्दन जाने के पहले उन दोनों की आपस में बात हुई थी कि वे लन्दन आने वाले हैं। पिछली बार वे उन्हीं के यहाँ ठहरे थे। मानवी स्तम्भित थी कि उन दोनों ने लन्दन आने के बाद अपने घर आने के लिए मना कर दिया। क्यों किया! संजीव ने तुरन्त होटल में इन्तज़ाम कर लिया। उसे होटल के ख़र्च की कोई परवाह नहीं है पर उसे यह बात बहुत अखरी कि मेहुल उससे छोटा है और उसे पहले ही बताना चाहिए था कि वे लोग कहीं और ठहरने का इन्तज़ाम कर लें। नवलकिशोर बाबू ने बताया आजकल रिश्तों पर खाक पड़ गयी है। वह गर्माहट और अपनापन कहीं नहीं रहा।

रामदीन बाबू ने उस दिन नवलकिशोर की बात सुन ली और मन में सोचा कि ऐसा क्या अटपटा इस घटना में घटा कि नवल किशोर यह क़िस्सा मुझे सुना रहा है। पर आज उन्होंने इस बात को गहराई से महसूस किया जब चाचाजी ने कहा होटल में तुम्हारी व्यवस्था कर दूँगा।

उन्हें यह भी याद आया कुछ दिन पहले सुबह मॉर्निंग वॉक के लिए गये थे तो उनके मॉर्निंग वॉक के मित्र आपस में बात कर रहे थे। मदनमोहन के बेटे-बहू पिछले पन्द्रह सालों से इंग्लैंड में रहते हैं। कुछ सालों से वे जब भी कोलकाता आते हैं ताज होटल में ठहरते हैं, मदनमोहन और उनकी पत्नी होटल में ही उनसे मिलने चले जाते हैं। एक दिन होटल में ही गेट-टू-गेदर कर लेते हैं। सारे रिश्तेदार वहीं आ जाते हैं। समय की नब्ज़ को रामदीन बाबू समझ रहे हैं। फिर भी चाचाजी की बात दिल को लग गयी।

रात के निविड़ एकान्त में रामदीन बाबू बाहर सोफ़े पर अपने दोनों पाँव ऊँचा किये ओढ़ने की चादर को मफलर की तरह गले और बदन में लपेटे औंधे पड़े हैं और अपलक कहीं देख रहे हैं। शाश्वत घबरा गया। क्या हुआ? कल रात बारह बजे तक बाबूजी के कमरे में चक्कर लगाता रहा। दवा और ईसबगोल की भूसी देकर उन्हें अच्छी तरह से कमरे में सुलाकर आया था। बाबूजी इन सालों में कई तरह की

दवा लेने लगे हैं। मधुमेह की, ख़ून पतला होने की, नींद की, विटामिन आदि। उनकी हड्डियों में जान आ जाये इसलिए शाश्वत की पत्नी उन्हें फल और उसके साथ पिस्ता, बादाम, अखरोट, मूँगफली आदि पीस कर फाँकने दिया करती है। बाबूजी जल्दी सोने चले गये। वे चाचाजी की बातों का अभिप्राय समझ चुके थे। वे स्वप्न का सार समझ चुके थे। उन्होंने जीवन भर यही करने की कोशिश की थी कि रिश्तों को जीवन भर निभाते रहेंगे पर उन्हें समझ में आ गया कि भागलपुर में उनकी साख नहीं रही। रामदीन बाबू के लिए यह हताशा और चोट लगने का कटु अनुभव था।

सोने से पहले उन्होंने सोचा कि कुछ तो वे फिर से ऐसा करेंगे कि फिर से साख बन जाये। वे शरीर से ज़्यादा मज़बूत नज़र नहीं आते हैं लेकिन असल में अन्दर से काफ़ी मज़बूत मन है उनका। उनका जीवट और तेवर अच्छों को मात दे।

बाबूजी ने शाश्वत को कहा, "वहाँ अलमारी में मेरी एक पुरानी डायरी रखी हुई है। उसमें देखो सन्तोष का नम्बर होगा। ज़रा उसे फ़ोन मिलाना।"

शाश्वत ने बाबूजी को ख़ूब दृढ़ देखा।

"सन्तोष कौन बाबूजी! अच्छा याद आया वही सन्तोष जिसे आपने बड़ा बाज़ार में जीवन बाबू की गद्दी में रखवाया था। जिसने कलकत्ते में वकालत की पढ़ाई की। आपने जिसकी मदद की।"

"हाँ। वही सन्तोष। वह भागलपुर में काम कर रहा है। सुना है सफल है।" शाश्वत ने फ़ोन नम्बर खोजकर बाबू जी को दिया।

बाबू जी ने सन्तोष को फ़ोन लगाया –"मैं बोल रहा हूँ। कोलकाता से रामदीन बाबूजी।"

"आप! इतने दिनों के बाद याद किया। कैसे हैं? बाबूजी!" सन्तोष ने तुरन्त पहचान लिया और हुलसकर वह उनसे बात करने लगा। पच्चीस साल हो गये उस बात को जब बाबूजी ने सन्तोष की मदद की थी। सन्तोष उनके यहाँ रहने वाले दिलीप झा का लड़का था। झा जी तो धार्मिक व्यक्ति थे। पूजा-पाठ कर्मकाण्ड में अपना समय लगाते लेकिन सन्तोष मेधावी था उसका मन था कि वह वकालत की पढ़ाई करे। कोलकाता आकर उसने पढ़ाई भी की और रामदीन बाबू ने उसे काम पर जहाँ रखवाया उसे पॉकेट ख़र्च के पैसे भी मिलते रहे। सन्तोष से आत्मीयता बढ़ती गयी और उसका घर आना-जाना लगा रहा। सन्तोष भागलपुर में अपना फॉर्म खोल कर बैठा है।

"सन्तोष मैं भागलपुर आ रहा हूँ।"

"अच्छा बाबूजी कब आ रहे हैं? किसके यहाँ रुकेंगे? बड़े चाचाजी या छोटे चाचाजी।"

"नहीं। होटल में रहूँगा।"

"यह क्या बोल रहे हैं बाबूजी! आप होटल में। क्यों? आप मेरे यहाँ रुकेंगे। मेरा अपना घर है। आप ही के आशीर्वाद से यह सब हुआ है। आप होटल में क्यों और कैसे रुकेंगे। ऐसा कभी नहीं हो सकता।"

रामदीन बाबू ने कहा, "सन्तोष तुमसे कुछ काम है। पहले मैं वहाँ पर आ जाऊँ। एक बार तुम होटल की ही व्यवस्था कर दो। उसके बाद तुम्हारे घर भी आऊँगा।"

सन्तोष ने रामदीन बाबू से बहुत ज़िद की लेकिन रामदीन बाबू ने कहा–"नहीं। मैं अस्वस्थ रहता हूँ। बार-बार शौचालय जाना पड़ता है। होटल में शौचालय की दिक़्क़त नहीं होगी। तुम्हारे घर में बहू है। मुझे बहू-बेटियों के सामने थोड़ी असुविधा होती है।"

सन्तोष रामदीन बाबू की ज़िद के आगे कुछ ना कर सका। रामदीन बाबू भागलपुर चले गये। भागलपुर जाने के बाद रामदीन बाबू ने सन्तोष को बुलाया और उससे अपने मन की दो-चार बातें कीं। उससे कहा, "देखो, अब अपने ही शहर में मैं अपने लोगों के घर में नहीं ठहरा। अपने लोगों के घर में मेरे लिए जगह नहीं है। होटल में रुका हूँ। मेरी अपनी इतनी बड़ी जगह है। तुम जानते हो वहाँ पर छोटे चाचाजी के लड़के काम कर रहे हैं। काफ़ी बड़ा हिस्सा उन लोगों ने ले रखा है। मैं उसे ख़ाली करवाना चाहता हूँ।"

"क्या बोल रहे हैं बाबूजी। वे कभी नहीं छोड़ेंगे। पिछले पच्चीस सालों से वहाँ पर जमे हुए हैं। वे कभी नहीं देंगे।"

"मुझे पता है। इसलिए ही तुम्हें बोल रहा हूँ। कुछ हो सकता है?"

सन्तोष ने कहा, "ठीक है हो जायेगा। मेरी पहचान है यहाँ के कुछ बिल्डरों और पुलिस से।

रामदीन बाबू जानते हैं सन्तोष किस तरह से अपनी पैठ बना चुका है भागलपुर में। रामदीन बाबू ने शाश्वत से यह सब नहीं कहा। शाश्वत सीधा सरल मन का लड़का है। उसकी बढ़त नहीं हो पायी क्योंकि उन्होंने उसे हमेशा हतोत्साहित किया। रामदीन बाबू ने दुनिया देखी है अगर दोनों चाचा लोगों के घर में उन्हें एक रात रुकने की जगह नहीं मिल सकती तो वे अपनी पुश्तैनी जगह किसी को सेंत में नहीं दे सकते। रामदीन बाबू ने सन्तोष के ऊपर सब कुछ छोड़ दिया और दो दिन होटल में

रुकने के बाद वे कोलकाता वापस लौट आये। उन्होंने कोलकाता आने के बाद छोटे चाचाजी को फ़ोन किया। "अपने लड़कों से बोलकर मेरी जगह ख़ाली करवाइए मैं वहाँ पर व्यापार करूँगा।"

छोटे चाचाजी ने कहा, "क्या कह रहे हो रामदिन ऐसे कैसे हो सकता है! वर्षों का जमाया उनका काम है। वहाँ पर काम कर रहे हैं"

रामदीन बाबू ने कहा, "तीन महीने के अन्दर वह जगह या तो आप ख़ाली करवाइए या फिर मैं करवा लूँगा।" ऐसा कहकर रामदेव बाबू ने फ़ोन रख दिया। पूरे महीने उनके पास कई फ़ोन आते रहे चाचाजी के। चाचाजी के लड़कों के। वे दबाव बना रहे थे। कह रहे थे आप वह जगह कैसे ले सकते हैं! आप तो पिछले दो-तीन दशक से उस जगह को हमारे हाथों सौंप चुके हैं।

रामदीन बाबू ने कहा, "मैं पुलिस कार्रवाई नहीं करना चाहता। उसे रातों-रात ख़ाली करो।"

सन्तोष भागलपुर का प्रतिष्ठित वकील है। उसने ज़ोर लगाया और अपनी पहचान और साख से उसने चाचाजी के दोनों लड़कों को ऐसा धमकाया कि वे बिलबिलाने लगे। उनके लिए बहुत मुश्किल था जगह को छोड़ना। एक महीने के बाद रामदेव बाबू ने फिर भागलपुर की यात्रा की। इस बार रामदीन बाबू फिर से होटल में रुके। दोनों चाचाजी बार-बार मनुहार करते रहे। घर आओ। घर आकर रहो। तुम्हारा घर है। अपने घर में न रुक कर, होटल में कोई रुका जाता है क्या! रामदीन बाबू ने कुछ नहीं कहा। इस बीच सन्तोष ने उन्हें इस तरह का अपना रूप दिखाया कि उन्होंने कहा कि जल्द ही जगह को ख़ाली करेंगे।

रामदीन बाबू ने कहा, "अगर आप लोगों को जगह चाहिए तो मुझे हर महीने उस जगह का भाड़ा दो। किराया दिये बिना मैं वहाँ पर रहने नहीं दूँगा। पिछले बीस सालों से एक कौड़ी भी तुम लोगों ने नहीं दी।"

रामदीन बाबू भागलपुर में अपना रिहायशी घर होने पर भी रहना नहीं चाहते थे। शाश्वत घर के मरम्मत की बात अक्सर करता था पर टाल जाते। आज उन्होंने अपने मन का मुआयना किया। सन्तोष ने बेदख़ल नोटिस दोनों चाचाओं के घर भिजवा दी थी। ज़मीन की रजिस्ट्री के सारे काग़ज़ात रामदीन बाबू के पास थे। नोटिस मिलने के बाद छोटी चाची आज अपने दोनों बेटों के साथ रामदीन बाबू से मिलने होटल आयी। छोटी चाची ने कहा रामदीन उस जगह को लेकर इतनी इल्लत क्यों कर रहे हो। चाची के चेहरे पर पीड़ा थी। मेरे लड़के काम करते हैं वहाँ। रामदीन बाबू ने चाची

का चेहरा देखा। चाची बूढ़ी हो गयी थी। उन्हें उनके चेहरे में कलावती का चेहरा दिखाई दिया। कोई छूटा हुआ राग बजने लगा। चाची की बहन कलावती रामदीन बाबू के मन से जाती ही नहीं थी। उनके साथ लम्हे रोशन ना हो सके। कलावती का ब्याह भागलपुर में कहीं और हो गया। युवा रामदीन बाबू का कच्चा मन टूट गया। वीरान यन्त्रणा भरे जीवन को छोड़कर रामदीन बाबू महानगर में बस गये। भागलपुर उन्हें खँडहर लगने लगा। हाँ आना-जाना लगा रहता था। अपनी ज़मीन और सम्पत्ति के बारे में कभी गम्भीरता से नहीं सोचा। हर समय मन में यह बात रही कि चाचाजी का परिवार है कभी बड़े के यहाँ तो कभी छोटे के यहाँ ठहर जायेंगे। अपनी ज़मीन और घर चाचाजी के बच्चों के काम आ रही है। कम से कम बाहर के लोग तो दख़ल नहीं कर सकते।

इस बार उन्हें घर के निकटतम सम्बन्धियों ने मानसिक क्लेश तो दिया ही उनके सम्मान और साख को चोट पहुँची। वह जज़्बाती आदमी नहीं हैं। पर सामाजिक प्रतिष्ठा बिगड़ जाने पर उन्हें लगता है मुर्दे का जीवन जी रहे हैं। उनका जन्म और शिक्षा भागलपुर में हुई। लेकिन महानगर में पैर जमाया। सन्तोष ने उनकी बिगड़ी हुई साख को फिर से सँभाल लिया। नोटिस जाते ही खलबली मच गयी। रामदीन बाबू से बार-बार दोनों चाचा बात करने, मीटिंग करने और अपना इरादा बदलने की गुहार लगाने लगे। रामदीन बाबू एक बात पर अडिग थे। उनके लड़कों को उस जगह का किराया देना पड़ेगा नहीं तो अपना बोरिया बिस्तर उठाकर वहाँ से चले जायें। अब और रियायत नहीं कर सकते हैं।

तीन महीनों के अन्दर रामदीन बाबू के पास उनकी वह ज़मीन जिस पर चाचाजी के लड़के काम कर रहे थे के किराये के पैसे आने लगे। रामदीन बाबू ने उन पैसों से भागलपुर का अपना जीर्ण-शीर्ण मकान ठीक करवाया। वहाँ पर एक स्थायी दरबान को नियुक्त किया। बाक़ी बचे हुए पैसे शाश्वत को देने लगे।

रामदीन बाबू ने एक दिन शाश्वत से कहा, "सम्बन्ध जटिल और अटल होते हैं। सम्बन्धों पर कभी अविश्वास मत करना पर कभी किसी दिन ऐसा लगे सब कुछ बुझ गया है तो अपनी लड़खड़ाती और उखड़ती साख को बनाये और बचाये रखने की कोशिश ज़रूर करना।"

श्यामानन्द बाबू

बालीगंज सर्कुलर रोड के बाद जो इलाक़ा आता है उसे रिची रोड कहते हैं। रिची रोड के मध्य एक बहुत बड़ा पार्क है। मेडॉक्स स्क्वायर। इस पार्क के चार कोनों में से एक कोने से शरत बोस रोड की तरफ़ जाया जा सकता है, तो दूसरे कोने से हाज़रा रोड की तरफ़ निकला जा सकता है।

यह इलाक़ा पुराने बंगाली वकीलों का इलाक़ा है। जिनके अट्टालिकानुमा मकानों में अब सिर्फ़ वृद्ध माता-पिता ही रह गये हैं। बच्चे अमेरिका, लन्दन, दिल्ली, मुम्बई और बैंगलोर चले गये हैं, पहले नौकरी करने फिर वहीं बसने। इनके अलावा यहाँ मारवाड़ी, गुजराती रहते हैं तो बिहारी, पंजाबी भी इक्का-दुक्का परिवार दिख जाते हैं।

यहाँ मध्यवर्गीय और उच्च मध्यवर्गीय जीवन के समानान्तर साधारण लोगों का जीवट से भरा जीवन चलता रहता है। जो सतत सक्रिय रहते हैं किसी योद्धा की तरह। सुबह से शाम तक फ़्लैटों में आने वाले लोगों की फ़ेहरिस्त बनायी जाये तो उसमें डाकिया, कूरियर सर्विसवाला, ग्वाला, अख़बारवाला, माली, धोबी, योग और मसाज़वाला, आजकल स्विग्गी ज़ोमैटो आदि का ज़माना है तो डेलिवरी ब्वॉय भी आते रहते हैं। एक दुनिया ड्राइवर, माली, घरेलू नौकरों की जो आसपास की बस्ती में रहते हैं और मकानों के सामने तैनात सिक्योरिटी गार्ड जो दूरबस्ती-झोपड़पट्टियों से आते हैं, की भी है। शाम के समय मकानों के बाहर इनका अपनी तरह का अड्डा जमता है। अदम्य चाहत और जीने-बचे रहने के लिए अक्सर ड्राइवर और नौकर फ़्लैटों में काम करने वाली नौकरानियों से हुए प्रेम की कहानी सुनते-सुनाते हैं। इनके उल्लास और इनके अन्दर की ख़ुशी की दमक कल्पना और यथार्थ से मिली-जुली इन कथाओं में दिखाई पड़ती है।

यहाँ इसी इलाक़े में एक टैक्सी ड्राइवर गोपी रहा करता था। वर्षों पीली टैक्सी चलाने के बाद भी वह अपने रहने और खाने का कोई स्थायी बन्दोबस्त नहीं कर पाया। इसी इलाक़े में पच्चीस वर्ष पहले एक मकान की नींव डाली गयी थी। जब मकान खड़ा हो रहा था मकान मालिक श्यामानन्द बाबू ने उस जगह की देखभाल के लिए रात-दिन के एक दरबान धनेसर को नियुक्त किया था। धनेसर बाबू से छुपाकर निर्माणाधीन मकान में कभी किसी ईखवाले की गाड़ी तो, कभी किसी की साइकिल, स्कूटर, बाइक आदि खड़ी करवा लेता था। गोपी, उसके कुछ मित्र, परिचित रिश्तेदार भी वहाँ रहने लगे थे। वे वहाँ सोते, नहाते-धोते और सुबह चले जाते। धनेसर उनसे पैसे बनाता था और रात में उनके साथ खैरात में पीता साथ ही मज़ाक़, चुटकुले और गालियों का मज़ा लेता। दारू पीने के बाद उन पर गरियाता। जब मकान बनकर तैयार हो गया और बाबू वहाँ रहने आ गये तब उन्होंने अन्य लोगों को वहाँ से विदा किया पर गोपी नहीं गया। उसके प्रति उनके मन में अनुराग था।

कुछ वर्षों के बाद बाबू ने धनेसर की अचानक मौत के बाद गोपी को अपने यहाँ दरबानी का काम करने और साथ ही ड्राइवर बनने का प्रस्ताव दिया। रात में दरबानी का सरल काम था। गेट खोलना और बन्द करना और दिन में गाड़ी चलाना। यह प्रस्ताव उसे पसन्द आया। सालों टैक्सी चलाने के बाद वह बाबू के यहाँ रात-दिन का ड्राइवर नियुक्त हो गया। वह साँवला, कम बालों वाला, नाटा सा व्यक्ति था जो बोलते हुए हकलाता था। टैक्सी चलाने के दौरान उसने कोलकाता के चप्पे-चप्पे को छान मारा था। बाबू को वह किसी भी पते पर ठीक से पहुँचा देता था। उसे इस बात की भी ख़ुशी थी कि 'ओला' और 'ऊबर' कैब्स चलने के कारण धन्धे पर जो चोट पड़ी थी उससे भी राहत मिलेगी और साल के अन्त में बोनस मिलेगा। बाबू के काम कम था। सुबह बच्चों को विद्यालय और बाबू को ऑफ़िस छोड़ना और लाना। उसके बाद पूरे दिन गाड़ी खड़ी रहती थी। महीने में दो-तीन बार ही पाँच-सात घण्टे के लिए गाड़ी लगातार निकलती थी। गोपी के लिए यह मज़े का काम था। रात में दरबानी करने में भी उलझन नहीं थी। पूरे मकान में दो परिवार रहते थे और उनकी गाड़ी उतनी ज़्यादा निकलती और आती-जाती नहीं थी कि पूरे दिन दरवाज़ा खोलना बन्द करना पड़े।

बाबू गाड़ी में सामने बग़ल वाली सीट पर बैठते और धीरे-धीरे उससे बहुत बातें करते थे। कॉलेज के दिनों में श्यामानन्द बाबू ने समाजवादी मित्र जयराज मेहता की संगति की थी। वे लोग देश को समाजवाद द्वारा बदलने का सपना देखते थे। बाबू

गोपी के माध्यम से उसके गाँव की स्थिति को समझने की कोशिश कर रहे थे। उसे देखकर लगता था कि वह उनका कोई पुराना सेवक है और वर्षों से उस घर से जुड़ा हुआ है। बाबू के बर्ताव में सहज आत्मीयता थी। वे अपनी पत्नी और बच्चे के साथ बाहर निकलते तो गोपी से ही बात करते। उसे चाय-पान के लिए अलग से पैसे देते। गोपी कभी कोई हिमाकत करता तो उसे धीरे से समझाते। उनकी पत्नी रमा डाँट लगाती तो उन्हें बरजते। उनका गोपी के प्रति लगाव अप्रत्याशित था। धीरे-धीरे कुछ सालों में गोपी भाभी की अवहेलना करने लगा।

भाभी अपने पति से इस बात के लिए बहस करती कि वे क्यों एक ड्राइवर के सामने उसका अपमान करते हैं। गोपी उनका इतना अपना हो गया कि वे ही उसे बरजेंगे और कोई कुछ बोले तो उसे रोक देंगे। परबाबू अपनी पत्नी की शिकायत को अनसुना कर देते और कहते तुम क्या जानो उनके ज़ीवन को। वे अन्दर से बदल गये थे। भाभी इस बात से क्षुब्ध थी।

श्यामानन्द बाबू की आर्थिक स्थिति ठीक थी। इन सालों में गोपी का आत्मविश्वास बढ़ गया था। उसे ऐसा लगने लगा था कि कम वेतन मिल रहा है। आसपास के ड्राइवर मित्रों से तनख़्वाह की बात पूछता रहता और बाबू पर एडवांस देने और बोनस बढ़ाने का दबाव बनाने लगा। अक्सर महीना शुरू होने के पहले ही पैसे ले लिया करता। कभी कहता गाँव में मकान टूट रहा है। कभी-कभी उसकी पत्नी फ़ोन कर देती कि बच्चा बीमार है उसे इतना पैसा दे दीजिए। बाबू को उसका व्यवहार भद्दा और अराजक लगने लगा। एडवांस का दबाव महसूस करने लगे। फिर भी गोपी उनके यहाँ पड़ा था।

इस बीच कोरोना वायरस ने कहर ढाया। बाबू का आना-जाना कम हो गया। हर काम घर से होने लगे। गोपी दिन भर सोता। वह धीरे-धीरे मोटा होने लगा। दरबानी का काम भी ज़्यादा नहीं था। कोई आता-जाता ही नहीं था तो दरवाज़ा किसके लिए खोलता! गाँव से बार-बार बुलावा आ रहा था। एक दिन गोपी गाँव चला गया। गाँव जाने के बाद कभी ख़ुद, तो कभी अपनी पत्नी से ऑनलाइन पैसे भेजने के लिए बाबू को फ़ोन करवाता रहता। बाबू ने उसके फ़ोन उठाने बन्द कर दिये। एक दिन वह वापस आ गया। बाबू ने उससे बात नहीं की। रविवार की सुबह बाबू ने कहा–"गोपी तुम देख ही रहे हो काम कितना कम हो गया है। ऐसा करो गाँव चले जाओ और क्वार्टर ख़ाली कर दो।" उसे यक़ीन नहीं हुआ कि बाबू उसे जाने के लिए कह रहे हैं। वह दोनों हाथ जोड़े खड़ा हो गया कि कोई भूल हो गयी हो तो माफ़ करें। वह

उस पल अपनी स्थिति समझने में असमर्थ था। मन ही मन अपने को कोसा कि न जाने क्या ग़लती हुई है। भाभी और बच्चे सभी इस निर्णय से चौंके कि गोपी जो इन पाँच सालों में उनके घर के आदमी जैसा हो गया था, बाहर से कोई मेहमान आते तो उसके हाथ में बख़्शीश रखते, उसके लिए उपहार लाते, उससे ऐसे बात करते जैसे वह घर का सदस्य हो उसे नौकरी से बर्ख़ास्त कर दिया गया है। इन दिनों आस-पास हुई मौतों ने, व्यापार पर पड़ी चोट ने बाबू के अन्दर के कोमल तत्त्व को नष्ट कर दिया था। वे बदल गये थे।

गोपी तरह-तरह से बाबू को मनाता रहा। उसने एक-दो बार भाभी से कहा–"हमें रख लीजिए।" भाभी गोपी के गुणों को पहचानती थी कि वह अच्छी गाड़ी चलाता है और सभी रास्ते-घाट जानता है। वे उसे रखना चाहती थी पर न तो वे पहले बाबू का गोपी के प्रति लगाव रोक सकी और न ही अब उसके जाने को रोक पायी। वे जानती थी कि उनके पति का किसी पर मन आ गया तो उसे बग़ल में बैठा लेंगे और मन उतर गया तो उसे घर ही नहीं अपनी ज़िन्दगी से भी बाहर कर देंगे।

कुछ दिनों बाद श्यामानन्द बाबू और रमा भाभी गोपी को अगल-बग़ल के मकानों में अस्थायी काम करते हुए देखने लगे। कभी-कभी आँखें मिल जातीं तो अजीब-सा महसूस करते। साल भर के अन्दर में ही गोपी के सिर के बाल जो पहले ही बहुत कम थे, झड़ गये। चेहरा सूख गया। वह काफ़ी दुबला हो गया। भाभी सोचती–यहाँ कैसा मोटा-ताज़ा था! चेहरे पर कान्ति थी और अब कैसा उड़ा-उड़ा लगता है। हताश और उदास गोपी को देखकर उनके मन में ममता जागती थी। वे सोचती जीवन में अनुराग और विराग कितना अस्थायी और अप्रत्याशित है। एक दिन राग विराग में बदल जाता है! उन्होंने बाबू की तरफ़ देखा जो इन छह महीनों में नये ड्राइवर को रख और छोड़ उकता गये थे। एक भी उन्हें नहीं जँचा था।

एक दिन रात का भोजन करते हुए बाबू भाभी से बोले–"जिस दिन मैंने गोपी को काम से निकाला उसके एक दिन पहले तुम्हें याद होगा मैं ऑफ़िस गया था और महेश मेरी ऑफ़िस में आया था।"

भाभी बोली–"अच्छा।"

बाबू बोले—"आजकल उसके बड़े बेटे-बहू लन्दन में हैं। वैसे भी तुम जानती ही हो उसकी अपने उस बेटे से पटरी कभी नहीं बैठी।"

भाभी बोली–"आपने बताया था कि कॉलेज के दिनों में जयराज मेहता के विचारों का घोर विरोधी था।"

बाबू बोले–"हाँ। आज भी है। उस दिन महेश पहले तो अपने सबसे छोटे बेटे के एम.बी.ए इंस्टिट्यूट में आयी एक लेखिका जो व्यवसायी पत्रिका में लिखती हैं–मोनिका हालन की पुस्तक 'लेट्स टॉक मनी' की बात करने लगा। वह उस पुस्तक से प्रभावित है, बोला–'उनका प्रमुख उद्देश्य ऐसी व्यवस्था के बारे में बताना है जिससे जीवन-भर की कमाई के बारे में हम निर्णय ले सकें और पूरे साल चिन्ता से मुक्त रहें।' फिर इधर-उधर की कहते हुए कहा–गोपी को हटा दो और अपनी इस गाड़ी को बेचकर नयी गाड़ी ले लो। कब तक पुरानी गाड़ी खींचोगे! आजकल कौन स्थायी ड्राइवर रखता है! जब ज़रूरत हो लोग सेंटर से बुला लेते हैं। क्यों इसे पाल रहे हो! वह मुर्गा, गोश्त और चिकन बाहर खाता ही होगा। मुझे तुम्हारा गोपी एकदम नहीं भाता। पचहत्तर साल से ज़्यादा हो गये हमारे देश को आज़ाद हुए तुम क्या सोचते हो शहर में रहने का इन्हें शऊर आ गया! ये तसले के ईंट गारा ही बने रहेंगे। यही सच है ये धक्के खाते हुए काम खोजते हैं और मिल जाने पर आँखें दिखाते हैं।" भाभी सब कुछ समझ गयी। महेश भाई साहब की उनके घर में पहले दख़लअन्दाज़ी थी जो बाद के सालों में बन्द हो गयी थी। भाभी ने कहा–"भाई साहब ने कहा और आपने मान लिया? कैसे उनकी बातों में आ गये! आपने सोचा कि आपका जीवन पारम्परिक और दकियानूसी है और गोपी को हटाने से क्रान्ति होगी!" बाबू चुप थे। संजीदा। लग रहा था कुछ सोच रहे हैं।

कुछ दिनों बाद एक दोपहर कॉलेज से बच्चों को गाड़ी लाने गयी। जब ड्राइवर उन्हें लेकर आ गया श्यामानन्द बाबू ड्राइवर की तरफ़ इशारा कर अपनी पत्नी से बोले–"ज़रा इसे चाय-पान के पैसे तो दो। देखो तो सही, पान खाये बिना इसका चेहरा कैसा सूख गया है।" रमा भाभी ने घूमकर नये ड्राइवर को देखा, वह चौंकी–दरवाज़े पर गोपी था। पहले जैसा ही निश्छल और विनम्र।

अजन्ता बुक व्हीलर

चारों तरफ़ सन्नाटा है। अपराह्न का सन्नाटा। इस सन्नाटे में कुछ आवाज़ें आ रही हैं। बस अड्डे पर लगे माइक से आने वाली आवाज़ें। सूचना दी जा रही है। यात्रीगण इतने नम्बर बस, इतनी देर में, इस जगह के लिए छूटेगी। पैसेंजर को पुकारते बस कंडक्टर। चारों तरफ़ बसें और यात्रियों का कोलाहल। रोज़ सुनाई पड़ने वाली आवाज़ें। कहीं यात्रा पर निकल पड़ने की आवाज़।

नामू एक क़स्बे में रहते हैं। कुछ दिनों से घर से निकल पास के बस अड्डे पर आकर एक जगह बैठ जाते हैं। उन्हें ये आवाज़ें अच्छी लग रही हैं। स्कूटर-बाइक के हॉर्न की आवाज़ें भी। वे एक ही तरफ़ देखते रहते हैं। उस तरफ़ जहाँ से बसें आती रहती हैं।

उन्हें वहाँ बैठे देख चहलक़दमी करते एक पुलिस अधिकारी ने पूछा–

"कहाँ जाना है?"

नामू बोले–"कहीं नहीं।"

"यहाँ क्यों बैठे हैं?"

"अच्छा लगता है।"

"क्या अच्छा लगता है?"

"यहाँ आना। यहाँ के यात्री। बस और यहाँ की चहलपहल।"

"घर जाओ। यह तफ़रीह की जगह नहीं है। और नाम क्या है तुम्हारा?"

"घर! ठीक है चला जाऊँगा। पर घर, घर नहीं है। और मैं तफ़रीह के लिए नहीं आया हूँ। मेरा नाम नामदेव अग्रवाल है।"

जब घर टूटते हैं तब आवाज़ें नहीं होतीं पर सब कुछ बिखर जाता है। नामू घर में रचे-बसे व्यक्ति हैं। मित्रों के बीच बहुत उठने-बैठने वाले व्यक्ति वे नहीं हैं। घर-परिवार के अलावा उन्होंने अपनी कोई भी दुनिया नहीं बनायी। कुछ दिनों पहले पत्नी

नहीं रहीं। कपड़े का छोटा-सा कारोबार था। वह बेटे को सौंप दिया। पहले व्यापार को लेकर थोड़ी व्यस्तता रहती थी। फिर धीरे-धीरे ख़ाली हो गये। बेटा कहता रहता है—साथ में दुकान चलो पर नहीं जाते। ग्राहक, कर्मचारी सब बेटे से बात करते और वह अकेले-थकेले पड़ जाते। पहले वे लोग जो घण्टों बातें किया करते थे अब उनमें वह ऊष्मा नहीं रही और अब पुराने दिनों की तरह नामू की बातों से भी न तो लोग जुड़ते हैं और न ही प्रतिक्रिया करते हैं। वे लोग जो उनके दीर्घायु होने और स्वास्थ्य की कामना करते थे वे अब ख़त्म हो रहे हैं।

अकेले ही बैठना है तो बस स्टैंड क्या बुरा है। इस उम्र में घर से निकलकर जाये भी कहाँ! कहाँ बैठे! घर के अलावा कुछ घण्टे बैठने की कोई जगह बनाये रखनी चाहिए थी। यह उन्होंने पहले सोचा ही नहीं। बस स्टैंड उन्हें बचपन से लुभाता रहा है। बस में चढ़ने वाले लोगों को अक्सर कहीं पहुँचना होता है। कहीं जाने की तैयारी, उनके उत्साह, उनके चेहरे की ऊष्मा नामू को वह तसल्ली देती है जो एक टुकड़ा रोटी देती है। उन्हें लगता है यह एक टुकड़ा तसल्ली है।

पुलिस उन्हें देखने लगी। नामू घर जाने के लिए खड़े हो गये। यह उनका रोज़ का नियम है। वे तीन बजे दोपहर का भोजन करने के बाद घर से निकलते हैं। घर से बस स्टैंड आने में सत्रह मिनट लगते हैं और जहाँ वे बैठना चाहते हैं वहाँ बैठने में पाँच मिनट। कुल तेईस मिनट ख़र्च करने के बाद गोधूलि वेला तक आते-आते वे वहीं टिके रहते हैं। फिर लौट जाते हैं।

वे वहाँ क्या करने आते हैं? कोई नहीं जानता? कभी-कभी बैठे-बैठे बड़बड़ाते रहते हैं, पूरा दिन इतना बड़ा होता। इतनी तरह के अनुभव मन में आते-जाते रहते। कितना कुछ अच्छा महसूस होता है उस शाम के शोर में। घर लौटते हुए पक्षियों का शोर। शाम का रंग। बचपन से लेकर आज तक की शामें घुल मिल जातीं...। बाज़ार हाट याद आते। कितना अच्छा लगता है यह वह पूरी तरह बता नहीं पाते। बहुत सारी बातें बताते पर सब कुछ बता पाना हो नहीं पाता। महसूस करने का संसार अलग है। बोलने बता पाने का अलग। अक्सर शब्दों में दूसरा संसार बनने लगता। शब्दों से जो संसार बनता। अच्छा लगने वाले, महसूस करने वाले, अनुभव करने वाले संसार से अलग संसार खड़ा होता। वह उस संसार को जीने लगते। पुलिस से क्या कहें! उनका होना, उनका वहाँ होना, क्या अपने में पर्याप्त नहीं है! वे कौन हैं? क्यों घण्टों वहाँ बैठते हैं? यह सवाल और उनके उत्तर नये नहीं हैं। उत्तर जानने से पुलिस की जिज्ञासा ख़त्म हो जायेगी? उनका आना, घण्टों बैठे रहना रहस्य-सा

है जो टूट जायेगा। इन सवालों के उत्तर वह दे सकते हैं। उनके अन्दर जो रहस्य है उसका उत्तर उनके पास नहीं है।

यहाँ क्या सुनते हैं?

यहाँ क्या सुनने आते हैं?

यहाँ आना उनके लिए सहारा है।

नामू कई बार बस स्टैंड पर 'अजन्ता बुक व्हीलर' की दुकान के पास रखी कुर्सी पर बैठ जाते हैं। वहाँ एक-दो कुर्सियाँ और रखी हुई हैं। वे देखते हैं वहाँ रोज़ एक दुबले-पतले लम्बे व्यक्ति हाथ में दो-तीन किताबें लिए बैठे रहते हैं और उनके काफ़ी बाल सफ़ेद हो चुके हैं। लगता है वे कोई रिटायर्ड अध्यापक हैं। वे धीरे-धीरे सिगरेट सुलगा दुकान के मालिक से बात करते हैं। कल उनके हाथ में शरतचन्द्र का कोई उपन्यास था जिसे उन्होंने इसी दुकान से ख़रीदा है। शरतचन्द्र के प्रसंग में कहने लगे–

"'शेष प्रश्न' उपन्यास पढ़ने के बाद एक मध्यमवर्गीय बंगाली महिला ने कहा–अगर मेरे पास पैसे होते तो 'शेष प्रश्न' की कॉपियाँ ऐसे बाँटतीं जैसे 'बाइबल' बाँटी जाती है। फिर बोले टॉलस्टॉय को जब काग़ज़ों की कमी होने लगी तो यूनिवर्सिटी के लड़के उनके पास गये और बोले कि काग़ज़ों के लिए हम सिगरेट पीना छोड़ देंगे। ये काग़ज़ लिखने के काम आयेगा। क्या समय था वह! और कैसा समाज! लेखकों का कितना मान था। उनके स्वर्ग से उन्हें किसने निष्कासित किया है!" ऐसा कहने के बाद उनका सिगरेट बुझ गया।

फिर कहते–

"जीवन, साहित्य और देश को लेकर जो भी सवाल हमारे मन में आते हैं तो उनके उत्तर साहित्य में ज़रूर मिलेंगे, मुझे मिलते हैं।"

अपने बारे में कहते–"मेरा सारा संघर्ष बीते हुए को पकड़े रहने का है। मैं पुरानी चीज़ों को, अतीत को याद करता रहता हूँ और अच्छा भी लगता है।"

वे धीरे-धीरे बोलते और ऐसा लगता है कि वे कला, साहित्य की दुनिया के आदमी हैं। पुराने विदेशी लेखकों का नाम लेते। उनकी बातें फैलती-पसरती जातीं। पुस्तक विक्रेता, मालिक उनकी बातों को ध्यान से सुनते उनकी आँखों में उनके लिए मान दिखता। वे जिस गम्भीरता से बोल रहे होते लोग-बाग़ उनको सुनते उन पर विश्वास करते। वहाँ बैठे लोग जो दर्शक बनकर उनको सुनते रहते कई बार उनकी बातों का प्रसंग समझते और कई बार नहीं भी। नामू उनकी बात सुन सोचते

उनके पास लेखकों-कवियों की कहानियाँ हैं। वे कविता सुनाते हैं, और क़िस्सों और कहानियों में रहते हैं। यह पता नहीं कि वे ईश्वर को मानते हैं या नहीं! पूजा-पाठ करते हैं या नहीं! पर किताबों के बाहर इतना खिला-खिला जीवन है उसमें नहीं जीते। किताबों, लेखकों, कवियों, चित्रकारों के संसार में रहते हैं। घर, नौकरी, बच्चे, पत्नी की बात नहीं करते। हर दिन किसी एक लेखक की कहानी सुनाते हैं। कभी रूसी लेखक और चित्रकार की बात करते हैं। कभी-कभी अपनी माँ और पिता की, उनके यहाँ काम करने वाले साधारण लोगों की बात करते। कभी-कभी पड़ोस में रहने वाले क्रिश्चियन परिवार की बात भी करते हैं। उनके कपड़े अक्सर हलके रंग के होते और लगभग एक ही होते पर साफ़-सुथरे धुले हुए बिना आयरन के। वह किताब लेकर आते और किताब लेकर ही चले जाते। किताबों की बातें करते, किताबों में जीते।

नामू उन्हें रोज़ देखते और सोचते ऐसा नहीं हो सकता कि वह सिर्फ़ किताबों की ही बात सोचते और करते होंगे। वे कहीं और भी रहते होंगे। उनका एक घर होगा, मित्र होंगे। हो सकता है वे लेखक हों, कलाकार हों। कलाकार और लेखक समाज उन्हें सिर आँखों पर हो सकता है नहीं बैठाता हो, पर कुछ लोग उन्हें पहचानते होंगे, उनकी सुध लेते होंगे, उन्हें प्रेम करते होंगे। पर वे अनाथ क्यों लगते हैं! वे भी क्या बस स्टैंड पर अपराह्न के समय इसलिए आते हैं कि उन्हें अच्छा लगता है। यहाँ का शोर, हॉर्न की आवाज़ें।

उनके अलावा नामू एक और सज्जन सुभाष अधिकारी, जो किसी सरकारी नौकरी से सेवानिवृत्त हो गये थे को किताबों की दुकान से किताबें ख़रीदते हुए देखते थे। वे ज़्यादा देर नहीं रुकते पर जितनी देर किताबों को उलटते-पुलटते रहते कुछ न कुछ बोलते रहते—"मैंने पचासों लोगों को नौकरी में अपॉइंट किया। अब मुझे कोई पहचानता भी नहीं।"

नामू देखते कि उनका स्वास्थ्य कमज़ोर है। काफ़ी दुर्बल लग रहे हैं पर बातों में बड़े व्यवसायी और सांसदों का नाम इस तरह लेते हैं जैसे वे उनके मित्र रहे हों। नेम ड्रोपिंग भी हो सकता है। नामू कल्पना करते कि वह पहले ऐसे नहीं रहे होंगे। पहले लोग इनको सलाम ठोकते रहे होंगे और इसी से चेहरा सुर्ख लाल रहा आता होगा और अब अनेमिक दिख रहे हैं।

'अजन्ता बुक व्हीलर' के मालिक सन्तोष बाबू ने अपनी दुकान का नाम 'अजन्ता बुक व्हीलर' इसलिए रखा कि बचपन में अजन्ता और एलोरा घूमे थे और अजन्ता उनके अन्दर रच-बस गया। वह अपनी बेटी का नाम अजन्ता रखना चाहते

थे पर पत्नी को पसन्द नहीं आया तो दुकान का नाम रख लिया। वे एक किराने की दुकान 'सूरदास फ़ूड एंड सप्लायर्स' के मालिक भी हैं। कुछ दिनों से उनकी किराने की दुकान बन्द थी। सुभाष अधिकारी उनके नियमित ग्राहक हैं। वे बीस नम्बर पोखर गली में 'सूरदास फ़ूड एंड सप्लायर्स' दुकान के ऊपर ही रहते हैं। पन्द्रह दिनों के बाद जब दुकान खुली तब सुभाष अधिकारी की बहू जयश्री चौके के कुछ सामान लेने उतरी तब उनको पता चला सन्तोष बाबू की पत्नी का शरीर शान्त हो गया है। आज सुभाष अधिकारी ने पूछा, "आपने अचानक दुकान बन्द कर दी थी। भाभी जी को क्या हुआ था?"

वह पहले तो चुप रहे फिर बोले, "पहले तो यह सब चीज़ मान लीजिए किसी को बतानी भी नहीं चाहिए। मेरे समझ में उसको दस बरस पहले जिन डॉक्टर साहब को दिखाया था न, उसी समय उन्होंने कह दिया था कि भाई हम लोगों के हिसाब से इनका जीवन पाँच बरस से ज़्यादा का नहीं होना चाहिए। लेकिन मान लीजिए इलाज वग़ैरह भगवान बढ़िया से करवा रहा था तो पाँच बरस अगली और जी गयी। फेफड़ा तो एकदम ख़राब हो गया था न। साँस लेने में दिक़्क़त हो रही थी। लास्ट टाइम आकर जो है न फेफड़े ने एकदम जवाब दे दिया।"

सन्तोष बाबू एक वाक्य में दो से तीन बार 'मान लीजिए' और 'जो है कि नहीं' की टेक लगाते। सुभाष अधिकारी पहली बार उनसे पारिवारिक बात कर रहे थे। पूछा–

"उनको क्या बीमारी थी?"

"बीमारी! अधिकारी बाबू वह क्या बोलते हैं, इसको डॉक्टर बाबू बोलते हैं- लंग्स की बीमारी। फंक्शन करना बन्द कर देता है। जिन डॉक्टर बाबू का इलाज चल रहा था उनसे सलाह लिया गया कि क्या करना चाहिए। वे बोले कि अस्पताल में भर्ती करने से कोई फ़ायदा नहीं है। हम लोग भी वहाँ पर जो है न ऑक्सीजन देंगे। ऑक्सीजन की मशीन जो है न पहले से ही मँगाकर रखी हुई थी। जब ज़रूरत होती लगा देते। और ऐसा कहते हुए उन्होंने गला खँखारा, डॉक्टर बाबू कहते–थोड़ा-सा, बड़ा-सा सिलेंडर जो आता है न वह लगा दीजिए। वह लगा दिया घर में ही। बात यह है कि फेफड़ा ख़राब हो गया था भीतर ही भीतर।"

"उनकी उम्र क्या हो गयी थी?"

"सत्तावन वर्ष क़रीब बताते हैं।"

"ओह! साठ की भी नहीं हुई।"

"नहीं। नहीं।"

"तो इस कोरोना के माहौल में कैसे दाह-संस्कार किया?"

"यहाँ बग़ल में ही श्मशान घाट है, मान लीजिए हिन्दुओं के जो अपने रीति-रिवाज हैं न वैसे कर दिया। हम लोगों का दिमाग़ कोई काम तो कर नहीं रहा था, वे आसपास के लोग ही खड़े हो कर जो है न, समूचा काम करवा दिया।"

"दोनों बेटियाँ आ पायीं?"

"ना। उन दोनों को बुलाया ही नहीं। मना कर दिया। कहा–इस कोरोना में भैया तुम लोग अपने-अपने स्वास्थ की, अपनी जान की रक्षा कर अपनी ख़बर ठीक रख कर घर में ही बैठो।"

"बीमारी कम उम्र में आ गयी?"

"हाँ, सैंतालीस वर्ष की उम्र से ही जो है न यह बीमारी चल रही थी। कोई डॉक्टर बाबू बोले, मुम्बई में और गुड़गाँव में जो वेदान्ता अस्पताल है न वहाँ पर भी इसके अच्छे स्पेशलिस्ट हैं। वहाँ पर भी ज़रा-सा दिखला सकते हैं सो दिखला दीजिए। मान लीजिए वहाँ भी मेरा लड़का दिखाकर लाया। वहाँ के डॉक्टर बाबू भी वही बात बोले जो हमारे डॉक्टर बाबू बोले। और यहाँ के डॉक्टर बाबू जो दवा दे रहे थे वही थोड़ी हेरफेर करके जो है कि नहीं वहाँ के डॉक्टर ने दिया। उसी को चालू रखा।"

सन्तोष बाबू की बात सुनकर नामू को सात साल पहले का वह दिन याद आया जब उनकी पत्नी का देहान्त हुआ था।

"अन्दर रखो...अन्दर रखो...बैकुंठी (अर्थी) को अन्दर रखो।" बारिश होने लगी थी। जेठ महीने की अचानक हुई तेज़ बारिश। बैकुंठी को अन्दर रखा गया। बैकुंठी के अन्दर नामू की स्त्री की देह थी। उसके चेहरे पर चुनरी झल-झल कर रही थी। नाक में नथनी।

'राम नाम सत्य है।'

'राम नाम सत्य है'...का कोरस।

नामू को यह सब याद क्यों आ रहा है! कितने लोगों की अर्थियाँ सजते हुए, अर्थियाँ उठते हुए देखा है। आज मन क्यों भर आया! न जाने वे किस धुन में रहे वर्षों-वर्षों। पल भर भी पास नहीं बैठे पत्नी के। न उनकी कोई बात सुनी। वह कहाँ चली गयी! लोग इस संसार में आते हैं और चले जाते हैं। मन प्राण, आत्मा क्या है? पता नहीं? नामू को कोई बात व्याकुल कर रही है! पत्नी की मौत पर आँखों में

एक आँसू भी नहीं। कोई अवसाद विषाद नहीं! पर यह सच नहीं है। नींद में जागते, सोते एक ही बोल सुनाई देते हैं 'राम नाम सत्य है' लोग कहते हैं, अकेले आये हैं अकेले जायेंगे। कितना भीड़, कितना जमावड़ा लेकिन जब आत्मा शरीर को छोड़कर निकलती है तो उसके साथ कोई नहीं होता। पाखी उड़ जाता है। बिल्कुल अकेला। यहाँ पर कर्मकाण्ड होते रहे पाठ होते रहे पर वहाँ आत्मा अकेली ही यात्रा करती रही।

अब हर दिन पुराना है।

हर दिन मृत्यु होती है और जन्म भी।

हर दिन दिल टूटता है और दिल जुड़ते भी हैं।

हर दिन तरह-तरह के अनुभवों से गुज़रते हैं।

हर दिन लगता है कि एक युग बीत गया। परिवार में चार लोगों का निधन हो गया। मृत आत्माएँ पुकारती हैं।

हे मृत आत्माओ, तुम सभी ने परलोक गमन किया है!

हे मृत आत्माओ, तुम जहाँ हो वहाँ शान्ति धारण करो!

हे मृत आत्माओ, नरकवासी मनुष्यों से तुम दूर चली गयी हो!

मैं इस लोक में ही रह गया। चारों तरफ़ से मेरी पीढ़ी के मरे लोग मुझे घेरे हुए हैं। मेरी उम्र का कोई नहीं रहा। अपने बच्चों से क्या मैं सब कुछ कह पाऊँगा! हाँ यह सच है मेरे क्रोधी और कठोर स्वभाव ने मेरे परिवार को तकलीफ़ में डाला। मेरा साथ ख़ुशनुमा और दोस्ताना नहीं रहा। पत्नी नहीं रही तब उसकी यादें हैं। ऐसी सघन ऊष्मा थी उसमें। वह विरल है। हाँ आज के बच्चे चाहते हैं कोई किसी को कुछ ना बोले। वे अपनी तरह से स्वतन्त्र रहें। जब जो मन आये करें। जैसा चाहे करें। जो चाहे करें। आज जीवन में वह ऊष्मा नहीं रही। मैंने जो जीवन देखा वह भरा हुआ था। ऐसा ताना-बाना बातों का। ऐसा घना-घना सा जीवन। अब मरुस्थल है। आज किसे बोलूं और किस पर अधिकार जमाऊँ और किससे झमेला करूँ। वह डाँटना, वह बोलना, वह झगड़ा करना, वह मना करना वह सब एक ऐसा भाव संसार था जो मेरा अपना था। मेरी अपनी दुनिया। उस दुनिया में मैं रहता था। मेरे लोग मैं जिसे चाहूँ बरजूँ। मेरे लोग, मैं जिसे चाहूँ मना करूँ। करने की इजाज़त दूँ न दूँ। मेरे लोग, मेरा जीवन, मेरा संसार, मुझसे दूर चला गया। कोई नहीं रहा मेरे पास। मैं अकेला हूँ। मैं भूखा नहीं हूँ। मैं अस्वस्थ नहीं हूँ। मुझे समय पर खाना मिलता है। मुझसे हर काम के बारे में पूछा जाता है। मुझे वह सब चीज़ें मिल गयी हैं जो एक नागरिक को उपलब्ध होनी चाहिए।

पर कुछ है जो नहीं है। वह बोलना, वह मना करना, डाँटना, वह इजाज़त नहीं देना, वह सब मेरा संसार था उसमें मैं बसता था। उसमें मैं हँसता था। उसमें मैं रहता था। वह था मेरी पत्नी से। वह चली गयी। मैं यहाँ क्यों हूँ? मैं यहाँ किसके लिए हूँ? मैं यहाँ क्या करूँ? यह कौन से प्रारब्ध हैं मेरे जीवन के जो मुझे इतनी साँसें दे गये। मेरी साँसें भी चली जानी चाहिए। कम हो जानी चाहिए। अब जीवन लेकर मैं क्या करूँ मेरे मन प्राण तो मुझमें हैं ही नहीं। इस निस्पन्दन काया को लेकर सुबह और शाम की लीला। यह क्या जीवन है? यह नियमित सा जीवन। रोज़ का खाना-पीना-नहाना। रोज़ यहाँ कुछ किताबों को देखना।' नामू का मन ही मन आत्मालाप चल रहा था।

'अजन्ता बुक व्हीलर' पर तरह-तरह के लोग आते। एक वरिष्ठ व्यक्ति दिल्ली के राजेन्द्र सक्सेना जो रिटायर्ड प्रोफ़ेसर थे बहुत किताबें पढ़ते थे सप्ताह में दो बार आते। उन्होंने दिल्ली छोड़ दी थी और रिटायमेंट के बाद रिहायश के लिए इस क़स्बे को चुन लिया जहाँ उनका जन्म हुआ था। समाजवाद में उनकी ख़ूब रुचि थी। सन्तोष बाबू बहुत नहीं समझते पर कोशिश करते रहते थे ग्राहकों की बात सुनने और समझने की। वे बोले–

"एक समय में नाज़िम हिकमत हुए तुर्की की जेल में। उन्होंने सबसे ज़्यादा प्रेम कविताएँ लिखीं। और अर्नेस्टो चिग्वारा जो थे उस समय के आदर्श रहे कई राजनेताओं के। लोग अपने घरों में उनकी तस्वीरें लगाते थे। जे. एन. यू. में आज भी उनकी तस्वीरें लगी रहती हैं। और प्रेम की बात सुनिए–

निजी जीवन में आप यदि किसी को प्रेम नहीं कर सकते तो सार्वजनिक जीवन में कैसे कर सकते हैं न! प्रेम करने के लिए पहले आपको अपनी माँ को प्रेम करना पड़ेगा। फिर पत्नी को। आपकी बहन को। तब आपको समझ में आयेगा कि प्रेम क्या है। आप देखिये राममनोहर लोहिया ख़ुद कितने बड़े लवर रहे। प्रेम किया नहीं जिया भी। रमा मित्रा के नाम उनके पत्र पढ़ेंगे आप इतने सुन्दर पत्र हैं। ख़ूब बौद्धिक भी हैं। समाज और व्यक्ति एक-दूसरे से सब कुछ इतना जुड़ा हुआ है। बल्कि आप देखिये फणीश्वरनाथ रेणु ने 'मारे गये गुलफाम उर्फ़ तीसरी क़सम' और 'रसिकप्रिया' जैसी महान प्रेम कहानी लिखी। मनोहर श्याम जोशी का 'कसप' भी प्रेम पर है कि नहीं। है,न!"

फिर वे दूसरी बात करने लगे, "मेरी बुद्धि मोटी ही है। आधुनिकता के चक्कर में मैं ऐसे नहीं फँसा कि अपनी ज़मीन और जड़ों को भूल जाऊँ। मेरा जन्म महानगर में नहीं हुआ। मेरे माता-पिता का जन्म भी महानगर में नहीं हुआ। नौकरी के लिए

महानगर में आ गया। क़स्बाती भूमि है। छोटे शहर की। फिर कहते देखिये–पेराडोक्स कैसा है महानगर में रहने से अपनी जाति अपना बेलोंगिंग क़स्बा भूलना चाहिए। लेकिन जब-जब स्वार्थ आ जाता है तो इसी के नाम से लोग जुड़ जाते हैं कि हम एक ही शहर के हैं। या हम कायस्थ समाज के हैं या हम ब्राह्मण हैं। जब ज़रूरत होती है तब हम संकीर्ण हो जाते हैं। सक्टेरियन हो जाते है। और जब ज़रूरत होती है तो ग्लोबल कर लेते हैं। मेरे जैसे लोग भले ही महानगर में रहे पर माइंड क़स्बाती था। हमारे जीवन में आलस नहीं है, हिंसा नहीं है। महानगर के लोगों के जैसे उदासीन नहीं हूँ।"

फिर वे स्त्रियों से जुड़ी ख़बर पर बोलने लगे–

"लड़कियों का जीवन भारत में दिनों-दिन कठिन होता जा रहा है। जितनी समृद्धि बढ़ेगी और समाज में जितना-जितना पैसा बढ़ेगा उसका बोझ लड़कियों को सहना है। समाज उन पैसों का क्या करेगा, उन पैसों से वो अय्याशी के बारे में सोचेगा। अय्याशी की उनकी क्या परिभाषा है। जितना ज़्यादा से ज़्यादा दैहिक हुआ जा सकता है। दैहिक होने का सबसे ज़्यादा रास्ता क्या है? स्त्रियों के साथ हिंसा करो। यह तो सही है कि हमारे समाज में पाँच साल की चार साल की लड़कियों का बलात्कार होना इतनी रुटीन बात हो गयी कि कोई नोटिंग ही नहीं होती। अभी-अभी तक हो रहा। पिछले दिनों अख़बार में ख़बर थी कि एक जगह सामूहिक बलात्कार हुआ है।"

'अजन्ता बुक व्हीलर' पर सिर्फ़ पुरुष ही नहीं आते स्त्री ग्राहक भी आती रहती थीं। नलिनी श्रीवास्तव एक पब्लिक स्कूल में इतिहास की अध्यापिका हैं और कुछ सालों में रिटायर्ड हो जायेंगी, उनकी नियमित ग्राहक थीं। डाक घर बस स्टैंड के पास है सो महीने में एक बार जब डाक घर जाती वहाँ आती थीं। आज नलिनी श्रीवास्तव इनलैंड ख़रीदने पोस्ट ऑफ़िस गयी थीं। वे अपने स्कूल के पुराने विद्यार्थियों को कभी-कभी पत्र लिखतीं।

उस अपराह्न को मौसम अच्छा सा था नलिनी ने सोचा घर से एक बार निकलना चाहिए। लौटते हुए शाम हो जायेगी। साँझ के आकाश में परिन्दों को देखना अच्छा लगता है। पहले इतनी गर्मी थी कि परिन्दे काफ़ी थके हुए लगते। सुबह मौसम अच्छा सा था। बारिश भी हुई। परिन्दे बहुत प्रसन्न लगे। बारिश के समय उनके पंख कुछ ज़्यादा ही फरफराते हैं। नलिनी श्रीवास्तव 'अजन्ता बुक व्हीलर' के मालिक सन्तोष बाबू से बात करने लगीं और मुसलसल बताने लगीं–"कल रात एक बहुत पुरानी छात्रा आ गयी बोली'–

"गुड इवनिंग मैम। मैं निष्ठा। आपने पहचाना?"

"मैंने अपना चश्मा लगाया, उसे देखा याद आया"–

"यस। निष्ठा। टू थाउजेंड टू बैच। कैसे! इतने दिनों के बाद। अट्ठारह वर्ष के बाद! यह क्या तुम्हारी लड़की है? एकदम तुम पर गयी है।"

"जी मैम। और यह देखिए। यह मैं आपके लिए लायी हूँ। एमिली डिकेंसन की कविता की किताब। आपने एक बार बताया था कि आप साहित्य पढ़ती हैं और कविताएँ भी। साथ में बहुत सारे चोकलेट भी।"

"पर यह सब क्यों?" निष्ठा की बेटी बाहर बरामदे में गयी तब उसने कहा–

"बस मैम। आपको प्रिय है न इसलिए। मैम, आपने मेरा जीवन बचाया। आपको याद है आपने समझाया कि घर की कलह से बचकर खुले में जाना चाहती हो या बन्द कोठरी में। आपको पता ही है कि मैं परेश से प्रेम नहीं करती थी। उन दिनों वह बेरोज़गार भी था। मैं अपने घर की संवादहीन दुनिया से निकलकर उससे विवाह करना इसलिए चाहती थी कि मुझे घर से निकलना था। कहीं भी जाना था। उन दिनों हर दिन एक युद्ध था। हर दिन ऐसा लगता है बहुत जी लिया। रोज़ का जीवन बोझ बन गया था। रोज़ बोझ था। बोझ रोज़ था।"

"मुझे सारी बातें एक के बाद एक याद आने लगीं। निष्ठा का मामला पेचीदा था। चुप रहती थी। अक्सर उदास। पढ़ने में ठीक-ठाक। स्पेलिंग की ख़ूब ग़लतियाँ करती थी। एक बार में बात उसे समझ में नहीं आती थी। पर धीरे-धीरे मेहनत करने के कारण पढ़ने में अच्छी होती गयी। एक दिन यक-ब-यक उसके सीने में हूक-सी उठी और रोने लगी। वह बहुत संकोची थी। अपने बारे में कुछ नहीं बोलती थी। उस दिन अपने घर की परेशानी बताने लगी कि पिता बहुत क्रोधी हैं। घर में बात-बात पर कलह हो जाती। वह पढ़ा भूल जाती है। इस कलह से बचने के लिए उसने ख़िलाफ़त का रास्ता अपनाया। एक लड़के से दोस्ती की है। पर मित्रता भी एक नयी समस्या बन गयी है।"

"मैंने उन दिनों उससे ख़ूब बात की। उसके पिता और चाचा असंस्कृत इन्सान थे। घर में सम्पन्नता थी पर रात-दिन का क्लेश। मैंने उसे समझाया–अगर पढ़-लिख लोगी तो तुम्हारा जीवन बदलेगा। शादी-विवाह तो होते रहेंगे पर अपना निर्माण करना बहुत ज़रूरी है। तुम्हारा सिलसिला परेश से नहीं जुड़ता है।"

"मैं उस घर में पढ़ नहीं पाती। इतना झगड़ा होता है कि कैसे पढ़ा जाये!"

"उसी माहौल में पढ़ना होगा। कुछ कमाने लायक बन जाओ। इस लड़के के

साथ शादी करके परेशानी में जाओगी। वह ख़ुद बेरोज़गार है। क्या तुम उससे प्रेम करती हो?"

"नहीं।"

"तो फिर..?"

"जीवन में ख़ूब समझदारी के साथ आगे बढ़ो।"

निष्ठा ने कहा, "आपने मुझे बचाया। आजकल मैं एक फर्म में नौकरी कर रही हूँ।"

नलिनी श्रीवास्तव सन्तोष बाबू से बातें कर वहाँ से निकल गयी।

उनके जाते ही अजन्ता बुक स्टॉल पर तीन नयी ख़ूबसूरत लड़कियाँ आयीं। वे ट्रिपलैक्सगैर समान बहनें थीं। हमशक्ल नहीं थीं। एक ने हैरम पैंट्स और बड़े जूते पहन रखे थे तो दूसरी ने जींस और टी-शर्ट और तीसरी ने लम्बा फ्रॉक पहन रखा था। ट्रेंडी कपड़े। वहाँ पर बैठे हुए ग्राहक उन्हें देखने लगे। उनके नाम थे–काशवी, वैलेंटीना और मानवी। सन्तोष बाबू जानते हैं ये नयी लड़कियाँ मुम्बई में रहती हैं। छुट्टियों में अपने नाना-नानी के पास दो-तीन दिनों के लिए आयी हैं।

मानवी ने कहा,"अंकल आपके पास क्या यह बुक है–'द फॉल्ट इन आवर स्टार' जॉन ग्रीन लेखक हैं।"

सन्तोष बाबू ने कहा, "नहीं। नाम लिखकर जाओ। मैं मँगवा लूँगा पर इस तरह की किताबें यहाँ पर ख़रीदने वाले ग्राहक नहीं हैं।"

"क्यों अंकल क्यों नहीं ख़रीदेंगे? बहुत अच्छी कहानी है। इस किताब को आप ज़रूर मँगवाइए। यह ज़रूर बिकेगी।"

"अच्छा! इसमें क्या कहानी है"

"अंकल स्टोरी में प्यार, दूसरों की मदद करना है। और बहुत अच्छी कहानी है।"

सन्तोष बाबू ने कहा, "ठीक है वैसे मुम्बई में आप लोगों ने कोरोना काल में घर पर इस साल क्या किया?"

"अंकल बहुत सारी फ़िल्में देखी। 'ज़िन्दगी ना मिलेगी दोबारा' हम बार-बार देखते रहे। हमें बहुत अच्छी लगती है। हम तीनों बहनों की फेवरेट है। काशवी को तो बस नेट फ्लिक्स पर कोरियाई फ़िल्में देखने का शौक़ है। 'डेल्ही क्राइम', 'अम्ब्रेला शो', 'मिसमैच्ड' आदि टीवी शो भी बहुत देखा। कोरियाई बैंड, बीटीएस को सुना। 'आयी नीड यू' सुना। "ऐसा कह तीनों खिलखिला कर हँस पड़ीं।

सन्तोष बाबू ने पूछा, "और क्या किया?"

"अंकल यह पूछिए क्या नहीं किया? हमने अपना एक यूट्यूब चैनल बनाया। हम जो किताबें पढ़ते हैं उन किताबों के वीडियो बनाकर अपलोड किये। हमारे बहुत सारे फॉलोअर बन गये। आजकल लोग इस तरह का काम बहुत कर रहे हैं। आप जानते ही हैं हमें अमेरिकन फ़िल्में देखने और अमेरिकन किताबें पढ़ने का बहुत शौक़ है।"

"तुम लोग इतनी अमेरिकन किताबें क्यों पढ़ती हो? क्या हमारे देश की किताबें अच्छी नहीं लगतीं?"

"क्यों अच्छी नहीं लगतीं! अंकल ख़ूब अच्छी लगती हैं। आप हमसे पूछें हमें रामायण और महाभारत की कहानी मालूम है। प्रेमचन्द की किताबें नानी के पास हैं।"

वे तीनों जल्दी में थीं। उन्होंने सन्तोष बाबू को किताब का नाम लिखवाया और कहा, "अंकल फिर मिलेंगे। यूँ ही बस निकल आये थे बस स्टैंड तक।"–ऐसा कहकर वे उसी तरह हँसती हुई चली गयीं।

नामू के मन में आया क्यों न वे भी एक पुस्तक की दुकान खोल ले। लोगों का आना-जाना लगा रहेगा और उनका मन भी। यह सोचते हुए वे घर जाने के लिए खड़े हो गये।

सभी देर शाम तक अपने-अपने घर लौट गये। इस तसल्ली के साथ कि फिर 'अजन्ता बुक व्हीलर' आयेंगे।

हज़ारद्वारी एक्सप्रेस

डॉक्टर मिलेगा!

शायद मिल जाये।

नरेश बाबू व्याकुल हैं। दुविधा में सियालदह से हज़ारद्वारी एक्सप्रेस पकड़ कृष्ण नगर जा रहे हैं। खिड़की के पास की जगह नहीं मिली, जहाँ मिली बैठ गये। पसीना आ रहा। अजीब-सी गर्मी। अप्रैल का महीना। उन्होंने अपनी आँखें बन्द कर लीं और यह सोचने लगे कि वे डॉक्टर से क्या कहेंगे!

छुटकी को पिछले दिनों दौरा आया था। पूरे दो घण्टे वह कुछ नहीं बोली। एक बार ज़ोर से आवाज़ करते हुए हिली। कुछ सेकंड अजीब आवाज़ें निकलती रहीं फिर बेसुध हो गयी। हिलाया-डुलाया, आवाज़ दी, पुकारकर उठाने की कोशिश की पर वह नहीं उठी। शान्तनु बनर्जी आयुर्वेद के अनुभवी डॉक्टर हैं। अपने मित्र सौमित्र पाण्डे के कहने पर नरेश बाबू कुछ दिनों से उनसे इलाज करवा रहे हैं। छुटकी को राहत है। शनिवार को डॉक्टर बाबू चैम्बर में तो नहीं बैठते पर छुटकी की दवा लेने में वह एक दिन भी देर नहीं कर सकते। उनके घर जाकर लेंगे यह सोच निकल पड़े।

ट्रेन में यात्रियों का आना-जाना अन्दर-बाहर चल रहा है। सामने की बर्थ पर पहले से ही एक औरत मिसेज़ सेन बैठी हैं। उनके साथ एक स्त्री है। जिसे वह पूर्णा कहकर पुकार रही है। उस औरत की फूली आँखें, ढीले गाल और कसावहीन चेहरे को देखकर उनकी उम्र का अन्दाज़ा लगाया जा सकता है। वह चश्मा उतारकर दूसरे कम्पार्टमेंट की तरफ़ गयीं। उनके बाल छोटे हैं और उनमें वह किसी युवा की तरह दो बार कंघी फिरा चुकीं। पूर्णा से कुछ देर पहले बोल रही थीं–"इस साल मेरी जॉब का एक्सटेंशन ख़त्म हो गया।"

टीचर के पद से रिटायर्ड हो गयी हैं। उनके पूरे बाल पक गये हैं या नहीं पता नहीं! कंघी करते हुए कुछ पके बाल बीच की माँग में भूरे के संग दिखाई पड़े। हेयर

डाई, सन स्क्रीन, झुर्री भगाने वाली क्रीम का उपयोग करती मालूम पड़ी। वह अपने कम्पार्टमेंट में तुरन्त आ गयीं और बांग्ला में बोलीं–

"पूर्णा तुम इस तरह मत बोलो कि पचास की लगती हूँ। जानती तो हो कि साठ से ऊपर जा रही हो।"

साठ का होना क्या होता है। तमाम दैहिक बीमारियाँ कम ज़्यादा घेरे रहतीं। चेहरे की त्वचा नीचे की तरफ़ जाती दिखाई पड़ती। बाल पक जाते। नौकरी पूरी हो जाती। अकेलापन घिर आता। मन अगर पीछे के राग-रंग से बँधा है तो अवसाद छा जाता। लड़की ससुराल में और लड़का उस शहर में रहने लगता जहाँ नौकरी मिलती।

नरेश बाबू ने पूर्णा को देखा। ख़ूबसूरत पर गुमसुम। घने बालों को कसकर क्लिप में बाँधे हुए। युवा स्त्री।

उसके बग़ल में खिड़की के सामने जो सज्जन हैं बार-बार अपनी मूँछ पर ताव दे रहे हैं। कमीज़ की पॉकेट से चश्मा निकालकर पहनते अपना मोबाइल फ़ोन देखते फिर बन्द कर पूर्णा की तरफ़ निगाह उठा दूसरी तरफ़ मुँह फेर लेते। नरेश बाबू उनकी तरफ़ सीधे नहीं देख रहे। आँखें मिल गयीं तो बात करनी पड़ी। 'कहाँ उतरेंगे'–जैसे सवाल शुरू हो जायेंगे। उनका इस दो घण्टे की यात्रा में किसी से भी बात करने का मन नहीं। थोड़ी देर में एक झाल मूढ़ी वाला डिब्बे में चढ़ा।

"ज़रा बनाओ, भीगा चना और आलू मत देना।"

नरेश बाबू की यह बात सुन वह भी बोले, "एक मेरे लिए भी"

"क्या, लेट नहीं चल रही ट्रेन!"

नरेश बाबू के मुँह से निकला– "कहाँ। समय पर है।"

वह पूछ बैठे, "कहाँ उतरेंगे?"

"कृष्ण नगर।"

"अच्छा। मैं पलासी जा रहा हूँ।" ऐसा कह वह कुछ और बोलने वाले थे कि उनका मोबाइल फ़ोन बजा—

"हाँ कहें, धनंजय बोल रहा हूँ। अदिति बच्चों को मार रही है उसको मना करो। कल आकर बात करता हूँ।"

नरेश बाबू की तरफ़ देखकर बोले, "एक नर्सरी स्कूल खोला है। वहाँ एक नयी टीचर आयी है। वही यह सब कर रही। अभी उसका वेतन कम है।"

नरेश बाबू को वह अनमने लगे। बार-बार जिस तरह मोबाइल देखते उससे लगा कुछ परेशान हैं। वह कुछ बोलना चाह रहे हैं, पर जो बोलना चाह रहे वह नहीं बोल बार-बार दूसरी बात करने लगते हैं।

एनराइड फ़ोन में एक तस्वीर दिखाते हुए बोले, "ये देखिये ये जो महिला हैं उनका लड़का आठवीं में है। मुझसे पढ़ता है। इनकी बेटी का बेटा भी आठवी में है।"

नरेश बाबू चौंके फिर तत्काल बोले, "कई लड़कियों के बाद हुआ होगा।"

आस-पास कुछ और लोग आकर बैठ गये।

"कौन-सा स्टेशन आया?"

"क्या कल्याणी!"

एक छोटा लड़का जिसके बदन पर घिसे हुए कपड़े थे और केश सूखे से और लगता था वह कई दिनों से नहाया नहीं है हाथ में इकतारा लिए घुसा। बाऊल गान गाते हुए आगे के डिब्बों की तरफ़ बढ़ गया। कुछ लोगों ने उसके हाथ पर उसका गीत सुन कुछ सिक्के रख दिये। नरेश बाबू ने दस का नोट उसे दिया। धनंजय बाबू ने कुछ भी नहीं दिया कहा, "एक पंक्ति भी ठीक से नहीं गाया और पैसा बटोरकर आगे बढ़ गया।"

नरेश बाबू बोले, "बच्चा है।"

धनंजय बाबू खिड़की की तरफ़ देखने लगे। उनके चेहरे पर तनाव था, बोले, "मेरी पत्नी को बहुत समझाया। मानती ही नहीं। आप बताइए तीन बड़ी-बड़ी लड़कियाँ हैं अब क्या कुछ हो सकता है। कहता हूँ मेरे भाई के लड़के को अपना लड़का मान लो। वह सुनती ही नहीं। अपने बेटे की रट लगाये हुए है।"

यात्रा में अनजान व्यक्ति से यह सब कहना नरेश बाबू को अजीब-सा नहीं लगा। लोग ऐसा करते हैं। धनंजय बाबू की शादीशुदा ज़िन्दगी की सूराख़ उन्हें दिखाई देने लगी। उन्होंने उनको ध्यान से देखा और सोचा कि उनकी उम्र क्या होगी। पैंतालिस-सैंतालिस के बीच होंगे।

ट्रेन किसी सुरंग से निकल रही थी। अन्धकार छा गया। नरेश बाबू हाथ धोने के लिए बाथरूम की तरफ़ गये। उनकी आँखों के सामने छुटकी घूम गयी।

"आपके लाड़-प्यार में यह सब हुआ।" उनका बेटा प्रकाश कह रहा था।

घर में कुहराम मचा था। प्रकाश और उसकी पत्नी सुधा छुटकी के अजीब व्यवहार से थक चुके। वह ससुराल में भी रह नहीं पायी। दो साल पहले उसे हमेशा के लिए लाना पड़ा। सिजोफ्रेनिक है। कभी-कभी अनर्गल बकने लगती। तरह-तरह

की झूठी-सच्ची कहानियाँ बनाती। बात का बतंगड़। एक बात बोलती तो बोलती जाती। लोगों को लगता कि वह उनके पीछे पड़ जाती है। सुधा और उसके बीच का तनाव दिन पर दिन बढ़ता ही गया। सुधा अपना ग़ुस्सा कामवाली पर निकालती। आये दिन की कलह।

नरेश बाबू कोलकाता में गोपाल नगर में रहते हैं। कालीघाट में उनकी राशन की दुकान है। छोटे व्यवसायी हैं। उनके बाबा भी यही काम करते रहे। व्यवसाय में तरक़्क़ी हो यह सपना था। ज़्यादा कुछ कर नहीं पाये। प्रकाश एकाउंटेंट है। घर ठीक से चल रहा था। पर छुटकी यानी ललिता के कई तरह के ख़र्च बढ़ गये।

इस बार उसे जो दौरा पड़ा वह डर गये। कहीं लकवा न आ जाये।

"प्रकाश समझता है कि छुटकी जानबूझकर ऐसा व्यवहार करती है पर ऐसा नहीं है। उसे बचपन में मिरगी के दौरे आते थे। सालों दवा चली। पति अच्छा नहीं निकला उसी के कारण फिर से परेशानी में चली गयी। कोई भी उसे नहीं समझता।" नरेश बाबू के चेहरे पर सालों की थकान दिखी।

डिब्बे में कई जन थे। कुछ पहले से बैठे और कुछ नये जो थोड़ी देर पहले बैरकपुर से चढ़े थे। धनंजय बाबू बोले, "टीचर हूँ। हिस्ट्री पढ़ाता हूँ। ट्यूशन भी करता हूँ। कोई दिक़्क़त नहीं। सुबह निकलता हूँ तो रात ही अपने कमरे में लौटता। बीस साल पहले कोलकाता आया था। उन दिनों कुछ भी नहीं था मेरे पास। अब देखिये ख़ूब अच्छी तरह हूँ। आपसे ही कह रहा हूँ दो-तीन शादी ओर कर सकता हूँ।" ऐसा कह वह हँसने लगे पर नरेश बाबू उनकी हंसी के पीछे का अनकहा सैलाब देख पा रहे थे।

वह लगातार कुछ न कुछ बोले जा रहे थे। बीच-बीच में पूर्णा को देख कुछ सोचने लगते। वह उनसे नज़र मिलते ही नज़र झुका लेती। बड़ी पनीली आँखें। उसके चेहरे पर तनाव आ-जा रहा था।

एक छोटे स्टेशन पर अचानक ट्रेन रुक गयी। खिड़की के बाहर ज़्यादा लोग नज़र नहीं आये। एक स्त्री जिनके हाथ में पिल्ला था किसी को खोजती हुई खिड़की से अन्दर झाँकी फिर आगे बढ़ गयी। ट्रेन दस मिनट में आगे बढ़ने लगी।

ट्रेन के चलते ही एक मँझोले कद का साँवला आदमी हाथ में छोटी अटैची लिए उनके बग़ल में आकर बैठ गया तभी उनकी नज़र धनंजय तिवारी से मिली।

धनंजय तिवारी बोले, यादव जी!" दोनों एक-दूसरे को देखकर उत्साह से भर गये।

"कहाँ जा रहे हो तिवारी जी!"

"पलासी।"

"सब ठीक है न।"

दोनों पास बैठ पुराने परिचित की तरह गपियाने लगे।

सामने से एक ट्रेन धड़धड़ाते हुए निकल गयी। ट्रेन की आवाज़ में नरेश बाबू को याद आया वह स्त्री जो कुछ देर पहले डिब्बे के अन्दर झाँक रही थी उसके माँग में सिन्दूर नहीं था। दो माँगों के बीच घुप्प अँधेरा। उनके अन्दर कुछ अकुलाया।

धनंजय बाबू जो यादव बाबू से बात करने में बहे जा रहे थे अचानक आँखें बड़ी करते हुए ज़ोर से बोले, "आपका क्या है जनरल में फार्म भरा, वहाँ नहीं काम हुआ तो ओबीसी में अप्लाई कर दिया।"

तुरन्त यादव बाबू ने अपना सन्तुलन बिना खोये कहा, "आप भी। फिर वही सब राजनीति लेकर बैठ गये। आज भी आप बदले नहीं हैं। अब तो हमारे बाल पकने लगे। छोड़िये, इन बातों का कोई मतलब है?"

तिवारी जी उनकी झिड़की सुन चुप हो गये।

कृष्ण नगर आने में आधा घण्टा था। नरेश बाबू खिड़की के बाहर देखने लगे। लगा यह दुनिया कितनी पुरानी है। चार बजे बैठे थे। छह बजने को आये। साँझ उतर रही। उन्हें लगा वह सालों से इसी हज़ारद्वारी एक्सप्रेस में बैठे हैं।

बग़ल वाले डिब्बे से कुछ युवा लड़कों के बात करने की आवाज़े आ रही थीं।

"हमारे कॉलेज में कॅरिअर काउंसिलिंग हुई। मुझे तो यही समझ में नहीं आ रहा कि मैथ्स लेकर पढ़ूँ या कुछ और। इकोनोमिक्स भी है। लॉ भी कर सकता हूँ। मेरा भाई बी टेक करना चाहता है। कई तरह के ख़र्च हैं। पढ़ाई के साथ कोई काम खोज रहा हूँ।"

नरेश बाबू बाहर की तरफ़ देख रहे थे कि पूर्णा बग़ल वाले डिब्बे में जाती दिखी।

धनंजय बाबू तुरन्त नरेश बाबू के क़रीब आये धीरे-से बोले, "यह जो युवती अभी उठ कर गयी है न कलकत्ते में हमारी पड़ोसी है। इसने अपने आप शादी कर ली। प्रेम विवाह। दूसरी जात में। भाग कर। हमारे उधर बनारस की है। मेरी लड़कियाँ अपनी मर्ज़ी से कुछ करके दिखायें तो। किसी की मजाल नहीं है। मुझे इसे देखकर बहुत ग़ुस्सा आता है।"–ऐसा कहते हुए उनका चेहरा दहकने लगा।

नरेश बाबू का सुनने का मन नहीं हुआ। उन्होंने तिवारी जी को देखा और सोचा ऐसे लोग भी हैं। न जाने किस समय में जी रहे हैं। एक साथ इस समाज में आदि काल और आधुनिक काल चल रहा है।

तिवारी जी ने मूढ़ी का ठोंगा खाने के बाद सामने फेंक दिया। मूढ़ी खाते हुए अपने आस-पास मूँगफली के दाने बिखेर दिये। जिस तरह लापरवाह होकर खा रहे थे उस तरह कोई छोटा बच्चा भी नहीं खाता।

कृष्ण नगर आने वाला था। एक छोटा लड़का कुछ किताबें लेकर उनके डिब्बे में आया। उसके पास से गोपाल भाण्ड की कहानियों की एक पुस्तक पूर्णा ने ख़रीद ली।

बग़ल वाली सीट पर एक दम्पति जो पूरे समय कुछ नहीं बोले पड़ोस में बैठे सज्जन से बात करने लगे–"हम कोलकाता पहली बार आये हैं। माँ काली के दर्शन करने। वर्षों से साध थी। पर आपको क्या बतायें! हमारे ऊपर क्या-क्या बीती है! अब हम किसी को भी काली मन्दिर जाने को नहीं कहेंगे। हमारे लुधियाना में इतने देवी के मन्दिर हैं पर पंडा-पुजारी इस तरह लूटता नहीं है। पहले तो यहाँ के पुजारी हमारे पीछे लग गये कि हम ही पूजा करवायेंगे। फिर कई जगह पैसा चढ़ाने को कहा। हमारे पैसे से देवी को चढ़ाया प्रसाद तक हमें नहीं दिया। यह सब तो ठीक है पर हद ही हो गयी पुजारी के मुँह से गन्ध आ रही थी। उसने पी रखी थी।"

नरेश बाबू बचपन से इसी महानगर में पले-बढ़े। कलकत्ते के बारे में इस तरह की बातें सुनकर बुरा तो लगा पर उनकी बात ठीक भी है। दस साल पहले की बात होती तो वह इस यात्रा में पड़ोस में बैठे यात्रियों से बात करते। उनसे बहस करते। उन दिनों उनके पास समय था और मन भी। अलमस्त।

उनकी दुकान में कोई परिचित राशन लेने आता तो दुनिया जहान की, राजनीति की, अड़ोस-पड़ोस की न जाने कितनी बातें करते जाते। लोगो के जीवन में बढ़ते-घटते प्रेम की चर्चा करते। इन कुछ सालों में काम मन्दा चलने लगा। नये व्यवसायी आ गये जो एयरकंडीशन दुकान खोलकर बैठे हैं और होम डिलिवरी करते हैं।

वे लोग जो उनके साथ पहले चाय पीते अब वे सामने से राम-राम कह निकल जाते हैं। कैसा समय था। जीवन भरा-भरा था। कब सुबह होती और कब शाम पता ही नहीं चलता। ख़ूब अच्छा काम चल रहा था। फिर लड़की की शादी की। लेकिन दिन फिर गये। छुटकी की बीमारी। जीवन कैसे करवट बदलता है अब उनके कन्धे झुक गये। यह लगने लगा है कि जीवन शेष हो रहा है। छुटकी का जब वे नहीं रहेंगे

क्या होगा यह चिन्ता सोने नहीं देती। नरेश बाबू का मन कहीं नहीं लग रहा। दुःख डबडबा आया। बढ़ी हुई दाढ़ी में वे उम्र से ज़्यादा बड़े दिखाई देने लगे।

ट्रेन हिलने लगी और ज़ोर-ज़ोर से आवाज़ करते हुए आगे बढ़ रही थी। नरेश बाबू ने अपनी पत्नी की बात कभी नहीं सुनी। वे कहती रहीं–

"बच्चों पर ध्यान दीजिए। लड़की को सँभालिए।" वे ये सब सुनकर ढीली कमीज़ पहने जिसमें स्याही के दाग़ होते घर से निकल जाते। नेलकटर सामने रहता पर नाखून नहीं काटते। पत्नी की बात से नाराज़ रहते।

पिछले साल दिवाली पर प्रकाश अपने दोनों बच्चों को लेकर पड़ोस के नये फ़्लैट को ख़रीद कर उसमें चला गया। चूल्हा अलग कर लिया। घर में नरेश बाबू, उनकी पत्नी प्रभा और छुटकी तीन लोग ही रह गये।

उनके कान में धनंजय बाबू की आवाज़ पड़ी। वे अपने में ही बड़बड़ कर कह रहे थे–"अब सब कुछ ठीक है, कोई दिक़्क़त नहीं।"

वे सोचने लगे उन्हें भी लगता था कि अब कोई दिक़्क़त नहीं। उनकी आँखों के सामने एक घर घूम गया। घर में लगा बड़ा आईना जिसमें प्रकाश और छुटकी का बात-बात में हँसता और एक-दूसरे को चिढ़ाता चेहरा। झाड़ू लगाती, कमीज़ की गन्दी कॉलर को साफ़ करती महरी। विवाह और जन्मदिन पर नये कपड़े ख़रीदते भाई-बहन। आराम-कुर्सी पर बैठे गोपाल भाण्ड की कहानियाँ बच्चों को सुनाते वह। छुटकी कुत्ता पालना चाहती थी। कभी बिल्ली उठाकर ले आती कभी पार्क से कोई कुत्ता। उन्हें यह सब एकदम पसन्द नहीं था। छुटकी को अपने मन का कभी करने नहीं दिया। न जाने किस रौ में ज़िन्दगी बहे जा रही थी। कभी गम्भीरता से जीवन के बारे में सोचा नहीं।

अब सोच-सोच कर घुलते रहते। कोई अनजाना डर घेरे रहता। उनकी नज़र धनंजय बाबू पर गयी। वे भी क्या डरे हुए हैं? उन्हें उनका दूसरा चेहरा दिखा। जो अपनी पत्नी को कह रहा–"आगे पीछे देखनेवाला कोई तो हो। एक बेटा। उसमें कुछ तो मेरा जैसा होगा और कुछ नहीं तो नाक ही।"

नरेश बाबू अन्य यात्रियों को देखने लगे। सभी के चेहरे डरे हुए लगे। कोई न कोई निराशा, अपेक्षा और असफलता लोगों के चेहरे पर विषाद-सी छायी थी।

कृष्ण नगर आ गया। वह ट्रेन से उतर गये।

तलाश एक अदद अटेंडेंट की

वह घर आजकल सुनसान पड़ा है। ऐसा नहीं है कि वहाँ लोग नहीं रहते। आज भी वहाँ लोग हैं पर कम हो गये हैं। पहले उस घर में आठ-दस लोग थे। अब दो-तीन ही बचे हैं। आज भी वहाँ बीच वाले कमरे से लगा हुआ जो कमरा है वह पूजा घर है। जहाँ दो-तीन बार भगवान की सेवा पूजा होती है, भोग लगता है। आज भी वहाँ जन्माष्टमी, पितृपक्ष, नवरात्र और दीपावली आदि मनाये जाते हैं। पर ऐसा क्या घट गया कि अब वहाँ आवाज़ें सुनाई नहीं पड़तीं।

आज से कुछ वर्ष पहले लगभग वर्षों तक उस घर में शोर ही शोर था। कलह। उसके पिता और चाचा दिन भर घर के लोगों को हर चीज़ के लिए मना करते, रोकते थे। बात करने की ज़ोर-ज़ोर से बोलने की, आवाज़ें आती थीं। उस वातावरण में उस घर के बच्चे भी वैसे ही हो गये। ऊषा को समझ में नहीं आता था कि उन सभी भाई-बहनों का जीवन इतना घुटन भरा, निराशा में डूबा क्यों था? किसी चीज़ की तो घर में कमी न थी, पहनने-खाने की, पर पिता का हर बात पर घर-बाहर झगड़ा करना इन सबसे भाई-बहन बुझने लगे। हर दिन ऐसा लगता था आज का यह दिन कैसे बीतेगा! काश कोई देवदूत आ जाये और उन्हें इन कलह से मुक्ति दिलाये।

जीवन में कुछ भी शाश्वत नहीं है। भंगुर है। शरीर बदलता है। काले केश धीरे-धीरे सफ़ेद होने लगते हैं। जीवन बदलता है जिस जगह इन्सान दशकों रहा है, उस जगह को छोड़कर दूसरी जगह चल देता है। रिश्ते बदलते हैं। जिसके साथ बहुत डूब कर मिले थे, लम्बी-लम्बी बातें हुई थीं, वे रिश्ते छोटी-छोटी मुलाक़ातों में, आँखों-आँखों में देखने में यूँ ही ऊपर-ऊपर से मिलने तक सिमट जाते हैं। पिता का जीवन बदला और उससे घर का जीवन बदला। वहाँ आवाज़ें कम हो गयीं। पिता का अब वह तेज़ नहीं रहा।

अब पिता अस्वस्थ हैं। कहते हैं–"मुझसे बात करो।" ऊषा कहती है, "बोलिए, वह पूछते हैं–"क्या बोली?" ऊषा फिर कहती है–"बोलिए।" वह फिर कहते हैं–"क्या बोली!" ऊषा ग़ुस्से में कहती है–"क्या कहूँ! आपको तो सुनता ही नहीं।"

आज पचहत्तर वर्ष की उम्र में पिता बार-बार कहते हैं, बात करो। ऊषा भी बात करना चाहती है, पर उन्हें ऊँचा सुनने लगा है। कान में सुनने की मशीन नहीं लगाते। आज भी वे उसी तरह ज़िद्दी हैं। जब मन नहीं लगता तब अपने फ़ोन में यू ट्यूब चैनल पर फुल साउंड में जो भी हाथ से दब जाता वह ख़बर सुनने लग जाते हैं। सुन रहे हैं पत्रकार रवीश कुमार ने इस्तीफ़ा दे दिया है एनडीटीवी से। पिता कहते हैं–"क्या ज़ज्बा है। इसे कहते हैं स्वाभिमान। सरकार की आलोचना करने का माद्दा। फिर ऊषा की तरफ़ घूमकर कहते हैं। तुमने अपने जीवन का कुछ नहीं किया। तुम क्यों नहीं बनीं पत्रकार। चलो पत्रकार न सही किसी कॉलेज में लेक्चरर बन जातीं। लाख रुपये तनख़्वाह मिलती।" ऊषा को पिता की बात पर क्रोध आता है। वह कुछ बोलना चाहती है पर चुप रह जाती है कि पिता सुन नहीं पायेंगे। उन्होंने बहनों को कुछ भी बनने नहीं दिया। हर समय कलह का वातावरण बनाये रखा। आज कह रहे हैं तुम्हें लाख से ऊपर का वेतन मिलता। वह अपने पिता को कितना और कैसे बर्दाश्त करे।

ऊषा पुराने दिनों में चली जाती है। उसे कोई आवाज़ सुनाई देती है। कमरा बन्द है। कोई अकेला बैठा है और दीवारों से बात कर रहा है। ऊषा कमरे में जाती है। कमरा ख़ाली है। वहाँ कोई नहीं है। कहाँ गयी माँ! माँ तुम कहाँ हो। मुझसे बात करो। ऊषा का सिर घूमने लगता है। कोई नहीं है। वहाँ कोई भी नहीं है। माँ को गुज़रे एक दशक हो गये।

एक ही आवाज़ सुनाई देती है वह है पिता की। बार-बार कह रहे हैं मुझसे बात करो। वह उनसे बात करना नहीं चाहती ऐसा नहीं है। वह पिता से कहना चाहती है सिर्फ़ तुम हमारे जीवन को बचा सकते थे। पिता उसे देख रहे हैं, लगातार। उन्हें कुछ भी सुन नहीं रहा। ऊषा झुँझला जाती है। घर में कैसा सन्नाटा पसरा है। वह यहाँ आना नहीं चाहती है। भागो-भागो। वहाँ से उल्टे पाँव भागती है। वह भागना चाहती है। पर कहाँ जाये भाग कर! उसके अन्दर का यह संसार उसे बार-बार घेर लेता है। जब भी वह अकेली होती है। उसे लगता है वह गुनहगार है। माँ कहती थी मुझसे बात करो। ऐसा नहीं है कि उसने बात नहीं की। लेकिन बात करने से वह उसके अन्दर की घुटन को दूर नहीं कर पा रही थी। अपने अन्दर की घुटन से निकलने

का रास्ता उन्हें ख़ुद ही ढूँढ़ना था। उसके पास उनकी घुटन को दूर करने का कोई रास्ता नहीं था। माँ धीरे-धीरे अकेली पड़ गयी थी। पिता अकेले थे या नहीं मालूम नहीं पर माँ का अकेलापन कम नहीं कर पा रहे थे। आज जब अकेले बैठे हैं तब कहते हैं—मुझसे बात करो।

ऊषा की कहानी मनोवैज्ञानिक कहानी होती जा रही है। पर वह कोई मनोवैज्ञानिक कहानी लिखने नहीं बैठी है। जब भी अकेले बैठती है तो यह संसार उसे घेर लेता है। और जब वह लोगों के बीच रहती है तो लोगों की कहानी उसे घेर लेती है।

कुछ दिनों से वह जूझ रही है नये-नये नौकरों से। पिता बाथरूम में गिर गये हैं। उनके पाँव की हड्डी टूट गयी है। ऑपरेशन हुआ है। अब उनकी देखभाल करने के लिए एक अटेंडेंट रखा हुआ है। वह कभी आता है, कभी नहीं आता। वह रात के लिए है और रात में सो जाता है। ऊषा जूझ रही है इन नये-नये सेवक से। एक नया सेवक चौदह-पन्द्रह वर्ष का लड़का छोटू आया है। घर में काम करने वाला पार्ट टाइमर नौकर किसी को ले आया। ऊषा उसे देखकर चौंकी–"यह तो बच्चा है। मध्य वय के व्यक्ति को लाना था इसे क्यों ले आये!"

"दीदी इसे रखकर तो देखिये। यह बाबूजी के पास पूरे दिन बैठा रहेगा। पानी पिलाना। बाथरूम ले जाना। दवा देना। सब काम करेगा। आप परेशान ना होइए। छोटा लड़का है उसे काम चाहिए। छोटू की तरफ़ देखकर कहा, वह दादू के पास बैठा रहेगा। कोई दिक़्क़त नहीं होगी।"

ऊषा ने इत्मीनान रखा। धीरे-धीरे पिता को बाथरूम ले जाना-लाना सिखाया। तीन दिन तक वह छोटू को पिता के सारे काम समझाती रही। चौथे दिन छोटू ने कहा, उसका मन नहीं लग रहा है। ऊषा से फ़ोन माँग रहा है, कह रहा है कि अपनी माँ से बात करेगा। रसोईघर में जाकर फ़ोन पर माँ से झगड़ने लगा, "तुमने कहा था, आओगी। पर नहीं आयी। अब आना नहीं होगा।"

ऊषा ने पूछा, "क्या हुआ! अगर तुम्हें काम नहीं करना था तो क्यों आये?"

छोटू ने कहा, "मैं नहीं चाहता था आना। माँ ने भेजा।"

वह काम करना नहीं चाहता है। वह काम करने नहीं आया था। इन तीन दिनों में छोटू ने पिता से कहा, "उसके मौसा रिक्शा चलाते हैं। मौसी पेशेंट की देखरेख करती है। उसके बाबा (पिता) वैन चलाते हैं। वे एक पैसा भी घर में नहीं देते। इसीलिए माँ को नौकरी करनी पड़ती है।"

पिता ने पूछा था, "क्या तुम पढ़ते थे?"

उसने कहा, "हाँ सातवीं में।" उसकी माँ ने कहा था पाँचवीं में। न जाने जब वह पिता से बात कर रहा था तब उसके मुँह से अजीब-सी गन्ध क्यों आ रही थी। ऊषा को कुछ समझ में नहीं आया। वह बार-बार नीचे भाग कर दरबान के पास क्यों जाता है और बहुत देर के बाद आता है। ऊषा को उसके रंग-ढंग अच्छे नहीं लग रहे थे। उसे पता चला उसकी मौसी पड़ोस में भट्ट जी की बूढ़ी माँ की देख-रेख के लिए आती है। वह छोटू से मिलती है और चुपके से हाथ में कुछ देकर जाती है। ऊषा ने पता किया पर उसे पता नहीं लगा कि मौसी क्या देकर जाती है। उसके यहाँ खाना बनाने वाली रूपा ने न जाने क्यों कहा–"भाभी, इसे वापस भेज दीजिए।"

"क्यों क्या हुआ!"

"कुछ नहीं भाभी, पर इसे आप मत रखिए।" ऊषा को कुछ भी समझ में नहीं आया दो-तीन दिन और निकले। इस दो दिन में छोटू ने घर की तीन-चार चीज़ें तोड़ डालीं। कोई मेहमान आये थे उन्हें कप-प्लेट में चाय देकर जब कप-प्लेट रखने गया इतनी ज़ोर से प्लेट को रखा कि कप टूट गया। जब पंखा नहीं चल रहा था ग़ुस्से में स्विच बोर्ड पर ज़ोर से घूसा मारा और वह स्विच निकलकर हाथ में आ गया। बाबू जी को शौचालय ले जाने के दौरान वॉशरूम का फ्लश इतनी ज़ोर से दबाता कि फ्लश टूट गया। ऊषा को आशंका हुई कि छोटू को कोई दिमाग़ी परेशानी है। कुछ बड़ा नुक़सान न हो जाये। इस लड़के को तुरन्त छोड़ देना चाहिए। जिस दिन रखा था उस दिन भी मन में यह बात आयी थी कि बच्चे को रखना ग़लत है। चाइल्ड लेबर। एक छोटे बच्चे को जिसकी पढ़ने की उम्र है उसे काम पर लगा देना पर उसे यह भी लगा था कि अगर टिक गया तो उसे वह धीरे-धीरे लिखना-पढ़ना सिखायेगी, मदद करेगी। उसने उसे ड्राइंग बुक और रंगीन पेंसिल दी और यह पूछा था कि उसे क्या अच्छा लगता है। अगर पढ़ाई-लिखाई से जुड़े कोई भी काम वह करना चाहे तो कर सकता है। परन्तु उसने ज़मीन पर रंग फैला दिया। उसका चित्रकारी में मन नहीं लगा।

ऊषा उसे पिता के पास ही बैठे रहने को कहती थी। नीचे जाने नहीं देती थी। पर उसके व्यवहार को देखकर ज़्यादा देर के लिए नीचे भेजना शुरू किया। धीरे-धीरे छोटू नीचे दरबान और नौकरों के पास ज़्यादा समय बिताने लगा। वहाँ से जब आता उसके मुँह से बीड़ी की दुर्गन्ध आती थी। एक दिन रात में दस बजे उसके मुँह से मांसाहार भोजन की गन्ध आ रही थी। ऊषा ने पूछा क्या खाये हो? उसने कहा,

"मेरी मौसी मेरे लिए चिकन नीचे दरबान जी को देकर गयी थी।" ओह! यह क्या मुसीबत है। वह परेशान हो गयी। यह तो नॉनवेज खाये बिना नहीं रह सकता। ऊषा को जब यह समझ में आया कि उसकी माँ ने अपना पिंड छुड़ाने के लिए अपने लड़के को उसके घर में रखवा दिया उसे बहुत क्रोध आया। उसे यह भी पता लगा कि माँ अपनी बहन से उसे बीड़ी भेजती है ताकि वह एक महीना टिक जाये और पूरे महीने का वेतन मिल जाये। वह चेष्टा करने लगी कि उसकी माँ उसे ले जाये। वह बार-बार कमली दास को फ़ोन करने लगी। कमली फ़ोन नहीं उठाती। छोटू हर दिन बेचैन और व्याकुल होने लगा। वह हर दिन कोई ना कोई नुक़सान कर रहा था। ऊषा डर गयी कहीं पिता को कुछ हो ना जाये वह कहीं पिता के साथ कोई दुर्व्यवहार न कर बैठे। एक दिन सुबह-सुबह उसकी माँ भट्ट जी के यहाँ काम करने वाली अपनी बहन को लेने आयी। उसकी बहन को काम करते हुए तेज़ बुख़ार आ गया था। भट्ट जी की पत्नी ने कमली को कहा–तुरन्त आकर अपनी बहन को ले जाओ, हम किराया देंगे। वह गाड़ी लेकर आयी थी। छोटू कमली को देख दौड़कर उसके पास चला गया। ऊषा ने उसे नौकरी पर रखकर जो-जो परेशानियाँ झेलीं वह सब कमली को बताना चाहती थी पर वह उसके पास नहीं आयी। ऊषा ने छोटू को नौ दिन काम करने के पैसे दिये और उससे मुक्त हुई। जिस दिन वह गया पड़ोस की भाभी से मुलाक़ात हुई। वे छूटते ही बोलीं–"आपने उसे कैसे रख लिया! वह तो लफंगा है। आपको पता नहीं है वह बीड़ी पीता है। नशा भी करता है।" ऊषा के मन में यह बात आयी कि स्कूल-कॉलेज के दिनों में वह सोचती थी कि इस तरह के बच्चों के लिए कुछ करेगी। किसी एनजीओ से जुड़ जायेगी और दूर बस्ती इलाक़े के बच्चों के लिए समाज सुधार का कार्य करेगी। पर वह सब नहीं हुआ और आज वह जिस भूमिका में है छोटू के लिए कुछ नहीं कर सकती। वह एक संस्था जानती है जिसका नाम और पता कमली को दे देगी ताकि वह अपने लड़के को वहाँ ले जाये और उसे एक उपयोगी इन्सान बनाये।

ऊषा कई तरह की दुनियाओं से टकराती है। उसे कई तरह के रास्ते खोजने हैं। ऊषा को बाबूजी की देखभाल के लिए तत्काल एक पुरुष सेवक की ज़रूरत है। उसने अपने पति के मित्र गौरव को फ़ोन किया जो पिछले एक साल से अपनी माँ की देखरेख के लिए एक सेंटर से आया और नर्स को बुलाता रहा है। गौरव ने सेंटर के मुख्य सुजीत दा का नम्बर दिया। ऊषा ने बात की।

सुजीत ने कहा, "पाँच सौ रेट है।"

ऊषा ने कहा, "गौरव ने कहा है, साढ़े चार सौ।"

सुजीत ने कहा, "नहीं मैडम। आपको पुरुष सेवक चाहिए तो उनकी रेट पाँच सौ है। स्त्री सेविका की साढ़े चार सौ।"

"यह कैसा अन्धेर है!" ऊषा चौंकी। "स्त्री को पचास कम मिलेंगे"–ऊषा ने ज़ोर से कहा।

सुजीत दा ने कहा, "मैडम ऐसा ही है। अटेंडेंट चाहिए तो बोलिए नहीं तो मुझे दूसरा काम है।"

ऊषा इस बहस में नहीं गयी पर मन में यह बात तो आयी थी कि काश, वह इतनी पढ़-लिख लेती कि इन स्त्रियों की तरफ़ से आवाज़ उठाती। क़दम-क़दम पर समाज में शोषण और समाज में बुराई है। हर इन्सान इन सब से टकराता होगा पर वह विरला होता है जो इनके लिए काम करता है। वह जिस भूमिका में है क्या कर सकती है! उसने कहा, "ठीक है। कल से एक पुरुष सेवक को रात की ड्यूटी के लिए भेज देना।"

ऊषा घर में चारों तरफ़ चक्कर लगा रही थी। वह मायके कुछ दिनों के लिए आयी थी। भाई-भाभी इंडिया से बाहर अपने बेटे रूपेश के पास लन्दन गये थे। पीछे से पिता के साथ यह दुर्घटना घट गयी थी। दोनों बहनें दूसरे शहरों में अपने ससुराल में थीं। ऊषा ने अपने पति के साथ पिता को अस्पताल में भर्ती किया। उनका ऑपरेशन हुआ। फिर घर लाने के बाद घर में व्यवस्था करने लगी। पिता के लिए एक अदद अटेंडेंट की तलाश करने लगी, कुछ दिनों बाद भाई आ जायेगा।

वह नये अटेंडेंट का इन्तजार करने लगी। अटेंडेंट नहीं आया। ऊषा परेशान थी। उसने फ़ोन मिलाया, कहा, "आपका अटेंडेंट आज आने वाला था। आपने जो रेट कही थी वही देने की बात हुई थी। फिर क्या हुआ?"

सुजीत बोला, "मैं आपको पाँच मिनट में फ़ोन करता हूँ, देखता हूँ क्या हुआ? मैडम जो व्यक्ति आपके पास आने वाला था वह बीमार हो गया है। मैंने दूसरे को भेजा है।"

थोड़ी देर बाद ऊषा के पास एक फ़ोन आया। एक स्त्री जिसकी उम्र तीस साल होगी उसके घर का पता पूछ रही थी। उसने कहा, "सुजीत दा ने नम्बर दिया है। आपके घर में पेशेंट है। उसकी रात में देखभाल करने के लिए।"

ऊषा ने कहा, "मुझे एक पुरुष सेवक की ज़रूरत थी, महिला की नहीं।"

"मैडम मैं मन लगाकर काम करूँगी। एक बार करवा कर देखिये। शिकायत नहीं होगी।"

"पर आप समझ क्यों नहीं रहीं, मुझे पुरुष के लिए पुरुष सेवक ही चाहिए। स्त्री नहीं।"

उस स्त्री की कातर आवाज़ आयी, "मैडम काम की सख़्त ज़रूरत है, प्लीज़।"

ऊषा ने कहा, "ठीक है पर मेरे घर का लोकेशन समझ लो। मैट्रो से जतिन दास पार्क उतरना वहाँ चौरस्ता आयेगा। वहाँ से सीधे कालीघाट की तरफ़ जो रास्ता जाता है उस तरफ़ बढ़ना। आगे एक ऑटो स्टैंड है। वहाँ से बायें घूमकर सीधे जाना। सदानन्द रोड आयेगा। फिर एक छोटी-सी राशन की दुकान मिलेगी उसके बग़ल में नीम का पेड़ है उससे सटकर जो मकान है वही हमारा घर है। एक तल्ले आ जाना।"

लगभग बीस मिनट बाद एक स्त्री ने डोर बेल बजायी। ऊषा ने दरवाज़ा खोला तो उस युवा स्त्री को देख वही खड़ी रह गयी। थकान और पसीने से चेहरा म्लान था पर पारे की तरह चमकता यौवन छन-छन कर उसके उदास चेहरे को आकर्षक बना रहा था। वह अपने नूर से बेख़बर थी। ऊषा ने उससे उसका नाम पूछा। उसने कहा–जलसा। उसे देख चन्दना और पुतुल की याद आयी। वर्षों पहले उन युवा कामवालियों को रखने से माँ को कैसी जटिल परिस्थितियों का सामना करना पड़ा था। उनके दो-तीन प्रेम हो गये थे और एक तो ड्राइवर के साथ भाग गयी थी। एक के गर्भ ठहर गया था। पर वे ग्रामीण लड़कियाँ थीं। यह युवती महानगर की है और यहाँ की चुनौतियों को जानती-समझती होगी। जो भी हो ऊषा कोई परेशानी नहीं उठा सकती। उसने उसे कुछ रुपये दिये और समझाकर लौटा दिया कि मेरे पिता अब ठीक हैं उन्हें सेवक की ज़रूरत नहीं।

जैसे ही वह लड़की घर से निकली खाना बनाने वाली रूपा ने घर में पाँव रखा और घबराकर पूछा, "दीदी ये यहाँ कैसे आयी?"

ऊषा ने कहा, "आया का काम करती है। पेशेंट को देखती है। पिताजी के लिए आयी है।"

रूपा ने कहा, "ये लड़की ठीक नहीं है।"

"ठीक नहीं है मतलब।"

"मैं और कुछ नहीं कह सकती। दीदी ये रात में कुछ और काम करती है।"

"तुम्हें कैसे मालूम?"

"मैंने देखा है चौरस्ते पर इसे खड़े हुए। एक बार नहीं, कई बार। देर रात को।" रूपा ने और कुछ नहीं कहा, चुप हो गयी। ऊषा को वैसे भी एक स्त्री को नहीं रखना था। उसे पता नहीं रूपा की बात में कितनी सच्चाई है। ऊषा सोच में पड़ गयी। जुलाई

महीने में एक शादी से जब वह अपने पति के साथ लौट रही थी पिता के घर से थोड़ी दूर पर जो पर जो पी.जी. है वहाँ की कुछ लड़कियाँ देर रात रास्ते में अपने ब्वॉयफ्रेंड के साथ खड़ी सिगरेट पी रही थी। उन्होंने छोटे-छोटे कपड़े पहन रखे थे। रूपा उन लड़कियों को देखेगी तो उनके बारे में क्या कहेगी!

ऊषा ने सोचा, अच्छा सेवक मिलना मुश्किल है। उसे ही पिता को देखना होगा। वैसे उनका काम पिछले सवा महीने से वह कर ही रही है। नये-नये अटेंडेंट को समझाना आधे से ज़्यादा काम स्वयं कर देना ही तो है। पिता तीन-चार बार रात में पेशाब के लिए उठते हैं। वह सुबह मंजन करवाने में और बदन पोंछने में मदद करती है। उसने सोचा कुछ दिन और सँभाल ले फिर तो भाई-भाभी आ ही जायेंगे। वे सँभालेंगे।

ऊषा रात में उनके बग़ल में लेट गयी। पिता ने पूछा, "लोकेश की बहू से बन रही है तुम्हारी?"

वह चौंकी, "ऐसा कैसे बोले!" इस बार पिता को एक ही बार में उसकी बात सुन गयी।

वे बोले, "जानता हूँ, मैंने तुम्हें, तुम्हारी माँ, छोटी बहनों को कभी सुख नहीं दिया। आज भी तुम सुखी नहीं हो।"

ऊषा की आँखों से आँसू झरने लगे। उसके बड़े पुत्र लोकेश ने अन्तर्जातीय विवाह किया। उसे बहुत समझाया ऊषा और उसके पति ने पर वह नहीं माना। विवाह के बाद दोनों पति-पत्नी नौकरी कर रहे थे पर लोकेश की पत्नी लावण्या को बहुत ग़ुस्सा है। वह बात-बात में ठुनक और तुनक जाती है। घर और रसोई का कोई काम उसे करना अच्छा नहीं लगता। सुबह जॉब के लिए निकलती है तो रात घर आने पर थककर सो जाती है। ऊषा की सास जब बीमार हुई घर में कई तरह की व्यस्तताएँ बढ़ीं और तनाव भी। लावण्या का घरेलू काम में सहयोग नहीं है। सास-बहू में इतना तनाव बढ़ा कि वह अपने मायके चली गयी और चार महीने से वहीं है। ऊषा और उसके पति ने कभी भी उससे उसकी तनख़्वाह के बारे में नहीं पूछा और न ही उससे एक पैसा भी लेना चाहा। कई लोग तो चाहते हैं कि ससुराल में योगदान दे। फिर भी लावण्या को ऊषा से शिकायत है। वह यहाँ नानवेज नहीं खा पाती इसलिए भी मायके में ही रहने लगी है। उसके पिता पंजाबी और माँ बंगाली हैं। ऊषा और उसके पति ने लोकेश को समझाया था कि वह शाकाहारी परिवार में आकर सुखी नहीं रहेगी। सिर्फ़ भोजन की ही बात नहीं है, वह घर में वैसे रहना

चाहती है जैसे विवाह के पहले कुँवारी थी तब रहती थी। देर से नहाना। कपड़े इधर-उधर डाल देना। कमरे को बिखेरकर रख देना। बिंदास। ऊषा को यह सब सुहाता नहीं है। लावण्या के दफ़्तर जाने के बाद वह उसके कमरे को रोज़ ठीक करती। पर लावण्या को यह सब अच्छा नहीं लगता। इस तरह ये छोटे-छोटे झंझट, मुँह पर बोलना, रोज़-रोज़ का तनाव बढ़ता जा रहा था।

ऊषा अपने पिता से बोली, "माँ ने हमें घर का काम सिखाया। हमने आपकी बात भी सुनी और ससुराल में ससुर और सास की भी। इसलिए भी सबकी बात सुनते रहे क्योंकि कुछ और करना आता ही नहीं था। पर लावण्या एमबीए पास है वह क्यों घर में क़ैद रहेगी!"

ऊषा अपने दु:ख-सुख बोले जा रही थी और पिता को नींद आ गयी। पिता या तो पूरे दिन सोते हैं या फिर समाचार सुनते हैं। अचानक उनकी नींद खुली वे बोले, "क्या कह रही थी? गैस का दाम दो सौ कम होने से क्या हुआ?"

ऊषा पिता को बोली, "सरकार को अगर दाम कम करने थे तो चार सौ कम किये होते ताकि ग़रीब वर्ग को राहत मिलती।"

पिता को उसकी आवाज़ सुन गयी बोले, "हाँ ठीक कहती हो जंवाई बाबू इतना कमाते हैं कि तुम्हें दो सौ से कोई ख़ास फ़रक नहीं पड़ता।"

फिर बोले, "दुर्गा पूजा आनेवाली है। पंडाल बनने लगे होंगे।"

ऊषा ने कहा, "हाँ। आपको पूजा दिखाने ले जाऊँगी।"

"नहीं। नहीं मुझे भीड़ से डर लगता है। ऐसे ही तुम परेशान हो फिर कुछ हो गया तो बचूँगा नहीं। वैसे यह अच्छा ही होगा। तुम भाई-बहन मुक्त हो जाओगे, एक क्रोधी पिता से।"–ऐसा कह पिता फिर सो गये।

ऊषा ने पिता को सोते देखा। पहले कुछ देर चुपचाप बैठी रही। उसे अस्वस्थ पिता के साथ अब ऐसा लगने लगा है कि वह भी मन और शरीर से बीमार है। किसी तरह से वह उठी फिर पूजाघर में जाकर साँझ-बाती कर कबीर गाने लगी और देर तक गाती रही। उसे स्फूर्ति और आनन्द का एहसास हुआ। उसे अच्छा लगने लगा। इस गाने ने ही उसे सँभाले रखा है। विवाह के बाद उसने गाने का अभ्यास लगातार किया। उसका गला अच्छा था। विवाह के बाद कुछ ऐसा संयोग बना कि उसे गाने की एक शिक्षिका मृणालिनी मुखर्जी मिल गयी। उसने उन्हें गाना सिखाने के लिए रख लिया। कभी नियमित रूप से कक्षा कर पाती, कभी अनियमित रूप से। लेकिन लगातार सीखते-सीखते वह कभी-कभी कार्यक्रमों में भी गाने लगी और धीरे-धीरे

उसने छोटे-छोटे कार्यक्रमों में आना-जाना और गाना शुरू कर दिया। पिता को नहीं पता कि ऊषा गाती है। गाने के करण उसके कई मित्र भी बने हैं और कभी-कभी वह अपने शहर से बाहर भी चली जाती है। अन्त में ऊषा कबीर गाते हुए ख़ुद भी सो गयी।

साधो, देखो जग बौराना।
साँची कहौ तो मारन धावै झूँठे जग पतियाना।

राब्ता

बैशाख की पच्चीस तारीख़ और कस्तूरी

Sing the song of the obscure man,
Reveal his unspoken soul
Soothe his humilated heart
Restore life and song
To this dry land
Rouse the failing hearts and hidden men.

–RABINDRANATH TAGORE

यह कथा किसलिए!

बस यूँ ही। अपने अन्दर के सागर में, दूर कहीं गहरे में तरंग उठती है उसको पकड़ने के लिए।

तरंग जो लहर बन जाती है, उन लहरों को समेटने के लिए।

लहर पर लहर उठती है, आती है जाती है। उन लहरों के बीच बनता है भँवर। उस भँवर को देखने-सुनने के लिए।

हर जीवन एक भँवर है! हर आदमी अपने भँवर का निर्माता।

उस निर्माता के चक्रवातों के झंझावातों से गुज़रने के लिए।

उस छोटे-बड़े जीवन के अर्क, सार्थक-निरर्थक, अदने और बड़े जीवन के सत्त्व को पाने के लिए।

बैसाख की पच्चीस तारीख़ (पोचिसेर बैसाख)

यह इलाक़ा हरा-भरा है। कस्तूरी बी.एम. बिरला हॉस्पिटल में बैठी हुई है। आजकल उसके अन्दर किसी भी बात की कोई विशेष प्रतिक्रिया नहीं होती। पिछले सात वर्षों

में उसने अपने परिवार में कई मौतें देख लीं। इस बार पिता अस्वस्थ हैं। कितने लोग जीवन से चले गये। हर जीवन की अपनी सीमा है, थकान और घुटन। हाँ, एक बार हूक-सी उठी। उसके बाद अन्दर कुछ भी नहीं हुआ। पहले उसने सोचा पिता को देखने न जाये। आईसीयू रूम में वेंटिलेटर पर हैं, मुँह पर ऑक्सीजन का मास्क और चारों तरफ़ पाइपें लगी होंगी। कैथिटर लगा होगा। छाती में पानी भर गया है उसे निकालने के लिए भी पाइप होगी। अनगिनत पाइपें। क्या होगा देखकर! जी ख़राब होगा। फिर मन हुआ देख आये। यह सच है कि अस्पताल के अन्दर की चहल-पहल, तेज़ रोशनी उसे अवसाद से मुक्त करेगी, घर में बैठे-बैठे एक अजीब तरह की उदासीनता भी घिर जाती है। उसे समझ में नहीं आता कि उसे क्या हो रहा है! यह इलाक़ा खिदिरपुर की तरफ़ निकल जायेगा। कस्तूरी, अपनी बहन के साथ खिदिरपुर के लक्ष्मी मन्दिर में कई बार आयी है। वही बहन सात महीने पहले कोरोना वायरस में नहीं रही। अकाल मृत्यु। आजकल उसके अन्दर कुछ भी नहीं होता, न जाने कौन-सी शिला जम गयी है मन पर। कुछ भी नहीं पिघलता। जो होता है बस सुन लेती है। एक समय भावनाओं का ज्वार उठता था और चारों तरफ़ से ऐसा अकेलापन घेर लेता कि लगता था दम निकल जायेगा। अब उसके अन्दर कोई भी बात उस तरह से नहीं घटती जैसी पहले घटा करती थी। उसे क्या हो गया है! दूसरे लोग उसके बारे में क्या सोचेंगे!

आज 25 बैसाख (पोचिसेर बैसाख) है। ठाकुर रवीन्द्रनाथ की जयन्ती। घर के सामने जो बिड़ला स्कूल है वहाँ सुबह-सुबह मैदान में सभी छात्राएँ इकट्ठी हो गयी थीं। रवीन्द्र गान चल रहा था और देखते ही देखते बादल छा गये। ज़ोरों से बारिश होने लगी। मई महीने की बारिश। सोमाली कितना सुन्दर सजी थी। जूड़ा बाँधा था और उसमें फूल भी लगाया था। सुन्दर नृत्य कर रही थी। विद्यालय रवीन्द्र जयन्ती के कार्यक्रम में डूबा हुआ था। एक तरफ़ यह सब हो रहा है दूसरी तरफ़ पिता बी.एम. बिड़ला हॉस्पिटल में वेंटिलेटर पर थे। सिस्टर ने कहा–

"मिलने का समय ओवर हो गया है। अब आप नहीं जा सकतीं।"

सिस्टर ने उसे पहचाना नहीं कि वह पेशेंट की बेटी हैं। कस्तूरी ने रिक्वेस्ट किया, "मेरे पिता हैं। एक मिनट रुकूँगी और ज़्यादा नहीं। सिस्टर प्लीज़।"

सिस्टर ने कहा, "ओके। बट डोंट स्टे...।"

कस्तूरी लिफ्ट से ऊपर गयी। उसने देखा पिता के मुँह में, हाथ में, हर तरफ़ पाइप लगा दी गयी है। आँखें बन्द और चेहरा फूला हुआ। कस्तूरी ने उनके सिर पर

हाथ फेरा। बार-बार हाथ फेरने से उन्होंने आँखें खोलीं। कस्तूरी को पहचान गये। इशारे से बोले, "देखो कितनी नालियाँ लगा दी हैं।"

कस्तूरी ने कहा, "घबराइएगा नहीं। सब कुछ ठीक हो जायेगा। आप जल्दी घर आ जायेंगे।" वह उनके सिर पर हाथ फेरती रही और जल्दी ही लौट आयी। लौटते हुए फिर एक बार घूमकर देखा, पास गयी और जल्दी-जल्दी नीचे आ गयी। अस्पताल से निकलकर घड़ी देखी, शाम के साढ़े छह बज रहे थे। कोयल ज़ोर-ज़ोर से कू-कू कर रही थी। ठण्डी हवा चल रही थी और ऊपर बादल उमड़ रहे थे। आज दिन में बारिश हुई थी। मौसम अच्छा था। भीगा सा। तुरन्त याद आया पिता वेंटिलेटर पर हैं और कानों में रवीन्द्रगान चल रहा है, बाहर गोधूली में कोयल ज़ोर-जोर से बोल रही है। एक साथ उसके अन्दर कई चीज़ें चलती रहती हैं। ठाकुर रवीन्द्रनाथ ने कितना अकेलापन भोगा और परिवार में कितनी ही मौतें देखीं।

कस्तूरी का मन होता है अस्पताल की यादों से छुटकारा पाये। किसी से बात करे। वह जानती है कि किसी से बात कर लेना कोई अकसीर दवा नहीं है। हर नयी समस्या का नया ही हल होता है इससे दिमाग़ में भी सीलन नहीं रहती। फिर भी बहुत दिनों के वक़्फ़े के बाद उसे याद आते हैं वर्षों पुराने वे दिन जब पड़ोस में रहनेवाले केदार बाबू के यहाँ उनके मित्र आलोक मेहरा से मिली थी।

आलोक मेहरा कहते, अक्सर अनमने होने की कोई ख़ास वजह नहीं होती। आदमी कभी मज़े में होता है और कभी अचानक ही झुरमुट से घिर जाता है। वर्क चढ़ी सद्भावनाएँ मुझे पसन्द नहीं। दोस्तों को अपनी बात कहना रोना-धोना नहीं है और ना उनकी बात सुनना कोरी उत्सुकता। यह अपनेपन के जज़्बे की बुलन्दी है।

आलोक मेहरा

उनसे मिलकर उसे ऐसा लगा कि उसके अन्दर कोई ऐसी अदृश्य कस्तूरी है जिसे वह नहीं जानती। उन्होंने उसका सन्धान किया। उस कस्तूरी का जिसमें बल है। जो निर्भय है। जो आत्मसंशयी नहीं है। जो निर्बुद्धि नहीं है। उन्होंने उस पर विश्वास किया।

मुद्दत हो गयी उनकी कोई ख़बर नहीं। स्वस्थ तो हैं ना! उम्र पचहत्तर के आस-पास हो गयी होगी। उन दिनों को याद कर उनकी बातों को याद करने लगी। 'मुद्दत' नाम से उसने उनकी बातों को सिलसिलेवार पिरोकर रख लिया था। वे अक्सर दोस्त और दोस्ती की बात करते। उनकी बातों से उनके बारे में कुछ भी नहीं जाना जा सकता था। वह अपने बारे में खुलते नहीं थे। पत्नी, बच्चे, बच्चों

की शादी, नौकरी! कस्तूरी से नहीं कहते पर केदार बाबू से अपने परिवार की बात करते थे।

फिर पिता याद आ गये। पिता की बात याद करते हुए भाई का चेहरा याद आया। वह किसी से बात कर रहे थे–वेंटिलेटर पर पिता। हर दिन का ख़र्च। चेहरे पर चिन्ता की लकीरें न जाने कितने दिन डॉक्टर उन्हें यहाँ रखेंगे। कस्तूरी पिता की बीमारी से व्याकुल हो किसी और बात का आश्रय खोजने लगी।

मुद्दत

आलोक मेहरा का बात करने का अपना नायाब ढंग था। कहते–दोस्त ना हो तो आदमी ज़िन्दा भी मरा समान है। दोस्ती का जज़्बा भी शराब जैसा है। फिर कहते–

एक कतरा मय का
जब पत्थर से होंठों पर पड़ा
उसके सीने में भी
दिल धड़का
और उसने यह कहा
ज़िन्दगी ख़्वाब है,
ख़्वाब में झूठ क्या,
और भला सच है क्या!

–शैलेन्द्र

शैलेन्द्र उनके ख़याल में ग़ालिब के बाद सबसे बड़ा कवि था। फिर ज़ोर से हँसते कहते हिन्दी के स्कॉलर यह सुनकर हँसेंगे पर यह उनकी ही ज़हनी ग़रीबी की गवाही होगी।

फिर बोलने लगते कि कल कमाल की कहानी पढ़ी। उसमें जो था वह यह कि अपनों की मृत्यु की कल्पना करना या कामना करना बहुत बड़ी सच्चाई है। क्योंकि सोच का कोई दायरा नहीं, आदमी सब कुछ सोचता है। यह उसके वजूद की आज़ादी है। अच्छा सोचता है बुरा करने की या 'बुरा' सोचने की अपने आप होने वाली कोशिश पर पापी होना महसूस करता है। मैं इस तरह के सोचने को 'स्वाभाविक' मानता हूँ। बिना कसूरवार महसूस किये आदमी को सब कुछ सोचने की आज़ादी उसके होने की निशानी है। अपने पिता की बात याद करते कहते–मेरे पिताजी जब ज़िन्दा थे (और जिन्होंने हमें, जैसा कहते हैं फूलों की तरह पाला)

उनके मरने के 'सीन' को कई बार ज़हन में लाता था। कौन-कौन अफ़सोस करने आया (जैसे पाखण्डी–हिन्दी में शब्द है) और कैसे उनके 'पार्थिव' शरीर को आग के हवाले किया गया वग़ैरह।

तसव्वुर में अपने को बुरा देखने की बात के बारे में जो कहानी पढ़ी उस बात के बारे में अक्सर सोचा करता था आदमी का सब कुछ सोचना ज़ायज़ है और यह उसका अपना ढंग है।

वह अपनी बात को ख़त्म करते हुए कहते–तुमसे इतने दिन बात नहीं कर सका उसके लिए मु'आफ़ी चाहता हूँ। तुमसे बात करने के लिए सुकून ज़रूर चाहिए। कोहरे में मुझसे बात नहीं होती। फिर बोले मेरे पास जो एल्बम है उसमें तुम्हारी फ़ोटो देख रहा था। उसमें तुम्हारा चेहरा बिना मुस्कुराये ख़ुश दिखता है। ख़ुश रहने की आदत सबसे अच्छी आदत है।

न्यू ईयर

नये साल पर उन्होंने लिखा–आजकल मैं लगभग अकेला हूँ और अकेला होने का पूरा लुत्फ़ उठा रहा हूँ। सोच और कल्पना में ग़ज़ब का तालमेल चल रहा है। जिस में रुकावट के लिए खेद की कोई गुंजाइश नहीं होती। सर्दी भी ख़ूब पड़ रही है और आज सुबह से बारिश भी हो रही है। इस वक़्त दोपहर के सरदार (हा! हा!!) बजे हैं। पर लगता है सूरज अभी निकलेगा।

कस्तूरी अपनी सफलता का पूरा-पूरा लुत्फ़ लेना। सुख को झेलना मत। मैं अगर शिक्षकनुमा कोई आइटम होता तो मेरी ज़हनी हालत भी शायद ऐन तुम्हारी हालत जैसी होती क्योंकि सिखाने वाला शख़्स होने का तो मैं तसव्वुर भी नहीं कर सकता। मेरे गिने-चुने दोस्त हैं दुनिया में। एक दो और भी होंगे पर ये ही अहम हैं। बाक़ी बचे कुछ कम जान-पहचान के हैं, कुछ ज़्यादा जान-पहचान के हैं। इन जान-पहचान वालों में रिश्तेदार भी हैं जिनमें अनेक के साथ हमारी जान-पहचान हमारे साथ एक तरह से ज़बरदस्ती है और इस ज़बरदस्ती की जान-पहचान से निजात पाने की कोशिश हमेशा जारी रहती है...चार-पाँच मिनट तुमसे बात करने में तुम में अपने लिए मान देखा उसकी एवज़ में दुनिया में कुछ नहीं। बड़ी-बड़ी बातें करने के बावजूद मैं एक छोटा-सा बच्चा बना बैठा था। अपने साथ कुछ निहायत ही अच्छा होना महसूस कर रहा था। इस तरह का सुख सूखा पड़ने के दिनों में मन को सींचता है। हम छोटी-छोटी ख़ुशियों को भी, दरबान बन, दिल में जाने नहीं देते।

जब से दुनिया बनी है और जब तक रहेगी इस पूरे काल के एक छोटे-से वक़्फ़े में दोस्त इकट्ठे ज़िन्दा रहे हैं। यह क्या प्रकृति की सुन्दर परिकल्पना नहीं। किस बात की शर्मसारी। जो तुमने पिंजरा दिया है उसकी ख़ास बात यह है कि इस पिंजरे में परिन्दे अपनी ख़ुशी से क़ैद हुए हैं और आशियाँ बनाने के लिए खस भी फराहम नहीं कर रहे बल्कि–

न तीर कमाँ में है, न सय्याद कमीं में
गोशे में क़फ़स के, मुझे आराम बहुत है

–मिर्ज़ा ग़ालिब

(ना ही कमान में तीर है और ना ही शिकारी घाट में बैठा है और पिंजरे के कोने में पड़ा मैं ख़ूब चैन से हूँ!)

वह बोले, कस्तूरी मैं तुम्हारा दोस्त ही हूँ। एकदम बराबरी की दोस्ती का साफ़-सुथरा रिश्ता ज़िन्दगी में सबसे अहम होता है। जब हम किसी को उम्र के लिहाज़ से सम्बोधन में बाँधते हैं तो दो लोगों के बीच में होने वाले आत्मीय संवाद में दीवार उठती दिखती है। मैं किसी भी लिहाज़ से तुमसे बेहतर नहीं हूँ। अपने बच्चों का भी दोस्त हूँ। दोस्त के नाते मैं तुमसे हज़ार बातें कर सकूँगा जो मैं सोचता हूँ या जो सामने पाता हूँ। जैसा कि मेरा यहाँ होना एकदम अनहोनी घटनाओं का घटना। सम्बोधन से ज़हन में फ़ासला बढ़ता है और बात करने की हिचक भी लेकिन इस मुद्दे पर तूल देने की मेरी मुराद नहीं है। मेरे साथ हमेशा से ही यह बात रही है कि मेरा जिससे भी सम्बन्ध रहा या बना बराबरी का सम्बन्ध ही रहा। मेरी बेटी भी मेरी दोस्त है। मेरा बेटा भी और मेरी पत्नी भी। उम्र का ज़्यादा होना कोई नेकनामी नहीं। ज़्यादातर लोग बड़ी उम्र के लोग, बड़ी उम्र के तो होते हैं पर बुज़ुर्ग नहीं।

अपने अदने से वजूद में मैं ऐसा सोचता हूँ कि दुनिया में सबसे बुलन्द रिश्ता दोस्ती का है। दोस्ती के जज़्बे में अनन्त फैलाव है। इसमें किसी तरह की घुटन या डर की कोई गुंजाइश नहीं। दोस्तों के बीच कोई ज़हनी दिमाग़ नहीं होता क्योंकि दोस्ती की इमारत सशक्त बुनियाद पर क़ायम होती है। वह बुनियाद है एतबार और खुलापन ख़यालात का। इस लफ़्फ़ाजी का चन्द शब्दों में मतलब यह है कि तुमने जो कहा मेरे दिल ने जज़्बे कर लिया।

अंडबंड

आज मेरे कुछ साल पहले ही बने एक दोस्त विकी ने दिल दुखाया। दिल दुखता है कि अपने ख़यालात के बयान करने की गर्मी में आप किसी का भी दिल दुखा सकते

हैं। ऐसा कहना सही नहीं है कि मैं माउथपीस हूँ। मैं किसी का माउथपीस नहीं हूँ। जिस-जिसको हम प्यार करते हैं हम उन सबके माउथपीस हैं। जिस शख़्स को हम प्यार करते हैं उसे सहन भी करते हैं और उसकी बात को बढ़ाते हैं और छोटी-मोटी असहमति पर पानी फेरते हैं। ऐसा करने से ही सम्बन्धों की तस्वीर ख़ूबसूरत बनती है। मेरे दोस्त की बड़ी खुरदुरी लय है। उसके लिए कुछ भी ठीक नहीं। ठीक क्या है वह भी वह नहीं कहता। वह जैसे बोला, मैंने सोचा खेल-खेल में वह बात ख़त्म हो गयी। पर ऐसा बोला कि जान ख़ुश्क हो गयी। वह किसी को अपना नहीं मानता न ख़ुद को अपना समझने देता है। उसने कहा कि मुझमें बेहतर होने का कॉन्प्लेक्स है। अपनी बात को साफ़ आवाज़ और पूरी ताकत के साथ कहने में कोई रोष नहीं। आदमी जो सामने है वही उसका स्वरूप है। इनाम याफ्ता होने से कोई बड़ा नहीं होता।

कस्तूरी संजीदा बातों से मैं ऊबता हूँ। राय देने की जगह भावनाओं पर ज़ोर देता हूँ। उसने मेरा मन खिन्न किया है। बड़ा बनकर नहीं कह रहा हूँ ना ही फ़ैसला देने की तबीयत से कहा।

बात करने की तलब

आलोक मेहरा ने किसी बड़े दिन (पच्चीस दिसम्बर) को कहा–किसी ज़माने में हॉलैंड में जहाँ हम रहते थे एक दिन उसके पास आसपास घूम रहा था। इतनी ख़ूबसूरत जगह में भी मैं जैसे मारा-मारा भटक रहा था। फ़ोन खाख (वान गाग) बार में मैंने पेट भर और मन भर कर बीयर पी थी। वहाँ बीयर बार के नाम भी महान लोगों के नाम पर रखे जाते हैं। आम्स्तरदम में गांधी बार भी है जहाँ शरीर और आत्मा का सर्वनाश होते देखा जा सकता है। यहाँ के लोग खाना बीयर से निगलते हैं। तेज़ बारिश हो गयी थी और तय था कि होकर हटने का नाम नहीं लेगी। ज़बरदस्त सर्द हवाएँ बिना साँस लिए चल रही थीं। सामने आसमान के बादली रंग में रंगी झील या समन्दर का टुकड़ा था। शाम की तर्ज़ में दोपहर का वक़्त बह रहा था। दो-तीन बत्तखें अपनी बात मनवाने के चक्कर में कर्कश आवाज़ करते हुए गरदनें बाहर निकालती थीं। पानी के पार एक पुल था। जैसे नाव उलटी रखी हो। सफ़ेद और रौशनी में तरबतर। 'कितना सुहाना समां है'.. मैंने शायरी अन्दाज़ में ख़ुद से बात करते हुए ख़ुद को पकड़ा। अब यहाँ शाम जल्दी होने लगी है। गर्मियाँ ख़त्म होना चाहती हैं जैसे कि कहते हैं जिन दिनों हम यहाँ आये थे तब सूरज रात के ग्यारह बजे डूबता

था। इस बारे में मेरे एक दोस्त के मटमैले जवाब में कोई हैरत नहीं छिपी थी। इतनी देर में सूरज के छिपने से इस तरह की परेशानी होती थी जैसी परिन्दों और दरियों को पूरे सूर्य ग्रहण होने पर होती होगी। पानी के फ़ासले के पार चौड़ी सड़कों पर कारें तैरती सी दिखती हैं और मेरा दिल करता है मैं किसी से बात करूँ। दूर तक पानी है, हरियाली है, हवा है, सर्दी है, पर कोई ना आदमी, न आदमी की जात। दिल्ली में एक मकान के एक कमरे की चार-पाँच खिड़कियों से दिखने वाले पेड़ और उन्हें न दिखने वाले बच्चों का शोर। कुछ साल पुराने दोस्त। कुछ एक आध साल पुराने दोस्त और कुछ एक आध घण्टा हुआ बने दोस्त। पर क्या ग़ज़ब की घनिष्ठता के दर्जे की बुलन्दी एक जैसी। उन दोस्तों के चेहरे फ़िल्मों में जैसे दिखाते हैं सामने की ख़ूबसूरती में घुलमिल रहे थे। मेरी बात करने की तलब ज़ोर पकड़ रही थी।

अच्छाई से सींची क्यारी में जवाब के क्या गुल खिलते हैं। मेरा एक है दोस्त शिव, जो रूबरू मिलने में निहायत देर लगाता है। मिलना तय करता है, स्थगित करता है। तय करता है फिर बताता है कि नहीं आ सकता। ग़ालिब कहते हैं–

दाम-ए-हर-मौज में है हल्का-ए-सद-काम-ए-नहंग
देखें क्या गुज़रे है क़तरे पे गुहर होते तक

–मिर्ज़ा ग़ालिब

पानी की एक बूँद को मोती बनने तक क्या-क्या मुसीबतें सहनी पड़ती हैं। पर यहीं पर रुकना ठीक नहीं।

दारा शिकोह ने कहा है–"बूँद मोती बनने की आस क्यों लगाये, क्योंकि मोती तो जड़ है समन्दर क्यों न बने"

WHY SHOULD A DROP BECOME A PEARL
WHEN IT CAN TRASFORM IT SELF INTO AN OCEAN.

इतने दिन केदार से और तुमसे ना मिलने के लिए मैं शर्मसार हूँ। आदमी की अजीब फ़ितरत है कि जो वह दिल के कहने पर करना चाहता है उस काम को करने के वक़्त को आगे-आगे धकेलता जाता है। कभी जब ऐसी कोई कहानी पढ़ता हूँ तो लगता है साहित्य ज़िन्दगी के दायरे की दरारें तोड़कर बाहर निकलने में बहुत बड़ा मददगार साबित हो सकता है। साहित्य में अकेलेपन को लेकर जितना रोना-धोना होता है ज़िन्दगी में यह अकेलापन लफ़्ज़ों के पार सर पर आरे फेरने वाला होता है। मैं जो कहना चाहता हूँ लिख नहीं सकता। लेकिन मैं जो कहना चाहता हूँ तुमसे तुम्हारे सामने बैठकर ही कहा जा सकता है। अजीब तरतीब

है आदमी के कुदरत की जहाँ होना चाहता वही नहीं होता, दूसरी जगहों पर घूमता भटकता रहता है।

अपने बारे में मैं उदासी को बहुत बड़ी ताक़त मानता हूँ। आसपास सब कुछ होते हुए भी हम घूम-फिर कर अपने में ही लौटते हैं और कभी-कभार अपने दिल के अँधेरे कोने में खड़े होकर रोते हैं। रोने की ख़ुशी ख़त्म होते ही साहसी होने की ख़ुशी शुरू होती है। फ़ैसलाकुन क़दम उठाने की ख़ुशी शुरू होती है।

मेरा दोस्त शिव आजकल बदहवासी की हालत में है। हाशिये पर पड़े लोगों की बात सोचता है। सिद्धान्तों की ग़ुलामी में दुखी रहता है। मध्यवर्गीय जीवन उसे उबाता है। ख़ूब साहित्य पढ़ता है। वह निहायत नेक शख़्स है। मेरा सबसे क़रीब का है। पर बेचैन रहता है। दुनिया में आप ख़ुश रहना नहीं चाहते तो किसी और को इसकी फ़िक्र नहीं होती।

दूसरों का दु:ख महसूस करना अच्छी फ़ितरत है पर जब किसी के लिए कुछ कर सकने की हमारी जिस्मानी या ज़हनी ताक़त नहीं तो दु:ख को पाल-पाल कर बड़ा करना बेकार की बात है।

यहाँ ठण्डी हवा चली है। हफ़्तों से ज़हन पर उदासी का साया फैला हुआ था जैसे ठण्डी हवा से छँट गया। फिर मन हुआ कहूँ–

बारिश के अजब सुखों और अजीब दुखों
सुख अजब और दु:ख अजीब।

आज जहाँ हूँ वह बहुत सुन्दर जगह है। सब तरफ़ हरे-भरे पेड़-पहाड़ हैं और माहौल में सदा हरी-भरी ख़ुशबू बसी रहती है। मेरी 'फ़िक्र' तुम्हारे ज़रिये से तस्वीर का रंग बदलने के किसी उपाय में बदल ली जा सकती है। ग़ालिब के शे'र का मिसरे–

घर हमारा, जो न रोते भी, तो धीराँ होता
बहर, गर बहर होता, तो बयाबाँ होता

–मिर्ज़ा ग़ालिब

(समुन्दर अगर समुन्दर ना होता तो सब कुछ सुनसान होता।)

शिव मेरा ऐसा दोस्त है जिसे मैं जो मन में आये लिख सकता हूँ, बता सकता हूँ, हमारे बीच ना तो कोई दिखने वाली दीवार है या दिखने वाली दुराव का झीना पर्दा।

दिल्ली में मौसम बदल रहा है। गर्मी दिन भर सर खाकर शाम को कहीं चली जाती है हल्की सर्दी जिस्म को सहलाती है। फूल-पौधों से आने वाली निहायत दिल फरेब ख़ुशबू को जीने के लिए उत्साह कहा जा सकता है।

दिन बीते कि मैं बैठा-बैठा सोच रहा था कि मुद्दत हुई साहित्य से मेरा प्रेम नायाब है। जो नयी चीज़ें महसूस करते हो वह भी नायाब होती हैं। अपने तजुर्बे को मेरे जैसे आदमी के साथ बैठकर मेरी सोच के दायरे को बढ़ाते हो।

कस्तूरी एक तो यह कि अब हमारे दिनों में कुछ ख़ास घटता ही नहीं और ना ही चीज़ों को देखने की क्षमता ही मौजूद है। घूम-फिर कर अपने पास ही लौटता है आदमी और अपने में भी ऐसा कुछ नहीं देखता कि बताने लायक बने। जीवन में भ्रमों का ना रहना भी दुखदायक है। आदमी कितना ही विवेकहीन हो वह क्या है यह उससे नहीं छिपता। बचपन और उसके बाद के अरसे में जिन लोगों के हम मुरीद बने (भक्त नहीं कहना चाहता) वे अब भी हमारे दिल के क़रीब हैं। शैलेन्द्र, दोस्तोवसकी, टॉलस्टॉय, कबीर, ग़ालिब, मीर और चेख़व और इस जमात में और भी कई सुखनवर हैं। हमारी ज़िन्दगियों में कुछ नहीं रहा तो हरदम हम इन ख़ुदाओं के साथ रहते हैं और हमारी ज़िन्दगी में कुछ रहा है तो यही लोग रह गये हैं।

कस्तूरी के पास दो कॉपियाँ हैं। दोनों में दो अलग-अलग बातें दर्ज हैं। पच्चीस साल बाद उसे लग रहा है ये आधी-अधूरी बातें अपने आप में मुकम्मल हैं।

पहली कॉपी–*याद-ए-रफ़्तगाँ

आलोक मेहरा ने कभी कहा था–"जब से सृष्टि बनी है या बनती आ रही है और जब तक सृष्टि रहेगी या उसका कोई हिस्सा बचा रहेगा इस पूरे समय के एक छोटे से समय के हिस्से में हम सब पैदा हुए और थोड़े से फ़र्क़ में मरेंगे। हर चीज़ ख़ूबसूरत है और हर चीज़ में ख़ुदा का नूर है ज़रूरत है इस एहसास को शाया करने की।"

कस्तूरी अपने दिन के दूसरे हिस्से को ख़ुशनुमा बनाना चाहती है। उसका मन होता है कि वह बूढ़े बरगद की वे लताएँ जो लटक रही हैं उसे पकड़कर झूल जाये। ज़ोर से उछाल मारे और दूर कहीं आकाश में खो जाये। पुराने दिनों में है बन्द और बँधा हुआ जीवन। ज़ोर-ज़ोर से आती आवाज़, झगड़ा, कलह, बीमारी और मृत्यु।

भँवर। दुखों का।

पर इसी भँवर ने उसमें एहसास पैदा किये हैं।

बरबत की सदा पर रोने का और मुतरिब के बयाँ पर रोने का...यह उस ग़ज़ल की एक पंक्ति है जो मल्लिका पुखराज ने गायी है और उसे याद रह गयी।

---

*[गुज़रे हुए लोगों की बातें, बिछड़े हुए लोगों का तज़किरा]

आलोक मेहरा की बातें बेतरतीब होती थीं। एक बात बँधती नहीं थी और दूसरी खुल जाती। बातों के धागे खुलते-बिखरते जाते और इन्द्रधनुष छा जाता था। ऐसा रंग जो अपने में कस्तूरी को रंग डालता। बाहर और आत्म का भेद मिट जाता। घट का जल और सागर का जल एक हो जाता।

तत्त्वमसि।

वे कहते थे–

पहली बात

'कर्तव्यपरायणता के तहत किया कोई भी काम मैं नापसन्द करता हूँ। आपका दिल करता है तो करो नहीं तो फेंको।' कस्तूरी कुछ लिखती तो वे कहते–'यह तो शायरी हो गयी। शायरी की ज़बान में रंग बोलते हैं और बेलों से ख़ुशबू आती है।'

कस्तूरी कहती–ऐसा तो कुछ नहीं लिखा फिर आपको क्या अच्छा लगा? वे कहते–'तुम क्या यह चाहती हो कि तुम्हारा लिखा भीड़ को अच्छा लगे? पर कस्तूरी भीड़ का कोई रूप नहीं होता न नक्श। वे लोग जो तुम्हें अच्छे नहीं लगते उनका साथ थोपा हुआ साथ है। थोपे हुए साथ से छुटकारा पाने का तरीक़ा है अपनी विनोद प्रवृत्ति का हथियार प्रयोग में लाया जाये। उस दिन बारिश भी हुई या बारिश हो रही थी कि तुम्हारा ख़त आया। छोटी-सी बात ने देखो कैसे वाक्य को कविता बना दिया। ज़िन्दगी ऐसी ही छोटी-छोटी बातों से ख़ूबसूरत बनती है या मुश्किल लगने लगती है।' फिर दार्शनिक मुद्रा में कहते

ख़ुदा तुम्हारे ख़ुदादाद हुनर को दिन-ब-दिन चमकाये।

दूसरी बात

8 जनवरी 2001

8 जनवरी को मेरा बहुत पुराना दोस्त स्टैंडर्ड रेस्तराँ में चार या पाँच सालों के बाद मिला। स्टैंडर्ड में मैं कभी-कभार बीयर पीने जाता हूँ। मेरे इस दोस्त का नाम बलबीर कौर है। पर हम उसे बेरी कहते हैं। बेरी यहाँ एयर फ्रांस में काम करता था और नौकरी छोड़कर फ्रांस चला गया था। बेरी से बढ़कर दोस्तोवस्की का पागल पाठक ब्रह्माण्ड में नहीं मिलेगा। उस दोपहर जब हम मिले मैं बीयर पीते-पीते THE POSSESSED पढ़ रहा था। यह उपन्यास मैंने 8 जनवरी 1971 के दिन खान मार्केट से ख़रीदा था। आदत के अनुसार किताब पर मैं अपना नाम ख़रीदने की तारीख़ और कहाँ ख़रीदी लिखता हूँ। उस दोपहर नेमी और मैंने क्या बातें कीं और कितनी बातें कीं यह सिर्फ़

'नियागरा फॉल' को देखते हुए ही समझा जा सकता है। और ग़ज़ब ख़ुदा का देखो THE POSSESSED सबसे पहले जनवरी 1871, में 'रशियन मैसेंजर' नाम के अदबी परचे में छपना शुरू हुआ। 8 जनवरी 2001 स्टैंडर्ड रेस्त्राँ में नेमी से मिला, और भी बड़ा ग़ज़ब ख़ुदा का देखो, तुम्हारा सुन्दर कार्ड भी 8 जनवरी 2001 का।

तीसरी बात

चर्चा डाक नाम पर हो रही है तुमने जानना चाहा है कि क्या मेरा कोई घर का नाम था, पुकारने का नाम। तो मैं कहूँ मेरी माँ ऐसा कहा जाता है मुझे मेशी कहती थी। मेशी के डाक नाम से उसने लगभग तीन साल तक ही पुकारा। मेरे ममेरे-चचेरे भाई अभी भी कभी-कभार मुझे मेशी वीज्जी पुकार लेते हैं जब उन्हें मुझ पर थोड़ा प्यार आता है। मैं हैरान हूँ कि हम बड़े होते जाते हैं और प्यार करने से और जताने से परहेज करने लगते हैं। दुनियादारी का रूखापन हम पर हावी होने लगता है। वैसे ज़्यादातर ममेरे-चचेरे भाई मर-खप गये हैं। खप गये हैं से मुराद है कि उनकी खपत हो गयी है। पर आजकल टोनी, निकी, विकी ज़्यादा हो गये हैं। आजकल डाक नाम की रवायत ख़त्म सी होती दिखती है। हमारे जानने वाले एक सरदार ने अपने बच्चों के नाम रखे हुए हैं; नैंसी, फैंसी। दोनों लड़के हैं। नैंसी तो लड़की का नाम होता है, रही बात फैंसी की तो सरदार जी का कोई स्टोर भी नहीं है।

हा..हा..हा!!

पंजाबी लोगों की बोली में एक और मज़ा है। वे अपनी बात के असर को बढ़ाने के लिए विशेषण के साथ उसका पर्यायवाची भी बोलते हैं जैसे गोरी-चिट्टी, काला-स्याह, ऊँचा-लम्बा गबरू-जवान वग़ैरह। 'मरखप' भी इसी श्रेणी में आता है...

चौथी बात

मेरी आज की ज़हनी फ़ितरत उस दिन से बेहतर नहीं है–

हैराँ हूँ, दिल को रोऊँ, कि पीटूँ जिगर को मैं
मक़्दूर हो, तो साथ रखूँ नौह:गर को मैं॥

–मिर्ज़ा ग़ालिब

अगर सामर्थ्य होती तो मैं किराये का बोलने वाला साथ रखता।

पाँचवीं बात

दुनिया में फ़क़ीर बनना बहुत मुश्किल है। वह फ़क़ीर जिसके पास एक रकाबी है। जिसमें वह खाता है, पानी पीता है और उसके बाद उसे धोकर झोली में डाल लेता है। रकाबी ही उसकी वाहिद दुनियावी सम्पदा है।

छठी बात

ज़िन्दगी के हर हिस्से के अपने-अपने मसले हैं। आदमी कभी हताश होता है कभी उन मसलों को हल कर लेता है।

सातवीं बात

एक बार इस क़िस्म की बात हुई थी कि हिन्दी का शब्द और उर्दू का शब्द एक साथ जोड़ने से जवान की लय टूटती है। जैसे–माता-बाप, पत्नी-खाविंद शरीक-ए-जीवन। मेरे जैसा शख़्स जो हिन्दी और उर्दू को एक ही ज़बान मानता है और जो कहता फिरता है कि हिन्दी के बस चार हैं पीर–तुलसी, ग़ालिब, मीर, कबीर।

शब्द बात का सुर बाँधते हैं और जहाँ सुर टूटा कि बात अपने आप में कम हो गयी।

आठवीं बात

'वेटिंग फॉर गोदो' में गोदो एक ऐसी उम्मीद है जो कभी पूरी नहीं होती।

नौवीं बात

पागल हूँ पर यह पागलपन ओढ़ा हुआ नहीं है। हमारे जिस्मों में रूह नाम का अमूर्त भाव है वह भी पागल है।

दसवीं बात

इस वक़्त सुबह के 9:00 बजे हैं और 3 जून का दिन तीन जून की गर्मी के बग़ैर चमक रहा है। कल यहाँ भारी तूफ़ान आया और ख़ूब बारिश हुई। पौधों की ईद रही। आज की सुबह में भी कुछ अलसाई सी स्विस ठंडक है...।

ग्यारहवीं बात

उर्दू के हज़ारों शब्दों को देवनागरी में ग़लत लिखा जाता है। मैं ऐसा मानता हूँ कि संयुक्त अक्षरों वाले शब्दों के हिज्जों में तबदीली होनी चाहिए। जैसे बिल्डिंग के जगह बिलडिंग। पश्चिम की जगह पशचिम। क्यों इ की मात्रा तो ड,च के लिए है श के लिए नहीं। भाषा के पण्डित क्या कहते हैं भाषा पण्डिताऊ ही रहे?

कहानी कहनी है और अजीब नहीं लगना। लेखक की छवि उसके लेखन में ही निहां है। वह भी पागल है।

अपनी फ़ितरत के मुताबिक़ लफ़्ज़ अपने पराये होते हैं। शब्द में बसी जान को हिन्दी में लिखने वाले कई लोग महसूस नहीं करते। यही वजह है कि उनका लिखा बेजान लगता है। किसी नये शब्द की शब्दकोश के ज़रिये अगर जान-पहचान होती है तो वह शब्द बार-बार एक दोस्त की तरह राह में मिलता है।

बारहवीं बात

बर्ख़-एन-दालवेख-नाइमेखन

बर्ख़-एन-दालवेख का अर्थ है–ऊँचा-नीचा रास्ता। यहाँ पर शहरों, मुहल्लों और सड़कों के नाम प्रकृति से जुड़ी चीज़ों पर रखे जाते हैं या बन्दरगाहों से ताल्लुक रखने वाली चीज़ों से। जैसे यहाँ एक बड़ा शहर है–सूतरमेर जिसका मतलब है मीठा पानी। आयंदा हाफ़म यानी आख़िरी बन्दरगाह। यह शहर फिलिप्स कम्पनी का शहर कहलाता है और देश के ध्रुव दक्षिण में है उसके बाद एक शहर है–फालक्मब्रुख यानी फालकन पक्षी के आकार का पहाड़। यहाँ पर 40 किलोमीटर लम्बी गुफा है जो यहाँ के लोगों ने नाज़ियों की बमबारी से बचने के लिए बनायी। सारे शहर के बाशिन्दे (लगभग 15000) दूसरी आलमी लड़ाई के दौरान इस गुफा में रहे। मैं यह गुफा देखकर आया हूँ। अन्दर 20 लोगों के लिए, 30 लोगों के लिए इस तरह के कक्ष बनाये गये। विषाद और बमबारी के दौरान भी लोगों ने इस भयंकर वक़्त में भी दीवारों पर ग़ज़ब की तस्वीर बनाईं, मूर्तियाँ तराशीं जो अभी भी मुल्क की धरोहर की तरह सँभाल कर रखी गयी हैं। गुफा को देखने के लिए अन्दर रोशनी के साथ बस चलती है और डच, अंग्रेज़ी और फ्रेंच भाषा में गाइड इतिहास के उन दर्दनाक दिनों के बारे में तफ़सील से बताता है।

एक बात है यहाँ भले ही लोग भावुक वग़ैरह ना हो पर ज़िन्दगी की यहाँ क़ीमत है। मजाल है कोई हादसे का शिकार सड़क पर पाँच मिनिट से ज़्यादा पड़ा पाया जाये। ज़िन्दगी हर बेड़ी से मुक्त है। लोग ईमानदार हैं ज़्यादातर। पाखण्ड कहीं नहीं दिखता।

कस्तूरी इन बातों को सोचते हुए घर आ गयी। कुछ दिनों में पिता घर आ जायेंगे। पर उनका मन कैसे लगेगा! उनकी रुचि का दायरा सीमित है। ऊँचा सुनने लगे हैं। कौन उनके पास बैठ एक बात को चार बार दोहराते हुए उनसे बात करेगा! रात हो चुकी थी। रवीन्द्र गान चल रहा था यह सब सोचते हुए कस्तूरी सोने चली गयी।

शोक गीत

पहले दुर्गा पूजा लौटी और अब काली पूजा लौटने के दिन हैं। राग-रंग के जाते हुए दिन। जैसे-जैसे ये दिन जाने वाले होते उदासी छा जाती। पूजा की गन्ध दूर होती जाती, पण्डाल खुल जाते, बाँस उठ जाते और सड़क का सन्नाटा भाँय-भाँय करने लगता।

सुबह के छह बज रहे हैं। सड़क के दोनों ओर के लैम्प पोस्ट बुझ चुके। मैं पिछली रात सोया नहीं। सियालदह स्टेशन जा रहा हूँ। शहर का मुख्य भाग छूटता जा रहा है। उत्सव की रौनक और रोशनी, आडम्बर और पवित्रता आँखों से ओझल होती जा रही हैं। रोज़मर्रा का जीवन दिखाई पड़ने लगा है। चाय की किसी गुमटी पर शायद उन्नीस सौ साठ-इकसठ का उत्तम कुमार और सुचित्रा सेन का बांग्ला गाना चल रहा। 'सप्तपदी' फ़िल्म का। हेमन्त मुखर्जी और संध्या मुखर्जी का गाया हुआ जिसके बोल हैं–

यह राह अगर अनन्त हो जाये.., तो तुम बोलो कैसा हो...(एई पॉथ जदीइ ना शेष हॉय तोबे केमोन हॉतो तूमि बोलो तो...)

दोनों की हिट जोड़ी। लगभग तीन दशकों तक दोनों छाये रहे। उन दिनों मेरे लिए फ़िल्में होती थीं हँसी और दीपशिखा। कैसे निश्छल दिन थे। फ़िल्में जैसे उड़ा ले जाती थीं मन को।

ओह! कितना जीवन जी लिया। हर साल कितना-कितना जीवन जीते हैं। ऐसा लगता है यह दुनिया पुरानी है। कितनी चीज़ें देख चुका। कोलकाता शहर का स्थापत्य, रास्ते, वनस्पतियाँ, सूर्योदय, पृथ्वी और आकाश। सब कुछ उतना ही पुराना मालूम पड़ रहा जितना पुराना 'सप्तपदी' फ़िल्म का यह गाना और जितना पुराना उस फ़िल्म का प्रेम।

पूरा साल बीत गया और दिसम्बर आने वाला है। नया साल पुकार रहा है। सियालदह स्टेशन से बहरामपुर जाने के लिए मुर्शिदाबाद उतरूँगा।

सियालदह स्टेशन पर पहली बार नहीं आया हूँ। लोकल पैसेंजर आ गयी है। दो दिनों के कपड़े, रास्ते के लिए बिस्कुट और पानी साथ ले लिया है। ट्रेन में मेरे बग़ल में एक वृद्ध मुसलमान महिला हल्के भूरे रंग का बुर्का और हल्के भूरे रंग की सलवार-कमीज़ पहने बार-बार कभी मुझे देख रहीं, कभी ट्रेन से बाहर छूटते कलकत्ते को। वे प्रतीक्षा कर रही हैं मेरे बोलने की। जब मैं कुछ देर नहीं बोला धीरे-धीरे उन्होंने ही बात शुरू कर दी। समय पूछा फिर बोलने लगीं–

"कहाँ जा रहे?"

"बहरामपुर।"

"हम मुर्शिदाबाद।"

"मैं भी वही उतरूँगा"–ऐसा कहते हुए मेरी आवाज़ धीमी हो जाती है और मैं थोड़ी थकान और थोड़े आसपास के माहौल से उदासीन होते हुए सोने की कोशिश करने लगता हूँ। मेरे पीछे टिके माथे को देखते हुए वे कहती हैं–

"क्या आपकी सेहत ठीक नहीं?"

"नहीं...ऐसी कोई बात नहीं। दो दिनों से सो नहीं पाया हूँ।"

"मेरे शौहर डॉक्टर हैं। शरीर में क्या पीड़ा है वह तो खोज ही लेते पर उनका मानना है कि मन सब चीज़ों का कारण है। वहाँ के दर्द को पहचान जाते....क्या आप भी ऐसा सोचते हैं?"

"मालूम नहीं...लेकिन आप उनका कार्ड दीजियेगा।"

वह मुझे अनुभवी आँखों से देखती हैं फिर इधर-उधर के कुछ सवाल कर सहजता से अपने बारे में कहने लगती हैं।

"उन्होंने अपने पेशे में ख़ूब मेहनत की थी और आज सब कुछ मन के हिसाब से है। हमारी रोज़ की कमाई इतनी है, महीने और पूरे साल की इतनी। हज तो कर चुके। एक मस्जिद भी बनवा रहे हैं। बेटा नर्सिंग होम खोल रहा है। आप जानते हैं–बेटी की शादी तारकेश्वर में हुई है। हम हुगली से लौट रहे हैं। हम सभी वहाँ कुछ दिन रहे और आसपास की दुर्गा-पूजा देखी।"

इस तरह धीरे-धीरे सहज भाव से बात करते हुए वे कई बात बताती जा रहीं हैं। सामने सीट पर जो युवा महिला बैठी हैं वह उनसे इशारे से कुछ माँगती हैं। वे धीरे-से अपना बैग खोलती हैं। उसमें से एक डिब्बा निकाल कहती हैं–

"मैं इसमें औषधि रखती हूँ। कभी किसी को ज़रूरत पड़ जाये।"

दवा निकालकर महिला को दे देती है। तभी उनके हाथ में उनका मोबाइल आ जाता है। फ़ोन बाहर निकाल उसकी गैलरी में अपनी बेटी की फ़ोटो खोजकर मुझे दिखाती हैं–

"यह देखो यह मेरी बेटी है।"

एक तस्वीर पर मेरी नज़र ठहर जाती है। मैं उनसे मोबाइल माँगता हूँ। वह मुझे पकड़ाते हुए कहती जा रहीं, जवाँई स्कूल में पढ़ाता है। उनकी बेटी के गले में सोने का हार है। वह बताती हैं–"उसकी विवाह की वार्षिकी थी तब हम लोगों ने उसे यह दिया था।"

उनके घर-परिवार की इन बातों का न आदि है न अन्त। अटूट बातें। सांसारिक बातें करने के बाद धीरे से मेरी तरफ़ देखती पूछती हैं–

"आपके कितने बच्चे हैं?"

"नहीं हैं।"

मैं बात बदलते हुए कहता हूँ–

"पर यह देखिये, आपकी लड़की की यह कमाल की तस्वीर है।"

"आप ज़रूर फ़ोटोग्राफर हैं।"

"हाँ। महेनदर सिंह।"

"कहाँ से हो?"

"जालन्धर। कपड़ों के व्यापारी हैं मेरे भाई। बंगाली फ़िल्मों में काम खोजने कोलकाता आया था।"

"फिर"

"बात बनी नहीं। पर यहीं बस गया।"

ऐसा कहते हुए मैं हँसता हूँ पर मेरे चेहरे पर टूटते-बिखरते भाव हैं, वहाँ जो पीड़ा है उसे वे देख लेती हैं। उनके चेहरे पर हैरानी है। संवाद एक बार रुक जाता है। वह मुझे कभी 'तुम' और कभी 'आप' कहती हैं।

सुबह-सुबह ट्रेन में चाय की आवाज़ लगाता हुआ एक छोटा लड़का आता है। साथ मैं अखबार भी है। मैं अख़बार नहीं ख़रीदता। मैं अपने साथ अकेला रहना चाहता हूँ। कोई लम्बी-चौड़ी बात सोचने का मन नहीं। खिड़की के बाहर आँख लगाये बैठा हूँ। न किसी का इन्तज़ार कर रहा हूँ और ना ही कोई मेरा। चाय की चुस्की लेते हुए मैं सोच रहा हूँ कि कोलकाता महानगर के शोर-शराबे चमक से दूर बहरामपुर क़स्बे में फ़ोटोग्राफी के साथ थोड़ा एकान्त भी मालूम पड़ता है मिलेगा। खेतान जी के लड़के की सगाई है। मैं उनकी फ़िल्म बनाने और तस्वीरें उतारने आया हूँ।

उनके घर में सुबह के समय पूजा-पाठ का काम हो रहा और माइक पर कोई मंगल पाठ। पूजा के बाद घर की कुछ तस्वीरें लेनी हैं। थोड़ा समय है। मैं छत पर चला जाता हूँ। जहाँ कबूतर उड़ रहे हैं। एक झूला डाला हुआ है जिस पर मैं बैठ गया हूँ। सामने छोटे-छोटे मकान दिखाई दे रहे और दिखाई दे रही हैं कई बिल्लियाँ। पूर्वजों के पुराने घर। इन घरों की अस्थियों में ज़रूर पुरखों की साँस बसती होगी। यहाँ मैं सब तरह के डर और मोह से दूर हूँ। कोई आतंक नहीं मेरे मन पर। कोई रहस्य, कोई रोमांच और कोई सम्भावना नहीं है अब मेरे जीवन में।

ऊपर खुला आकाश है जो छाया हुआ है मेरे भीतर। मेरे बाहर एक आकाश है। और मेरे भीतर एक आकाश। मैं आकाश हूँ। मैं आकाश देख रहा हूँ। क़स्बे का आकाश, क़स्बे के कबूतर, क़स्बे का शोर यह सब कुछ बाहर की बातें लग रही। अन्दर निर्जनता है। पेशे से मैं फ़ोटोग्राफर हूँ। पर मन कवि सा। तभी तो मौसमी मिली। बांग्ला भाषी। शान्तिनिकेतन से पढ़ी हुई। पेंटर। बड़ी-बड़ी आँखें। चौड़ा माथा। क्या पच्चीस साल हो गये उस बात को!

लगातार बारिश हो रही थी उस दिन और मौसमी की कॉलेज में पेंटिंग की प्रदर्शनी थी। मैं उस कॉलेज का फ़ोटोग्राफर था। पेंटिंग के साथ-साथ मैंने उसकी भी एक तस्वीर खींची। जिसमें उसके जूड़े में लगा सप्तपर्णी फूल दिखाई दे रहा था। शरद पूर्णिमा का दिन था। वह कहीं देख रही थी। मन की प्रफुल्लता तस्वीर में उतार दी। उसे वह तस्वीर बहुत अच्छी लगी। कॉलेज की लड़कियाँ मुझसे अलग से तस्वीरें खिंचवातीं। लड़कियों की भीड़ लगी रहती थी मेरे आसपास। पर वह सबमें अलग थी। उसने न ही कोई तस्वीर उतरवायी और न जूड़े में सप्तपर्णी वाली तस्वीर माँगी। पूरे शरद ऋतु में वह दो-तीन बार स्टूडियो आयी। उसके आने से मैं सप्तपर्णी की सुगन्ध से भर जाता। मैं उससे कुछ नहीं पूछता। वह कुछ नहीं कहती। बस यूँ ही आ जाती और यूँ ही चली जाती। कभी-कभी 'सप्तपदी' (बांग्ला) फ़िल्म का गाना सुनाती। जब वह गाती उसकी आँखों के रंग बदलते जाते। उसकी आँखों में उजाला था, उम्मीद और उड़ान। कभी लगता कोई हिरन है जो भटक रहा। उसकी आँखें मुझ पर ठहर जातीं। ज़िन्दगी बस इसी तरह, यूँ ही बरसी। रोज़ के झंझट चुपके से नरम घास बन गये। हम अलग रह नहीं पा रहे थे। एक दिन वह सब कुछ छोड़ मेरे घर आकर रहने लगी। धीरे-धीरे रोज़मर्रा की जानी-पहचानी ज़िन्दगी में हम दोनों ने चलना शुरू कर दिया। कुछ दिनों बाद विवाह किया। मैं फ़ोटोग्राफी करता रहा

और वह पेंटिंग। वह कालीघाट में रहती और मैं भवानीपुर में। उसे शोर पसन्द नहीं था। हमने टालीगंज में शान्त जगह खोज कर अपने अनुसार एक घर बनाया। कैसे उत्सव और उल्लास के दिन थे।

स्वप्न और आकांक्षा का खुला आकाश। धीरे-धीरे प्रेम गृहस्थी की ज़िम्मेवारियों में बदल चुका था। साधारण और सामान्य से दिन चल रहे थे। और मुझे दिल्ली जाना पड़ा। नहीं... उन बातों की तरफ़ नहीं लौटना चाहता...। वहाँ उजाड़ है...।

मैं अपना मन कहीं और लगाने की कोशिश करता हूँ। कितना जीवन गुज़र गया। इन वर्षों की बात सोची जाये तो तीस घण्टे भी कम पड़ेंगे। और ठीक से सोचा जाये तो तीस सेकंड में पूरी कहानी कही जा सकती। हाँ तीस सेकंड की ही कहानी है मेरे जीवन की। साठ का हो गया हूँ। और मौसमी मुझसे दस साल छोटी।

नीचे खेतान जी के घर में जो माइक लगा हुआ है उस की आवाज़ तेज़ हो गयी है। सम्पन्न मध्यमवर्गीय मारवाड़ी परिवार। उनके लड़के की हनुमान मन्दिर में सगाई है। सभी वहाँ जाने वाले हैं। वधू पक्ष वहीं पहुँच जायेंगे। मुझे सुबह के नाश्ते में सांभर-बड़ा, इडली-डोसा दिया गया है। उसके पहले चाय के साथ मठरी और सुहाली भी दी गयी थी। बाहर से आये कुछ लोग आपस में बात कर रहे हैं। वधू पक्ष रघुनाथ गंज के हैं। कह रहे हैं–'आजकल छोटी जगह की लड़कियाँ पढ़ी-लिखी मिलती हैं। पढ़ाई के अलावा और कई तरह की चीज़ों में प्रशिक्षण लिया होता है। कम्प्यूटर, गृह प्रबन्धन में तो माहिर होती ही हैं। कलकत्ते में पी.जी. में रहकर पढ़ाई करती हैं।' ये लोग ठीक ही कह रहे। आजकल पी.जी. पहले से ज़्यादा खुल गये हैं।

खेतान जी के घर आये लोग आपस में बातें कर रहे हैं पर मैं उनकी बातें सुन नहीं रहा। मुझे मौसमी दिखाई दे रही है। जो अपने ख़ाली और सन्नाटों भरे कमरे में अकेली बैठी है और एक ही बात को बार-बार बोल रही है। मैं जो भी बोलता हूँ वह सुनती नहीं है। वह कुछ और बोलती है। उसकी बिल्ली उसके पास आकर बैठ जाती है। वह उसे अपने से अलग कर दूध दे देती है। उसका नवमी, दशहरा और काली पूजा सब उस कमरे में ही बीतता है। दीपावली और होली अब बस वह कमरा ही है। वह कमरे में से निकलती है कमरे में जाने के लिए। वह कुछ का कुछ बोलती है। और कुछ का कुछ सुनती है। उससे एक बात यदि तीन बार बोली जाये तो वह तीन बार तीन तरह का जवाब देती है। पर वह ऐसी कैसे हो गयी? लम्बा वैवाहिक जीवन। दस साल तो इन्तज़ार में ही बीत गये। एक लड़की चाहती थी। अपनी जैसी। डॉक्टर, चेक अप। कुछ नहीं हुआ। सन्तान नहीं है हाथ की रेखाओं में।

बाद के दिनों में ख़ूब पेंटिंग करने लगी। अमूर्त पेंटिंग। दो-तीन प्रदर्शनियाँ सफल रहीं। पर न जाने उसे क्या होने लगा। बाद में काम तो करती पर दिखाना नहीं चाहती। धीरे-धीरे चुप रहने लगी। पेंटिंग की दुनिया में लोग उसे जानते हैं। कोई इंटरव्यू लेने आता तो उसे कुछ नहीं कहती। खिड़की के बाहर देखती रहती। उसके कमरे में रंग, कैनवास, कूची, तस्वीरें अस्त-व्यस्त पड़े रहते। हर चीज़ दूसरी चीज़ के काम में लायी जा रही होती। दो-तीन दिनों तक पुराने कपड़े पहने रहती। मैं कहता–"बाल सँवार लो।"–तो हाथों से ही बालों पर हाथ फेर लेती और कहती–

"मैं ऐसी ही हूँ।"

जब कोई इंटरव्यू लेने आता तो कुछ नहीं कहती, जब वह जाने लगता कहती, "फिर मत आना।"

उसके ऊपर लेख छपते रहते। वह उन्हें पढ़ना नहीं चाहती। कहती, "मैं जानती हूँ कि मेरी पेंटिंग में क्या-क्या कमियाँ हैं। मुझमें धीरज की कितनी कमी है। मुझे मेरे काम को और समय देना होगा। मेरा काम कमज़ोर काम है।"

उसे अकेले रहना ही अच्छा लगने लगा। देर रात तक बीथोवेन और मोजार्ट के शास्त्रीय संगीत सुनती रहती। जब तब 'शोक गीत' सुनने लगती। जिस दिन शोक गीत ज़्यादा सुनती मैं उस पर नज़र रखता। मुझे खटका लगा रहता कि कहीं कुछ कर न ले। कुछ उसके अन्दर के संसार में घटा था। बड़ा और गहरा। वह मेरे साथ थी पर लगता था कि वह मेरे साथ नहीं थी। मुझसे बात करती पर लगता किसी और को खोज रही है। मैं उसे जब कहता, "खाना कब खाओगी?"

"तुम्हें हर समय यही लगता है कि मैं भूखी हूँ।"

मैं यह सुन वह परेशान न हो इसलिए कभी पूरे दिन खाने की बात नहीं पूछता तो वह कहती, "मैं भूखी हूँ, पर तुम्हें कोई परवाह ही नहीं।"

उसके शोक और सन्ताप, उसकी व्याकुलता मुझे समझ में तो आ रही थी पर मैं कुछ नहीं कर सकता। वह जब तब कहने लगती, "मैं रहूँ न रहूँ तुम्हें कोई फ़र्क़ नहीं पड़ता।"

वह हर दिन कुछ अजीब होती जा रही थी। यह मैं किससे कहता कि उसकी आँखों में कोई रहस्य था। उसका मन हरा-भरा नहीं रहता था। अपनी किसी दुनिया में वह फँस गयी थी। भँवर था। बाहर से तो मैं यह सब जानता हूँ लेकिन कभी भी मन के उस इलाक़े में नहीं जा पाया। ये बातें आज मैं इस छत पर सोच पा रहा हूँ। उसकी एक मूर्त पेंटिंग है, जिसमें सप्तपर्णी के पेड़ हैं और मूसलाधार बारिश हो

रही है। उसमें नीले और काले रंग का जिस तरह से प्रयोग किया है लगता है बारिश का कोई संगीत पीछे बज रहा। ध्यान से देखने पर वृक्ष और झाड़-झंखाड़ के पीछे कोई खड़ा नज़र आता है। वह उस पेंटिंग पर नीला कपड़ा बाँधकर रखती है। उसे बार-बार देखती है। कोई ख़रीददार आता तो किसी को भी वह नहीं देती। कुछ है जो छाया हुआ है उसके ऊपर। उसके चेहरे पर जब धूप पड़ती उसके अन्दर के सभी रंग चमकने लगते पर एक कोना उदास और अँधेरे में डूबा हुआ है जिसे मैं देख पा रहा हूँ।

कोई पेंटर था जो शान्तिनिकेतन से आया था। वह कई बंगाली फ़िल्मों के निर्देशकों के साथ उठता-बैठता था। पर, वह मेरे काम को देखना भी नहीं चाहता था। मौसमी से एक बार उसने कहा था–"कहाँ तुम्हारा काम और कहाँ महेन्दर की फ़ोटोग्राफी। एकदम औसत काम।" उसे विदेशी रंग ख़रीद कर ला देता। वह उन दिनों की बात है जब मैं दो साल दिल्ली गया। मेरा काम मन्दा था। मेरे पास महँगे रंग ख़रीदने के पैसे नहीं होते। वह विदेशी रंग का उपयोग करना चाहती। मैं जब दिल्ली से वापस आया वह वैसी नहीं मिली जैसी छोड़कर गया था। उसके अन्दर कुछ बदल गया था। अब वह बतियाती नहीं थी। वह पहले से ज़्यादा अच्छी पेंटिंग करने लगी। उसको पेंटिंग में रंगों का चुनाव समझ में आने लगा था। एक रंग के पड़ोस में दूसरा कौन-सा रंग आयेगा यह वह बहुत बेहतर समझने लगी थी। उसकी अमूर्त पेंटिंग गहरी होने लगी थी। मैं पूछता–

"कुछ तो कहो, इस कैनवास के बारे में बताओ" तो वह धीरे-से कहती, "पेंटिंग बतायी नहीं जाती। उसे देखो। देखने से खुलेगी।"

बाद के दिनों में वह अपना काम कहीं नहीं दिखाना चाहती।

मैंने उसे कहा, "मुर्शिदाबाद जा रहा हूँ। तुम भी साथ चलो। मन बहल जायेगा। पेंटिंग के लिए बंगाल के लैंडस्केप देख सकती हो।"

मौसमी ने कहा, "नहीं...नहीं। ट्रेन में भीड़ होती। मेरा मन घबराता है। तुम्हें भीड़ में, शोर में रहना पड़ता है पर जो लोग रचनात्मक होते हैं वे भीड़ में नहीं रह सकते। उनको अकेले ही रहना चाहिए।"

"पर मैं अकेला कैसे जाऊँ। तुमसे प्रेम करता हूँ"

वह हाथ छुड़ाते हुए बोली, "काम करने वाले, सोचने-समझने वाले इतना प्रेम में नहीं रह सकते। उन्हें अपने काम के लिए एकान्त चाहिए। तुम्हारा जीवन सरल है। लोगों से मिलते-जुलते रहना, ज़ोर-ज़ोर से बात करना, रौशनी में रहना। दूसरा

जो जीवन है वह आत्मा का जीवन है। मेरा जीवन वही है। बाहर जाना मुझे अच्छा नहीं लगता।"

जब वह ऐसी बात करती है तब मैं उस पर कड़ी नज़र रखता। डर लगता कि कहीं वह कुछ कर न बैठे। आत्महत्या। उसे बाहर की कोई भी चीज़ अच्छी नहीं लगती।

मुझे नहीं पता यह सब कुछ कैसे हुआ!

खेतान जी के बेटे और बहू की आज जिस तरह तस्वीरें उतारूँगा हमारे विवाह की तस्वीर भी उतारी गयी थी। एक आज भी लगी हुई है घर की दीवार पर। जूड़े में सप्तपर्णी के फूल। पर सब कुछ क्या कैसे हुआ! बीस साल बाद मैं कहाँ पहुँच गया हूँ। तीस सेकंड में मैं अपने जीवन को बस इसी तरह देख पाता हूँ। मेरे जीवन की कई और परतें होंगी पर मौसमी के जीवन को मैं नहीं समझ पाता। वह पेंटर है। उसकी पेंटिंग में उसके एक-एक दिन की यात्रा देखने वाले देख पाते होंगे। उसकी पेंटिंग का गहरा होता जाना, उसमें कई शेड कई परतें आना। मैं ज़्यादा कुछ नहीं जानता। हाँ, जिन दिनों मैं दो साल दिल्ली गया था उन दिनों दिल्ली में मैं क्या कर रहा था यह नहीं बता सकता। मौसमी यहाँ किस तरह रही यह भी नहीं जानता। मेरी कहानी बहुत सारी चीज़ों को नहीं जानने की कहानी है। मेरी कहानी जो मैंने बतायी वह तो वही है जो मैं जानता हूँ पर मेरी कहानी वह भी है जो मैं नहीं जानता। मैं नहीं जानता मौसमी मेरे साथ क्यों नहीं आयी! और मौसमी उस पेंटिंग पर कपड़ा बाँध कर क्यों रखती है! यह बोलना झूठ है कि मैं दो साल दिल्ली क्यों गया यह मैं नहीं जानता। यह बता नहीं सकता कि मैं वहाँ दो साल क्यों रह गया? मैं नहीं जानता कि मौसमी को क्या हुआ? साँस की बीमारी तो हो गयी थी उसे। मैं अक्सर उसके पास रहता था। पर ऐसी तो कोई बात नहीं थी कि वह गम्भीर हो जाये। वह ठीक हो रही थी। उस दिन सुबह उसे क्या हुआ? वह क्यों नहीं उठ पायी? नहीं, मैंने नहीं मारा उसे। मेरा विश्वास कीजिए। मैं नहीं जानता। मैं यहाँ इस आकाश के नीचे किसी से भी झूठ नहीं कहूँगा। आधी रात को वह जो सोयी फिर उठी ही नहीं। मैंने उसकी तस्वीर उतारी। उसकी अन्तिम तस्वीर। उसमें कोई रहस्य था। वह उसके साथ ही चला गया। वह उस रात भी बीथोवेन के सिम्फनी सुनती रही थी। शोक गीत।

"महेन्द्र जी आप कहाँ हैं? आप यहाँ छत पर किससे बात कर रहे हो? नीचे आपको फ़ोटोग्राफी के लिए खोजा जा रहा है। हम सभी आपको खोज रहे हैं।" –खेतान जी के छोटे भाई–कमल बाबू उन्हें खोजते हुए ऊपर आ गये। महेन्द्र सिंह बोले, "माफ़ कीजियेगा आपकी छत इतनी सुन्दर है कि मन लग गया। पर यहाँ कोई पेड़ कटा हुआ है। काठ चम्पा के बग़ल में कौन-सा पेड़ था?"

कमल बाबू सीढ़ियों से उतरते हुए बोले, "अच्छा, आप छातिम की बात कर रहे। सप्तपर्णी को यहाँ छातिम कहा जाता है। माँ ने कटवा दिया। उसे शुभ नहीं मानती। उसकी ख़ुशबू इतनी तेज़ होती है कि भूतनी लग जाती है और इन्सान को मार भी देती है। माँ उसे घर के अहाते में कभी पनपने नहीं देती।"

"अरे!"–महेन्द्र सिंह यह सुन पीले हो गये।

उनके सामने मौसमी की पेंटिंग घूम गयी। पेंटिंग का वह सप्तपर्णी पेड़ उसकी सरसराहटें, उससे झड़ती पत्तियाँ, उसके आसपास की ख़ामोशी, उससे उसका लगाव, सब कुछ उन्हें क्षण भर के लिए निराशा और हताशा में ले गया। नवम्बर महीने के अन्तिम दिन पुराने पीले और पराजित दिन लगे। सुचित्रा सेन और उत्तम कुमार का वह गाना अवसाद बन अन्दर उतर गया। मन विषाद से भरा था और ऊपर पूर्णिमा का चाँद।

जैसे ही महेन्द्र सिंह नीचे गये उनकी नज़र रामेश्वर बाबू पर गयी। दोनों एक-दूसरे को देख चौंक गये। रामेश्वर बाबू ने धीरे-से खेतान जी के कान में कहा–"ये तो कमाल की तस्वीरें उतारते हैं। आदमी के मन के भाव भी उतार देते। पर इनका ध्यान रखियेगा। इनका इलाज चल रहा है। इनकी पत्नी की कुछ साल पहले रहस्यमय ढंग से मौत हो गयी थी।"

ग्रीफ

उसे कोई पुकारता है।
उसे कौन पुकारता है?
दु:ख।
वह कहीं रहती है।
वह कहाँ रहती है?
वह दु:ख में रहती है।

दु:ख में कितने अक्षर हैं?
दु:ख के शब्द रूप क्या-क्या होते हैं?
दु:ख क्या एकवचन है?
'दु:खानि' बहुवचन?
यह सब कोई बतायेगा।
वह कोई कौन है?
उसके हर दिन एक जैसे ही लगते हैं।
दु:ख के दिन एक जैसे ही होते हैं।

वह अलीपुर का इलाक़ा। घनी आबादी से दूर। हरियाली और खुला आसमान। सितम्बर महीने की बारिश। बेलवेडियर रोड के एग्री हॉर्टिकल्चर गार्डन को यह बरसात भिगो और डुबो रही। यह डुबो रही चिड़ियाघर को। वहाँ के परिन्दे और जानवर, वहाँ के पेड़ और पोखर, वहाँ की मछलियाँ, कछुवे, शैवाल, वहाँ के क्वार्टर कॉफ़ी और स्नैक्स की दुकान और गुमटियाँ पानी में भीग रहे। वहाँ के कर्मचारी अन्दर बैठे बाहर बरसते पानी को देख रहे। पास ही है नेशनल लाइब्रेरी। जो इस बारिश में भीग रही। पूरा कोलकाता सारी रात पड़ते पानी में भीग रहा और नेशनल लाइब्रेरी में बैठा कोई लेखक किताब में झुका बेलवेडियर रोड के दस

मंज़िला इमारत के छह तल्ले में रहने वाली एक स्त्री के दुःख को पढ़ रहा। पूरी दुनिया अपने काम में उलझी-लिपटी है, सबके अपने-अपने पसारे उन सबके बीच एक दरम्याने क़द का लेखक बच्चों, और युवा, वरिष्ठ और बूढ़ों की कहानी न लिख स्त्री के दुःख को पढ़ रहा। उसकी आँखें बहुत पैनी हैं। उसके पन्नों पर स्त्री का दुःख उतर आया है।

श्यामा अपने कमरे में बैठी लेखक के पन्नों पर झुके रहने को महसूस कर रहीं। वह दहलीज़ तक जाती फिर कमरे में लौट आतीं। खिड़की से हल्की सी काँय-काँय की और परों की फरफराहट सुनाई देती। कमरे की सभी आवाज़ों से वह अच्छी तरह परिचित थीं। दायरा बड़ा नहीं था उन आवाज़ों का। कभी-कभी पंखा चलने पर होने वाली आवाज़। पड़ोस के किसी घर में बढ़ई के काम करने की आवाज़। पर इन आवाज़ों से अलग है उसके अन्दर की कोई आवाज़। उसे लग रहा उसके इलाक़े में कोई उस आवाज़ को सुन रहा है।

हर रात आती, चली जाती और दिन भी बीत जाते। बारिश होती रहती, बादल गरजते रहते और बिजली ऐसे कड़कती जैसे कहीं गिरी हो। लगातार नेशनल लाइब्रेरी के ऊपर मूसलाधार पानी पड़ता रहता। पानी चिड़ियाघर पर भी पड़ता। पानी इस इलाक़े की सुनसान सड़कों पर पड़ता। हॉर्टिकल्चर पर आसपास के बंगलों व इमारतों पर। चारों तरफ़ पानी ही पानी। ऐसा लगता, पूरा इलाक़ा डूब रहा। वह डूब रहीं। उसमें कुछ तैर रहा है। वह है दुःख। उनका दुःख टिमटिमा रहा।

श्यामा हर रोज़ नेशनल लाइब्रेरी के मैदान में चक्कर लगातीं। वह वहाँ की लाइब्रेरी में घूमतीं। उस लेखक को खोजतीं, जिसने उनके दुःख को पढ़ा है। वह बार-बार लाइब्रेरियन से पूछतीं, "यहाँ पर क्या कोई लेखक आये हैं? एक लेखक जिनकी क़द-काठी ऐसी है और नैन-नक्श ऐसे।"

लाइब्रेरियन हर बार बहुत गम्भीरता से उसकी बात सुनते और उसे लौटा देते, "नहीं। यहाँ ऐसे कोई व्यक्ति नहीं आते।" ऐसा कह वे कनखियों से उसकी तरफ़ देखते हैं।

"आप झूठ बोल रहे। वह आते हैं।" वह रुआँसी हो कहती हैं।

उसे पता है वह आते हैं। वह उनके लिए रोज़ आतीं। कभी-कभी चिड़ियाघर चली जातीं। एक परछाईं के पीछे। अचेतन मन पैरों को खींचता जाता। वह दोपहर में चिड़ियाघर भी आते और चिड़ियाँ देखते हैं। वहाँ के लोगों से पूछतीं, "क्या एक लेखक आये थे? जिसने बेंच पर बैठ परिन्दे को देखा था। जो घण्टों गर्भिन बाघिन को देखा करता। उसने मेरे दुःख को समझा था। उनसे मिलना है।"

"यहाँ कोई लेखक नहीं आये।"–फिर वही उत्तर। जवाब देने वालों के अन्दर कुछ नहीं पिघलता।

"ऐसा कैसे हो सकता!" उनकी आँखें स्थिर हो जाती हैं। वह मन ही मन लगभग चीख़ती हैं। वह हर बार लौटकर अपने कमरे में आतीं। उसी कमरे में जिसमें वह वर्षों से है। यह कमरा बहुत पुराना है। जितनी पुरानी नेशनल लाइब्रेरी है। लगभग पौने दो साल। उसे लगता बारिश की ठण्डक उन्हें परेशान कर रही। ठण्डक नहीं कोई गन्ध है जो उसे ठीक से साँस लेने नहीं दे रही। वह गन्ध हर चीज़ से आ रही। उस कुर्सी से जिस पर वह बैठी हैं, कपड़ों से, फ़र्श से, पलंग से, अपने आप से, इस पुराने कमरे से।

जब वह अपनी लाइब्रेरी की उम्र वाले कमरे में आती हैं उन्हें लगता कहीं कोई किताब पर झुका हुआ उनके दुःख को पढ़ रहा है। वह दुःख जो अनन्त काल से उनके अन्दर पसरा हुआ है। जो उनके अन्दर मटमैली काई की तरह फैल जाता है। जिस पर सालों से कोई हरी घास नहीं उगी पर उन्हें विश्वास है कि वहाँ कुछ फूटेगा। वह लेखक जिसे उसने न देखा न सुना वह उनके अन्दर आकाशगंगा की तरह है। उन्हें यह लगता है, कि वह लेखक उस तक पहुँचे हैं। इस संसार में किसी ने उन्हें नहीं समझा। कोई उन्हें समझ भी नहीं सकता। उनकी तबीयत में एक ज़िद थी। उनके विचार नये थे। दूसरों से भिन्न थे...इसलिए उनका किसी से समझौता न हो सका। वे अकेली रहीं। प्रतीक्षा करती हुईं। किसी ने उनमें कोई ऐसी ख़ूबी नहीं देखी कि वे उन्हें असाधारण महत्त्व देते। वे यह सोचती हैं दुनिया में उनका होना या न होना कुछ भी महत्त्व नहीं रखता और वह पहले से ज़्यादा अकेली हो जातीं। उन्हें लगता वह दुःख से नहा गयी हैं। वह क्या करें! उनकी आँखों में जो तारे हैं, वे चमकने लगते। उन्हें लगता है वह जब उस लेखक से मिलेंगी तब उसे सब कुछ कहेंगी। उनका दुःख बह जायेगा। तूफ़ान थम जायेगा।

वह लेखक द्वारकानाथ टैगोर के पुत्र रवीन्द्रनाथ नहीं हैं जो जोड़ासाँको में बैठे अपने पन्नों पर 'नष्ट नीड़' कहानी लिख रहे हैं। वही द्वारकानाथ टैगोर जिनके बारे में उसने पढ़ा था कि वे सन् अठारह सौ छत्तीस में तीन सौ रुपये में इस पुस्तकालय के प्रोपराइटर बन गये। नहीं वह टॉलस्टॉय भी नहीं हैं जो 'अन्ना कारेनिना' लिख रहे। दोस्तोवस्की भी नहीं हैं जिसे युवा दिनों में उन्होंने पढ़ा था। वह कोई और है। उनके जैसा।

उन्होंने स्कूल के दिनों में एक कविता पढ़ी थी।
उन्होंने स्कूल के दिनों में एक कहानी पढ़ी थी।
उन्होंने स्कूल के दिनों में एक नाटक पढ़ा था।

और उन्हें पता है वह कविता-कहानी-नाटक लिखने वाले दु:ख को पढ़ते हैं। उनकी आँखों में जो तारे हैं वह उस लेखक के मन की आकाशगंगा में चमकते हैं। उन्हें स्कूल के दिनों से उस लेखक, कवि, नाटककार का इन्तज़ार है जो आयेगा। जो नेशनल लाइब्रेरी में बैठा पन्नों पर झुककर कुछ पढ़ रहा। जिसके मन में कई मन हैं। और जो उसके दु:ख पर हाथ रख रहा। वह नेशनल लाइब्रेरी जातीं। वहाँ चक्कर लगातीं और बार-बार पूछतीं–"लेखक आये?"

इन वर्षों में दो-तीन लाइब्रेरियन बदल गये। उसके अपने चेहरे में भी इन सालों में बदलाव आ गया। आँखों के नीचे का कालापन बढ़ गया है। कोई भी उन्हें बता नहीं पा रहा कि वह लेखक आये थे या नहीं। एक व्यक्ति ने कहा–

"हाँ लेखक आये हैं।"

वह भागकर रीडिंग रूम में जाती हैं। वहाँ कई लेखक हैं। पर उसकी आकाशगंगा में जो लेखक है वह कोई और है। वह अपने कमरे में लौट आतीं।

वह वर्षों से आ रहीं। एक दिन एक नये लाइब्रेरियन भवेश सिंह ने उनका हाथ पकड़ उन्हें फिर से लाइब्रेरी में चारों तरफ़ घुमाया। वहाँ बैठे सभी लेखकों के पास लेकर गया और पूछा–

"ये हैं?"

एक लेखक जो रिटायर्ड पत्रकार मालूम पड़े उनके पास वह रुक गयीं। वह किसी किताब में डूबे हुए थे। वह उनकी तरफ़ लगातार देखने लगीं। लेखक ने किताब से अपनी आँखें हटाकर कहा, "अनुवाद कर रहा हूँ।" कुछ मिनट रुक कर वे बोले, "आप नहीं जानतीं। नहीं, नहीं तो भी तीस-बत्तीस कहानियाँ मैंने लिखी हैं। एक पूरा उपन्यास लिख रखा है। कम से कम दो सौ पच्चीस पन्नों का तो होगा ही। एक दौर था दिल्ली का जब बड़े-बड़े लेखक, कवि और साहित्यकार कॉफ़ी शॉप में ख़ूब आते थे। उन दिनों पर पूरा उपन्यास लिखा है मैंने।"

"एक प्रकाशक को दिया था...।" फिर कुछ नाराज़ होते हुए बोले, "उसने साल भर पेंडिंग रखा फिर ख़त लिखा, छपने में समय लगेगा।"

मैने कहा, "मेरी पाण्डुलिपि वापस करो। भवेश जानते हैं। उन्होंने मेरे अनुवाद पढ़े हैं। मेरी प्रिय लेखक की कहानियाँ"–श्यामा उन्हें सुन रही थीं। उन्हें उनका चेहरा ग़ुस्से में मरी हुई मुर्गी की तरह लटका हुआ लगा। उनकी आँखें जिस तरह झपक रही थीं लग रहा था हर चीज़ का गिला आँखों में है और कोई प्रतिशोध लेना हो।

श्यामा को अपनी तरफ़ देखते हुए देख वह कुछ सोचकर बोले, "आप तो लिखती हैं, आप मेरी बात ज़रूर समझेंगी।...जानती हैं–मन में बहुत कुछ घुमड़ता

है। उसे यदि बाहर व्यक्त कर सकूँ तो वह महान रचना का रूप ले सकती है। मन में जो बात आती हैं उससे मैं चमत्कृत हो जाता हूँ। यदि मन की वह बात लिख सकता तो आज कितना बड़ा लेखक होता। दुनिया में कितनी क़द्र होती। लोगों के मेरे नाम कितने पत्र आते। जहाँ जाता लोगों की आँखें मेरी तरफ़ उठ जातीं। लोग आकर हस्ताक्षर माँगते। होता यह है कि मन की बात काग़ज़ पर उतरती ही नहीं। वह बात जो बहुत बड़ी और महत्त्वपूर्ण लगती, लिखने पर साधारण लगने लगती है।" श्यामा का चेहरा 'हाँ' में हिला वह उनकी बातों को बहुत ध्यान से सुन रही थीं बोलीं–"आप ठीक कह रहे।"

"ओह! आप मेरी बात समझ रही हैं।" इस एक बात से श्यामा उनको काफ़ी परिचित लगने लगीं। उनकी आँखों में चमक आ गयी, वे बोले, "आप अपनी कोई चीज़ कभी पढ़ने दीजिएगा। मैं कुछ लेखिकाओं से उनकी रचना प्रक्रिया पर बात करना चाहता हूँ।"

श्यामा की आँखें पल भर के लिए फैलीं। बहुत सहज होकर बोलीं–"बहुत साधारण लिखा है मैंने। पढ़ाने लायक नहीं है।" ऐसा कह वह उन्हें प्रणाम कर वहाँ से उठ गयीं।

मिस्टर सिंह को श्यामा की आँखों, होंठों के कम्पन, और चेहरे के उतार-चढ़ाव से यह समझ में आ गया कि ये वे लेखक नहीं जिन्होंने श्यामा के दुःख को समझा था। ये लेखक तो हैं पर जिनको वह खोज रहीं वे कोई और हैं।

मिस्टर सिंह बोले, "ये देश की आर्थिक स्थितियों की रिपोर्टिंग वर्षों करते रहे हैं। इसी बीच इन्होंने अपना कुछ लिखा है। आजकल अपने प्रिय रूसी लेखक का अनुवाद कर रहे हैं। कभी-कभी इनका लिखा कुछ छप जाता है।"

ऐसा कहकर वह आगे बढ़ रहे थे कि एक लड़की उनके पास आयी बोली, "मुझे क्या आप 'मणि शंकर मुखर्जी' का उपन्यास 'चौरंगी' खोज कर दे पायेंगे?"

मिस्टर सिंह उसे देख उत्साहित हो बोले, "अरे शालिनी आप! बहुत दिनों के बाद आयीं? कैसी हैं?"

शालिनी ने चश्मा ऊपर करते हुए कहा, "आपको बताने का समय नहीं मिला, हमारे स्कूल से इंटर स्कूल कॉम्पिटिशन के लिए मैं 'उड़ान उच्चतर माध्यमिक विद्यालय' गयी थी।"

"वाह! यह सुनकर अच्छा लगा। अव्वल आयी होंगी आप तो। पर पहले इनसे मिलिए। ये श्यामा जी हैं।" मिस्टर सिंह ने परिचय करवाया। श्यामा मुस्कुरायीं बोलीं–"हैलो।"

शालिनी ने भी कहा, "हैलो।"

"श्यामा जी शालिनी का कहानी-संग्रह पिछले साल कोलकाता पुस्तक मेले में आया था। शालिनी लेखक हैं।"

श्यामा ने उसकी ओर देखा, बोलीं–"रियली।"

"...और नहीं तो क्या! आप ख़ुद अपने बारे में कुछ बताओ।"–मिस्टर सिंह बोले।

"...मैम ऐसा कुछ नहीं है। वह मैंने कुछ कहानियाँ लिखी हैं।" ऐसा कह वह उनके पास बैठ गयी।

"कितनी?"

"पच्चीस।" वह हँस पड़ी।

"कब से लिख रही हैं?" नेह से श्यामा ने पूछा।

"कक्षा पाँच में थी...तब से।" ऐसा कह वह सकुचाकर चुप हो गयीं और हँसने लगीं। लहलहाती हँसी जिसमें हँसी की उपज हो रही है।

"अब किस कक्षा में हैं?"

"बारहवीं।"

"क्या लिखती हैं?"

"वह तो आपको पढ़ना पड़ेगा। पर लड़कियों के जीवन पर। मेरी एक बिल्ली है उस पर। मेरी क़लम, मेरा कुत्ता और पढ़ाई का दबाव, अमेरिकन फ़िल्में और अमेरिकन नॉवेल पढ़ने वाली लड़कियाँ। नेट फिलिक्स पर अपने फ़ेवरिट सीरियल देखतीं लड़कियाँ, मोमो और केक खाती, लड़कियाँ...तरह-तरह की लड़कियाँ। बहुत कुछ मैम। आप ज़रूर पढ़िएगा।" उसका बोलने का अपना लहजा था। उसने एक कार्ड निकालकर श्यामा को दिया और बोली, "यह मेरे पब्लिशर हैं। एक फ़ाउंडेशन है मैम, जो स्कूल के छात्रों की किताबें प्रकाशित करता है।" वह श्यामा को और भी बातें बताने लगी।

श्यामा का ध्यान उस पर गया। गोरा रंग। क़द कम। छोटे-छोटे लड़कों की तरह के बाल। स्लिम स्मार्ट एंड प्रेटी। पीठ पर बैकपैक है। वह कुछ देर चुप रहने के बाद मिस्टर सिंह की तरफ़ देखते हुए बोली, "सर आपको पता है! पिछले महीने सेंट जेवियर्स में जो क्रिएटिव राइटिंग कॉम्पीटिशन हुआ था उसमें कोलकाता के ऊपर लिखी मेरी कविता को प्रथम पुरस्कार मिला था और एक सम्पादक जब मैं जाने लगी पीछे से पुकारने लगे, मेरे पास आये और बोले, 'अपनी कविता हमारी पत्रिका में भेजिएगा।' पर इस बार 'उड़ान' में जो गयी थी, उन लोगों ने अपने स्कूल के एक

ख़राब पोएट को पुरस्कार दे दिया। निराश होकर बोली, बताइए सर, कभी ऐसा भी होता है! अपने ही छात्रों को पुरस्कार देना था तो हमें क्यों बुलाया।"

श्यामा उसकी बातें सुनने के बाद उठकर जाने लगी तभी शालिनी ने संकोच के साथ धीरे-से कहा–"आंटी क्या आप मुझे दस रुपये देंगी। प्लीज़। लौटा दूँगी।"

श्यामा ने अपने पर्स से बीस का नोट निकाला, बोलीं, "रख लो, लौटाना नहीं होगा।"

शालिनी चली गयी। उसकी चाल ज़रा तेज़ थी। उसके जाने के बाद श्यामा ने थोड़े संकोच से मिस्टर सिंह को कहा, "आप ज़रा रुकिये। दो मिनट में यहीं मिलती हूँ।" वे चुपचाप नेशनल लाइब्रेरी की कैंटीन में गयीं। उन्हें भूख लगी थी। उन्होंने वहाँ दो टोस्ट खाये। उन्हें और भूख लगी थी। उन्होंने दो टोस्ट और मँगवाये। एक कप कॉफ़ी पी। सामने भवेश सिंह खड़े थे। अब वह थोड़ी ठीक लग रही थी। उन्होंने मिस्टर सिंह से कहा–

"भूखी थी।" उन्होंने भवेश सिंह को खाने के लिए नहीं पूछा। वह वर्षों से अकेले ही खाती हैं। वह सामने खड़े व्यक्ति से यह नहीं पूछतीं कि "आप भी कुछ खायेंगे?" अपना पैसा देती हैं, और उठ जाती हैं।

भवेश सिंह उसे रीडिंग रूम में ले गये। वहाँ चुप्पी और सन्नाटा था। उस ख़ामोशी में कोई पियानो बजा रहा था। उसे वह धुन साफ़-साफ़ सुनाई दी। उसने किताब के फड़फड़ाते पन्ने सुने। उसकी चाल में आकुलता थी। उसने वहाँ बैठे हर कवि-लेखक को प्रणाम किया। और बाहर निकल गयी।

"इनमें से कोई भी नहीं।"

"तो वह कैसे हैं?" किसी ने पूछा।

"नहीं बता सकती। हाँ, उनकी आँखों में मेरी आँखों का तारा चमकता है। उनके मन में वह मन चमकता है जो मेरा है। मैं उनके हाथों और कन्धों को देखकर पहचान सकती हूँ। उनके हाथों में जो लकीरें हैं वह वही लकीरें हैं जो मेरे हाथों में है। उनके चेहरे पर एक कहानी है। वह वही कहानी है जो मेरे चेहरे पर है।

यहाँ बैठती हूँ सीढ़ियों पर। वह आयेंगे। एक दिन ज़रूर आयेंगे। मैं उनको उनकी चाल से पहचान जाऊँगी। वह मेरे बैठने के ढंग से मेरे उठने के ढंग से मेरे हाथों से मेरी आँखों से मेरे दुःख को देखते हैं। वह मिस्टर सिंह जिनका चेहरा शान्त और उत्सुक है, को पास बुलाती हैं और धीरे-से कहतीं–

"सुन रहे?"

"क्या?"

"पियानो की धुन। कहीं बज रहा। मेरे लिए। आपके लिए। हम सबके लिए।"

जब वह यह बात लाइब्रेरियन से कह रही होतीं उस समय लाइब्रेरी में बैठा एक आदमी दूसरे से पूछता, "ये कौन हैं जो रोजं आती हैं?"

"बड़े घर की हैं। जल्दी शादी हो गयी थी। दो महीने में ही ससुराल से लौट आयीं। उसके बाद से अकेली हैं। मथुरा की हैं पर वहाँ लौटी नहीं। ख़ूब पढ़ती हैं। इनकी अपनी लाइब्रेरी है। बड़ी। और बहुत पुराना पियानो। वह पियानो उतना ही पुराना है जितनी पुरानी यह लाइब्रेरी।"

"पर किस लेखक को खोज रहीं!"

"वह ही नहीं हम भी उस लेखक को खोज रहे। हम जानना चाहते हैं आख़िर उन्होंने इनके दुःख को कैसा लिखा है? हम सभी उस लेखक का इन्तजार कर रहे हैं। कोई दिन ऐसा होगा जब इतनी बारिश नहीं होगी। धूप निकलेगी। सामने इन्द्रधनुष छा जायेगा और हमें लाइब्रेरी में वह लेखक बैठा दिखाई देगा जो उसके दुःख को पढ़ रहा होगा। जो हम सब के दुःख को पढ़ रहा होगा।"

हम स्त्री को रोज़ कहते हैं, देखो–"अपने दुःख को काग़ज़ में लिखकर यहाँ रखे डिब्बे में डाल दो। हम यह भी कहते–चर्च क्यों नहीं चली जातीं! वहाँ पर पादरी के सामने अपने दुःख को कह दीजिए। लेकिन वह अपने दुःख को लिखकर डिब्बे में नहीं डालतीं। वह किसी मन्दिर के पुजारी के पास नहीं जातीं। उनका यह विश्वास है कि कोई लेखक है, जो यहाँ आते। हर रोज़ आते। वह जब आतीं, उसके पहले आते और वह उसके पहले ही चले जाते। वह अलग-अलग समय आती हैं। वही हैं जो उसके मन की गुफा में उतरते, जो उसके सन्नाटे को सुनते। वही उसके कमरे में लगे हुए जालों को देखकर यह अनुमान लगा सकते हैं कि वे कितने पुराने हैं। कोई दिन ऐसा उनके जीवन में ज़रूर आयेगा जब वह उनसे मिल पायेंगी।"

उसे इन्तज़ार है उस लेखक का जो कहेगा–"हाँ, मैं वही हूँ, जो तुम्हें सुन रहा हूँ।"

जब वह लेखक आयेगा तब युद्ध के नहीं शान्ति के दिन होंगे। सब कुछ ठीक हो जायेगा। उन्हें सारी चीज़ें अपनी जगह पर मिलेंगी। उसके कमरे में जाले नहीं रहेंगे। उसके कपड़ों में सलवटे नहीं रहेंगी। उसके पढ़ने की टेबल पर धूल नहीं होगी, चादर तनी होगी। बाथरूम साफ़ रहेगा। कमरे में धूल नहीं होगी और उसका कमरा चमचमायेगा। खिड़कियों के पर्दे साफ़ होंगे, और काँच चमकेंगे। तारों से भरा आसमान कमरे में उतर आयेगा। उस दिन वह ख़ूब अच्छे से नहायेगी। सिर में तेल लगायेंगी। अपने बढ़े हुए नाख़ूनों को काटेगी। अपने बालों को ठीक से बाँधेगी।

आँखों में काजल डालेगी। वह पेट भर खायेगी। बहुत दिन हो गये उसने ठीक से खाना नहीं खाया। ठीक से सोयेगी। उसकी नींद में कोई सपना नहीं आयेगा। वह अपने नरम गद्दे को महसूस करेगी। उसे रात में कोई नहीं जगायेगा। उसकी आँखें जुगनू की तरह नहीं चमकेंगी। वह लेखक कुछ क्षण उसके पास बैठेगा। उस दिन कमरे में और कोई नहीं होगा। जब वह अकेली होती यह महसूस करती कि सामने कोई बैठा है। वह उस बैठे व्यक्ति से एक बात कहती। वह वही बात दूसरे व्यक्ति से दूसरे ढंग से कहती। वह तीसरे व्यक्ति से तीसरे ढंग से कहती। वह एक बात को तीन तरह से कहती। उसके कमरे में तीन लोग होते। वे तीन लोग उसे ही दिखते। कोई नया व्यक्ति आता तो देखता वहाँ कोई नहीं। वह समझ नहीं पाता कि वह किससे बात करती है। वह कहती है–"जब लेखक आयेंगे तब तीन लोग नहीं होंगे। सिर्फ़ लेखक होंगे।"

उसके होने से उसका दुःख बह जायेगा। वह उससे पूछेगी, 'दुःख एकवचन है या बहुवचन?'

'दुःख जीवन है या मृत्यु?'

वह कुछ नहीं कहेगा। वह हँसकर कहेगी–

दुःख है प्रेम।

प्रेम दुःख है।

प्रेम न होना दुःख है।

प्रेम में होना दुःख है।

यह संसार दुःख है।

लेखक चुप है।

लेखक के पन्नों पर आये अक्षर अंकुर हैं।

दो व्यक्ति बात करने के लिए हैं।

वे न लेख़क है न स्त्री।

वे दो मन हैं।

दो मन बात करने के लिए होते।

कमरे का अन्तिम दृश्य–स्त्री बोल रही लेखक सुन रहा। लेखक सिर्फ़ सुनने के लिए सुन रहा। सुनने का धीरज और समय देना सिर्फ़ सुनने के लिए है। उससे लेखक कोई कहानी नहीं लिखेगा।

स्त्री बोल रही। वह बोलना उतना पुराना है जितनी पुरानी नेशनल लाइब्रेरी। लेखक बहुत पुराने पियानो पर कोई धुन बजा रहा।

यह पियानो उतना ही पुराना है जितनी पुरानी नेशनल लाइब्रेरी।
पौने दो सौ साल।
वह पियानो सुनते सुनते बोल रही
यह बोलना दुःख का विलोम है।
यह बोलना प्रेम है।
यह बोलना पुकारना है।
कोई उसे पुकारता है।
उसे कौन पुकारता है?
उसे प्रेम पुकारता है।
वह कहीं रहती है।
वह कहाँ रहती है?
वह प्रेम में रहती है।

वह लाइब्रेरी के लॉन में घूमने लगी। लाइब्रेरी की इमारत बिल्कुल सफ़ेद थी। वहाँ की सीढ़ियों पर बैठी बालों को ठीक करने लगी। तभी एक बड़ा-सा चमगादड़ अपने पर फैलाये उनके सिर के ऊपर से गुज़रा। वे जल्दी से उठीं और खचाखच भरे लाइब्रेरी के अन्दर गयीं और चारों ओर देखा। एक ओर एक भारी मेज़ थी। उस पर काग़ज़, किताबें, इनसाक्लोपीडिया, डिक्शनरियाँ आदि करीने से रखी हुई थीं। अलमारियों में अनगिनत पुस्तकें भरी थीं। बायीं ओर एक-दो नवयुवक किताब पढ़ रहे थे। दायीं तरफ़ एक युवती, एक अधेड़ पुरुष अपनी पसन्द की किताबें खोज रहे थे।

उसे लगा जीने से चढ़कर कोई आ रहा है। श्यामा ने घड़ी देखी। जीने से काग़ज़ का पुलिन्दा हाथ में लिए कोई आता नज़र आया। लाइब्रेरी का एक कोना जहाँ ख़ाली था वहाँ जाकर वह बैठ गया। अपने काग़ज़ों में खोया हुआ। उसे देख लग रहा था वह अपनी तनी नसों, थकी आँखों और दर्द करती रीढ़ के बावजूद कुछ लिखने की कोशिश कर रहा है। छह बजने में पाँच मिनट बाक़ी थे। पाँच सत्तावन। उसने सोचा वह पूरे छह बजे तक उन्हें लिखते हुए देखेगी। फिर उनके पास जायेगी। सत्तावन, अट्ठावन, उन्सठ, साठ। चार मिनट काटने के लिए उन्होंने एक कोमल पौधे की टहनी तोड़ ली। टहनी के कोर पर दूध सिमसिमाया देखा। क्षण भर सोचा। फिर झट से उसे फेंक दिया। वह उनके पास गयी। बोली–"गुड ईवनिंग सर।"

पीछे गिरजे की घण्टियाँ बजने लगीं।
गिरजे में प्रार्थना शुरू हुई।
हलके विराम के बाद वह मुस्कुरायीं।

वे स्थिर आँखों से उन्हें देख रहे थे। उनसे आँखें मिलते ही वे बोले, "कुछ कहना था।"

श्यामा की आँखों के काजल में ताज़गी नहीं थी। पर आँखों में उत्सुकता ताज़ी थी। गहरी भी। कुछ कहने के लिए वह तैयार हुईं, बोलीं, "आप कुछ लिख रहे थे?"

"हाँ।" उनकी पलकें उठीं और आँखें पल भर के लिए श्यामा से मिल गयीं।

"क्या?" श्यामा की आँखें देख नहीं रही थीं, सोच रही थीं।

"आप सुनेंगी?" उनके होंठ सिकुड़ गये। कुछ पल वे अपने में डूबे रहे फिर बोले।

"हाँ।" श्यामा ने आन्तरिक भाव के साथ कहा।

"अच्छा हो कॉफ़ी पीते हुए बात करें।...कैंटीन में चलते हैं। आप कॉफ़ी पसन्द करेंगी या चाय?"

"जो आप पसन्द करें।"

"तो कॉफ़ी ही रहे।"...उनकी आँखें अन्तर्मुख हो गयीं–"एक कोचवान था। वह घोड़े को पुचकारता और गाड़ी चलाता। एक दिन उसका बेटा मर गया। वह जिस भी सवारी को लेता थोड़ी देर बाद उसे बोलता कि मेरा बेटा नहीं रहा। हर सवारी कहती। सबको एक दिन मरना है। यह सब छोड़ो और आगे चलो। पूरे दिन किसी ने भी उसकी बात नहीं सुनी। रात वह अपने घर गया। भारी मन से उसने अपने घोड़े को कहा, 'मेरा इवान मर गया है।'–यह सुनकर घोड़े ने मुँह हिलाया और उसका हाथ चाटने लगा।"

"...पर यह आपकी कहानी नहीं है।" उनका मुँह खुला रह गया। जैसे बहुत कुछ कहने को हो। लेकिन फिर सिर हिलाकर वे चुप हो गये। श्यामा ने कॉफ़ी की प्याली बढ़ा दी। सीधी दृष्टि से देखते हुए अपने को सहेजकर वह बोले–"शुक्रिया! आप जानती हैं! हाँ। यह मेरी नहीं चेखव की कहानी 'ग्रीफ' है।" उनकी आँखों में सूनापन भर गया। क्षण भर में इतना भर गया कि श्यामा ने उनकी तरफ़ से आँखें हटा लीं।

"ऐसी ही कोई कहानी मैं अपने जीवन में लिखना चाहता हूँ। एक मुकम्मल कहानी। वे किसी गहरे सोच में डूब गये। बोले, "मैं किसी ऐसी चीज़ की प्रतीक्षा कर रहा हूँ जिसे स्वयं नहीं जानता और न ही बता सकता।" इसके बाद बहुत देर तक ख़ामोशी छायी रही।

वे जाने लगे–"गुड नाइट।" शेष जो कहने को था, वह जैसे कहीं खो गया था। कोशिश करने पर भी श्यामा को कोई शब्द पकड़ में नहीं आये। उनकी बात सुनते

हुए श्यामा पर उदासी छाने लगी थी, हालाँकि वह जानती थी वह उसे नहीं कह रहे थे। वह अपने से बात करना चाह रहे थे। उनकी उदासी भी उनके लिए ही थी। वे उनसे बात करते हुए अपने बारे में सोच रहे थे। उनकी हाथ की घड़ी की टिक टिक सात बजा रही थी। श्यामा को लगा लिखने में अवश्य ही इनको कुछ शरण मिलती है। वे अकेले पैदल चले जा रहे थे। हवा ठण्डी थी। निर्जन और एकान्त फैली हुई सड़क। और दूर-दूर तक मद्धिम और अन्तर्मुखी बत्तियाँ। रौशनी और छाया। दूर तक फैला आकाश। बादलों के सिलसिले शान्त और गम्भीर। सड़क पर अनजाने लोग चले जा रहे थे। कोई हँसता कोई बात करता, कोई केवल सैर करता। उन सबके बीच में घिरकर भी वे अकेले थे। घने पेड़ की ओट से चाँद निकल आया और उसका अक्स ज़मीन पर दिखाई देने लगा। दूर कहीं *मूनलाइट सोनाटा बजने लगा।

श्यामा भवेश सिंह को खोजने लगी। वह उन्हें बताना चाहती थी। वह जिन्हें खोज रही थी वे जा रहे हैं। वहाँ सड़क पर। वहाँ जहाँ रौशनी और छाया है।

---

*मूनलाइट सोनाटा [illegible] शास्त्री[illegible] [illegible]कार लुडविग वान बीथोवेन का प्रसिद्ध सोनाटा है। जो अपनी वैयक्ति[illegible] कलात्मक अन्तर्दृष्टि क[illegible] जाना जाता है। (एंटोन चेखव की याद में)

अँधेरों के अवशेष

क्या वक़्त हुआ होगा? रात के तीन बज रहे होंगे। एक घण्टे बाद भोर हो जायेगी। विदिशा अभी जाग रही थी। सो जाती तो अच्छा होता पर नींद आये तब न। उसने लैम्प जला लिया और खिड़की के पास रखी आरामकुर्सी पर बैठ बाहर की तरफ़ देखने लगी। कैसी अँधेरी रात। सोते या जागते आधी तो बीत गयी बची भी बीत जायेगी। फिर उजला दिन निकलेगा। रौशनी अच्छी नहीं लग रही थी। नाइट लैम्प बन्द कर दिया। आरामकुर्सी पर ही सोने की कोशिश की तो दिन की बात याद आने लगी। बात यह थी कि कल उसने सुना देवी बाबू को हार्ट अटैक आया है। हार्ट अटैक! क्या हुआ होगा? विदिशा ने बाहर देखा। युगों से एक ही तरह का शून्य आकाश। दूर तक कालिमा में मिटते हुए धरती के चित्र। शैशव कहाँ है? तीस-चालीस साल पीछे, बहुत पीछे। बीच में इतने वर्षों का बदला हुआ, बदलता हुआ संसार। कलकत्ता का नाम बदलकर मुख्यमन्त्री ने कोलकाता कर दिया। नाम बदलने से महानगर का जीवन बदल गया हो ऐसा तो नहीं दिखता।

कल जब यह बात उसने बचपन की सहेली संध्या से फ़ोन पर कही कि राजन भैया का फ़ोन आया था—“देवी बाबू के हार्ट अटैक की ख़बर सुनी।” संध्या विदिशा को ध्यान से सुनने लगी। उसका स्वर गम्भीर हो गया। पूछने लगी, “कौन देवी बाबू! किसकी बात कर रही हो?”

“हमारे फूफा..।” विदिशा ने धीरे-से कहा।

“अच्छा! याद आया।...तो...। तुम्हें इस बात से क्या!”

संध्या के माथे पर तेवड़ी पड़ गयी होगी यह अन्दाज़ा लगाकर विदिशा अन्तर्मुखी हो गयी। निर्विकार भाव से बोली, “मुझे नहीं पता मैं तुम्हें क्यों बता रही हूँ। पर किससे कहूँ न...। तुम मेरी ख़ास हो। मेरी सहेली। मुझे मुझसे ज़्यादा जानती हो।”

ऐसा कह वह किसी तरह बोली, “संध्या, मैं आज तक यह नहीं समझ सकी कि जीवन क्या है?

संध्या ने अपनी मौजूदगी का एहसास करवाते हुए कहा, "जीवन यही है। विडम्बना भी यही और व्यंग भी यही। जिनका तुम नाम भी सुनना नहीं चाहती थीं, जिन्हें तुम देखना पसन्द नहीं करती थीं, जिनकी बात करते हुए तुम घृणा और ग़ुस्से से भर जाती थीं उनके हार्ट अटैक की ख़बर मुझे दे रही हो। वह मरे या जिए तुम्हें उनसे क्या? उन्हें हार्ट अटैक बहुत पहले ही आ जाना चाहिए था।"

संध्या की ये बातें सुन विदिशा के अन्दर हलचल हुई। वह हलचल फ़ोन पर सुनी नहीं जा सकती थी। सारा वातावरण घुटन भरा हो गया। विदिशा ने कोई जवाब न दे फ़ोन रख दिया। संध्या कुछ ग़लत तो नहीं कह रही। उसके अन्दर तनाव फैल गया। चेहरा सख़्त हुआ फिर ढीला पड़ने लगा।

वह किचन में गयी। चारों तरफ़ नज़रें घुमायीं। चीनी का डिब्बा खुला पड़ा था। उसमें रखी चम्मच डिब्बे के बाहर गिरी हुई थी। चाय का बर्तन गन्दा और चाय पत्ती से लिपा-पुता। गैस के आस-पास एक-दो गिलास बिखरे हुए थे। सिंक में पानी भर रहा था। नल ठीक तरह से बन्द नहीं हुआ था। पहली नज़र डालने पर किचन बिखरा और बेतरतीब सा लगेगा। देवी बाबू की ख़बर सुन उसने चाय बनाने के बाद सारी चीज़ों को ऐसे ही छोड़ दिया था और संध्या को फ़ोन करने बैठ गयी थी। उसने ख़ुद को संयत किया और किचन को व्यवस्थित। प्रिया जो कॉलेज से आने के बाद से अपने प्रोजेक्ट में लगी थी से पूछा, "खाना क्या बनेगा? आज अकेले ही बनाना पड़ेगा। कामवाली मासी दो दिनों की छुट्टी पर है। मैं तुम्हारे लिए डेयरी से पनीर लेकर आयी हूँ। मटर-पनीर बना देती हूँ।"

वह चुपचाप दोपहर के चार बजे ही आधे घण्टे तक रात के खाने की तैयारियाँ करती रही। रसोई के कोने में दो दिन पहले रखा केला सड़ रहा था। प्रिया के लिए रखा था। उसने खाया नहीं और वह ख़राब हो गया। विदिशा ने उसे उठाकर कचरे के डिब्बे में फेंक दिया।

फिर खाना बनाने में जुट गयी। खाने की गमक से प्रिया को भूख लग गयी। वह वहीं से बैठी-बैठी बोली, "आज जल्दी खाना खाऊँगी।"

विदिशा मुस्कुरा दी। खाना बनाने के बाद किचन से निकलकर विदिशा अपने कमरे में गयी। शाम के पाँच बज रहे थे। दिसम्बर की सर्दी। खिड़की से बाहर देखा एक ही तरह का हल्का नीला आकाश।

विदिशा के माथे पर लकीरें पड़ गयीं। बहुत कठिनाई से उसने सोचना शुरू किया। लगभग चालीस साल पहले की बात है। तेरह की रही होऊँगी। देवी बाबू हर

इतवार को हमारे घर आते थे। बुआ, फूफा, मौसी–बाहर की इतनी से दुनिया थी। महीने में तीन-चार बार आते। अक्सर वे जब भी आते मैं गणित के प्रश्नों से जूझ रही होती। भूगोल की रेखाएँ याद कर रही होती और मानचित्र में पहाड़ों और नदियों को खोज रही होती। कभी अंग्रेज़ी का कोश लेकर कविताओं के अर्थ खोज रही होती। वह आते तो उन्हें अपंनी नयी पेंटिंग बहुत चाव से दिखाने लग जाती। मैं भागकर उनके लिए नाश्ता लाने जाती थी। उनसे गणित के हल पूछती पर वे ख़ामोश रहते। कुछ सोचते मालूम पड़ते। उनकी किस चीज़ में दिलचस्पी है यह जानना मुश्किल होता। मैं जो बोलती, दिखाती उस पर ध्यान न दे कुछ और बोलते, फिर पूछते– 'स्कूल से घर लौटते हुए मेरा पीछा कौन करता है और क्यों?' उनकी इन बेकार और ऊलजलूल बातों से मुझे गुस्सा आ जाता। वह कहते मैं तुम्हारी माँ को बता दूँगा कि जब तुम घर लौटती हो कोई तुम्हारा पीछा करता है। कहाँ मैं गणित और भूगोल की बात सोच रही होती और कहाँ वे उस तनाव से मुझमें दहशत पैदा करते जिससे हर बड़ी होती हुई लड़की अकेले स्कूल से घर लौटते हुए गुज़रती होगी। भूल मेरी ही थी कि एक दिन बातों ही बातों में मैंने उनसे यह कह दिया था कि स्कूल से घर लौटते हुए मुझे घबराहट होती है। कोई मेरे पीछे-पीछे घर तक चला आता है। वह कौन है मैं नहीं जानती? वह मेरा पीछा क्यों करता है यह भी नहीं जानती। पर मुझे डर लगने लगता है और मैं जल्दी-जल्दी चलने लगती हूँ। यह सब सुनकर देवी बाबू उस दिन कुछ नहीं बोले पर बाद के दिनों में वे अक्सर इस बात को दोहराते। जब मैं उनके पास अकेली होती और माँ अपने काम में व्यस्त रहती वह मुझे घूरने और छूने लगते। मैं अविश्वास से उन्हें देखती। माँ को बताती पर माँ चुप रहती। वह नहीं चाहती थी कि मैं किसी और को बताऊँ। मुझे लगता माँ मेरी बात पर ध्यान नहीं दे रही शायद मुझे ऐसे ही वहम होता है। 'वास्तविक' कुछ नहीं। यह सब याद कर विदिशा ने अपनी पीठ से पानी की बूँद को नीचे जाते महसूस किया। इतनी सर्दी में भी उसे पसीना आ रहा था। विदिशा उठकर प्रिया के पास जाकर बैठ गयी। वह फ़ोन पर फ़ेसबुक खोले वहाँ पर लाइक और कमेंटस कर रही थी। माँ को देखा तो बोली, "क्या हुआ माँ? तबीयत ख़राब है?"

"नहीं बेटा। थकान है।"

ऐसा कह वह प्रिया के पास से हटकर टीवी के सामने बैठ गयी। उसका कहीं पर भी दो-तीन मिनट से ज़्यादा मन नहीं लग रहा था। एक तरफ़ टीवी की आवाज़ आ रही थी तो दूसरी तरफ़ सामने के फ़्लैट में एक आदमी फ़ोन पर किसी से ज़ोर-

ज़ोर से बात कर रहे थे वह आवाज़ गूँज रही थी। बिल्डिंग में नीचे चलने वाली मशीन की घर्र-घर्र की आवाज़ अक्सर आती रहती थी। उन आवाज़ों के बीच टीवी पर ख़बर आ रही थी कि रात में कड़ाके की ठण्ड में भी दिल्ली के शाहिन बाग़ में बूढ़ी-बूढ़ी औरतें सरकार के ख़िलाफ़ बैठी हुई हैं। विदिशा ने टीवी बन्द कर दिया। अपनी आरामकुर्सी पर बैठ आकाश की तरफ़ देखते हुए सोचने लगी, समय बदल गया है। घर के घेरे से निकल हर उम्र की महिलाएँ विरोध कर रही हैं।

विरोध! यह शब्द उसके अन्दर गूँजने लगा। इस शब्द के साथ कोई और आवाज़ आ रही थी। किचन का एक्सोस्ट फैन चल रहा था। उसने उठकर पंखे को बन्द कर दिया और दो कमरों के बेडरूम में वह घूमने लगी।

विरोध! किससे करे? किससे कहे? माँ समझती थी। पर कर कुछ नहीं सकती थी। इतने काम रहते। बाबा होते तो उनको कहती। पर वे जल्दी चल बसे। माँ घर में चुपचाप पूरे दिन काम करती। हम तीनों भाई-बहन का खाने-पीने का ख़ूब ख़याल रखती। कोई भूखा नहीं सो सकता था घर की सफ़ाई और कपड़ों का भी पूरा ख़याल रखती थी। पर बच्चों से बात भी की जाती है उनके अन्दर की गाँठ को खोलना पड़ता है ऐसा वह नहीं सोचती थी। माँ को बात करना समय बर्बाद करना लगता। ढेरों काम पड़े हैं वह बात करने कैसे बैठ जाये! मशीन ही थी माँ। बुआ जब-तब घर आ जाती थी। वह माँ से जो-जो फ़रमाइश करती थी माँ को करना पड़ता। दादी बुआ को बहुत लाड़ करती थी। बाबा के नहीं रहने से माँ को दादी की बात सुननी पड़ती।

देवी बाबू की उन हरकतों के लिए उसकी छोटी बहन सन्तो ने माँ से कई बार कहा। वह सिर्फ़ कहती नहीं थी कमरा बन्द कर माँ से जवाब माँगती। माँ चुप रहती तो माँ पर ज़ोर डालती कि माँ कुछ क्यों नहीं करती हैं! झगड़ा करती। माँ की उस समय स्थिति बहुत ख़राब हो जाती। एक तरफ़ सन्तो को समझाना दूसरी तरफ़ वे बातें कमरे से निकल दादी तक न चली जायें उसकी कोशिश करना। सन्तो ज़ोर से कहती, "यह भी कोई बात है। वह हमारे घर क्यों आते हैं उन्हें कहो कि यहाँ न आया करें। उनका घर में आना बन्द करो।"

पर माँ उनका घर में आना रोक नहीं सकी। माँ को दादी की बात माननी पड़ती। रसोई में जो सामान आता था वह पैसा दादी देती। हम लोगों को तीस रुपये महीना भी देती। दादी के मायके वालों का हिसाब बहुत अच्छा था। दादी अपने भाई

से कहकर घर के लिए कुछ व्यवस्था करती रहती। बुआ ग़ुस्सैल और ज़िद्दी थी। दादी को जो बोलती दादी वही करती थी और माँ से भी वही सब करवाती थी। बुआ के आने से हम चुप रहते। सहमे-सहमे से।

संध्या की आवाज़ गूँजने लगी, "तुमने उनकी ख़बर सुनी ही क्यों? उन्हें हार्ट अटैक आये या वह मर जाये तुम्हें उससे क्या!"

"क्यों सहा!"

"नहीं। नहीं। संध्या। ऐसा मत कहो। मैं घर में अकेली नहीं थी। मेरे छोटे भाई-बहन साथ थे। घर में दादी थी। उस बात से तुम जानती हो रोज़ का वातावरण कलहपूर्ण और तनावपूर्ण हो जाता था। फिर मैं पढ़ रही थी। माँ की तरह नहीं बनना चाहती थी। यह भी तो विरोध ही था।"

"यह कोई छोटी बात नहीं। तुमने वह बात दादी और बुआ को क्यों नहीं कही!"

"वे क्या कभी मानतीं! नहीं मानतीं। सन्तो ने तो माँ को कहा पर माँ कुछ नहीं बोलीं। माँ कुछ भी नहीं कर सकती थी।"

संध्या को ऐसा कहने के बाद विदिशा फ़ोन रख अपने कमरे में चली गयी। दीवारों, दरवाज़ों और छत की तरफ़ देखने लगी। कमरा उन दिनों की यादों से भर गया। एक के बाद एक ताबड़तोड़ वे दिन याद आये। देखा, घटा, भोगा हुआ उसका पीछा करने लगा। ऐसी खरोंचों से टीस उठने लगी जो किसी को दिखायी न जा सके।

इन सालों में उसने अपने को ख़ाली करने की कोशिश की थी पर आज न जाने कैसे सालों पहले घटा सब कुछ ऐसे सामने आ रहा है जैसे कल की बात हो। अवशेष चिपके रहते। बैचेनी दूर नहीं होती। हौल टलता नहीं राजन को उसे बताने की क्या ज़रूरत थी कि देवी बाबू के हार्ट अटैक आया है। वह अपने कमरे में उन पीड़ाओं और यादों से आज़ाद होने की असफल कोशिश करने लगी पर जितना कोशिश करती उतना कसती जाती। देवी बाबू की छिछोरी हरकतें। उसने आँख बन्द कर प्रार्थना शुरू कर दी। पूरे मन से। परमात्मा से नहीं किसी से...वह किसी की कौन है नहीं जानती? अवसाद से आज़ाद होने के लिए आँखें बन्द कर लीं। आँखें बन्द कर लेने पर बेपनाह अँधेरा घेरने लगा। आँखें खोल लीं। अपने को समझाया। हो सकता है देर-सबेर यह अँधेरा उजाले में बदल जायेगा। क्यों न सैर को निकल जाये। पेड़, परिन्दे, हवा, आकाश, बादल और चाँद सब कुछ से सुख मिलेगा। स्मृति, संत्रास और दु:स्वप्न से आज़ादी मिलेगी।

दो महीने बाद

गया महीना व्यस्त रहा–ऐसा सोचते हुए विदिशा यह महसूस कर रही थी कि उसने आज भी मोज़े नहीं पहने हैं। पहनना भूल गयी और पाँव में ठण्ड लग रही है। आज चार फ़रवरी है। सुबह बारिश हुई थी। न जाने सर्दी के दिनों में इस साल बारिश कैसे हो रही! ठण्ड पूरी तरह नहीं गयी है। आधी रात को विदिशा जब नींद में थी उसे लगा कमरे में कोई आया है। किसी के आने फिर चले जाने को महसूस किया। दूसरी बार वही छाया फिर उसके पास आकर खड़ी हो गयी। उस छाया की परिचित गन्ध उसके नाक तक आयी तो उसने आँखें खोलीं। उसकी क़द-काठी प्रिया जैसी थी। पुकारा–" प्रिया! क्या हुआ?"

"माँ। सर दर्द से फट रहा है।"

"अरे! देखूँ तो, ओह! तुम्हें बुख़ार है।"

विदिशा ने अपने बदन पर से जल्दी से रज़ाई हटाई और थोड़ी ऊपर चढ़ आयी नाइटी को नीचे किया। प्रिया के साथ उसके कमरे में चली गयी और उसे दवा देकर उसके बग़ल में बैठ गयी। पिछले कुछ दिनों से शहर में मलेरिया, डेंगू और वायरल का प्रकोप है। कॉलेज में इन्फेक्शन हो गया होगा। प्रिया का बुख़ार लिया। दो डिग्री बुख़ार चढ़ गया था। दवा दे उसके बग़ल में बैठ गयी। सामने खिड़की से देखा–बाहर चाँद निकला हुआ था। आज शरत पूर्णिमा थी। इधर कमरे में नाइट लैम्प जल रहा था। लैम्प की रौशनी में दीवार पर बनती छाया दिख रही थी। खिड़की के किवाड़ की छाया किसी के पाँव की तरह तिरछी होकर ऊपर जा रही थी। घड़े की छाया दैत्य बन रही थी तो छाते की छाया बड़ा-सा साँप। पर यहाँ इस कमरे में घड़ा और छाता कहाँ से आया!

विदिशा यादों के जंगल में भटकने लगी। उसे लगा किसी ने उसके माथे पर हाथ रखा है। उसका माथा गरम था और उस पर किसी की ठण्डी हथेली! स्पर्श अच्छा लगा। कौन है? उसने झट से आँखें खोलीं। दोपहर के दो बजे थे और रविवार का दिन था। जब वह छोटी थी उसे अक्सर मलेरिया हो जाता। माँ हॉरलिक्स और ताल मखाना खाने को देती थी। बुख़ार में उसके दाँत किटकिटा रहे थे। कम्पन था शरीर में तभी देवी बाबू को माथे पर हाथ रखे हुए पाया। वह डर गयी। उनका हाथ कहीं और ना चला जाये। उसने डर के मारे आँखें बन्द कर लीं। थोड़ी देर बाद आँखें खोलीं तो देखा वह कमरे से जा चुके थे। उसे तसल्ली हुई। सामने पानी का

घड़ा रखा हुआ था और दीवार से सटाकर एक छाता। सालों पहले रखा छाता और घड़ा प्रिया के कमरे में दिखाई दिये। और दिखे देवी बाबू। युग बीत गये पर आज भी उन अन्धेरों से मुक्ति नहीं। नहीं वह इस संत्रास को अपनी नियति नहीं बना सकती। अपने से निकल वह प्रिया को सँभालने लगी।

पूरा सप्ताह प्रिया के ब्लड टेस्ट और दवा इलाज में न जाने कहाँ चला गया? विदिशा को पता ही नहीं चला कब रविवार से सोमवार होने को आया। वह देवी बाबू को देखने अस्पताल नहीं जा सकी। उसे तो यह भी नहीं पता कि वह अस्पताल से घर आ गये हैं या नहीं। दो महीने इस बीच निकल गये। दिसम्बर से फ़रवरी का महीना आ गया। वह घर आ गये होंगे। उनकी तबीयत में सुधार हो गया होगा। वह यह सोच ही रही थी कि उसके फ़ोन की घण्टी बजी। विदिशा ने फ़ोन उठाया। फ़ोन उठाते ही उसके मुँह से निकला, "ओह!" वह चुप हो गयी। चेहरे पर एक साथ कई तरह के भाव आ-जा रहे थे। देवी बाबू नहीं रहे। सुबह सात बजकर सोलह मिनट पर उनका शरीर शान्त हो गया। उनको दोपहर चार बजे उठाया जायेगा। उनकी मृत्यु की ख़बर सुनकर विदिशा की आँखें कुछ इस तरह हिलीं मानो उसका मन आँखों से झाँककर कुछ कहना चाहता हो। मर गये! देवी बाबू मर गये। यह ख़बर वह किससे कहे कि प्राण निकल गये और मौत हो गयी। माँ तो पाँच साल पहले ही नहीं रही। सन्तो अपने परिवार के साथ दुबई में है। उसके पति–अनूपशहर से बाहर हैं। राजन ने कहा था, "दीदी उन्हें उठाने के पहले आ जाना मैं वहीं मिलूँगा।" उसके कहने में आदेश था। वह कुछ भी नहीं बोल सकी। बोल देती, प्रिया की तबीयत ख़राब है पर चुप रह गयी।

राजन वहाँ इन्तज़ार कर रहा होगा। जाना ही होगा। विदिशा दिन के तीन बजे देवी बाबू के घर पहुँची। वह एक धुँधला दिन था। लगता था शाम समय से पहले उतर आयी है। धीरे-धीरे दो तल्ले पर चढ़कर उस कमरे में गयी जहाँ उनका शरीर रखा हुआ था। उनकी मृत्यु जिस स्थिति में हुई थी वे उसी अवस्था में पड़े थे। आकाश की तरफ़ देखती हुई उनकी आँखें। उसे याद है उनकी आँखें छोटी थीं और आकर्षक। आज ऐसा लग रहा था कि दोनों आँखें खुली हुई हैं जैसे छोटी चिड़िया के दो चोंच। उनका शरीर सफ़ेद हो गया था। ख़ून सूख गया मालूम पड़ता था। एक मक्खी उनके सिर के चारों तरफ़ चक्कर लगा रही थी। उनके शरीर से हल्की दुर्गन्ध आने लगी थी। वह कुछ क्षण वहाँ ठिठककर खड़ी रही।

देवी बाबू कहाँ गये? देवी बाबू कौन थे? वह व्यक्ति जो उसके बचपन में उसके घर आता था जिसे देख दोनों बहनें सूखने लगतीं और माँ को कहतीं, 'उसे जल्दी जाने को कहो।' वह आदमी कौन था? जो काया पड़ी है किसकी है? वे दिन और वे क्षण जो उन दिनों का उनका इतिहास थे देवी बाबू के होने से थे। वह सब उस काया की माया थी। अब जब वे नहीं हैं वह दंश क्या ख़त्म हो जायेंगे? दंश का अंश! वह नहीं जाता। वह नहीं ही जाता। अवशेष अन्दर रह जाते। पर उस दंश का अब क्या अर्थ रह गया है? उनकी खुली हुई आँखों में अजीब से भाव थे। कोई याचना जैसा भाव। वह उन्हें कभी भी यह नहीं बोल पायी कि आप एक गन्दे आदमी हैं। क्यों?

अब वे हैं ही नहीं तो क्या करने आयी है? उनकी यह काया इसमें ही उनकी आत्मा बसती थी। इस काया का क्या दोष? वह तो निर्जीव पड़ी है। दोष उस आत्मा का था? क्या उस उम्र का था? किसका दोष था? संस्कार का दोष था? मन दोषी था? एकाएक किशोरावस्था के वे दिन उसे घेरने लगे। देवी बाबू नियमित रूप से नहीं आते थे। कभी-कभी आते। एक-दो बार उनके साथ बुआ के साथ कहीं जाने का अवसर आया। उनकी बग़ल में बैठकर कहीं जाने के दिन याद आये। बुरे अन्देशे से कैसे ख़ौफ़ में रहती थी। वे दिन भी याद आये जब वह बुआ के घर गयी थी। बुआ के घर जाना हो ही जाता था। वह कैसे सहमी हुई थी। अजनबी सी। किसी तरह दिन बीत जाये, समय कट जाये और वह अपने घर जा पाये।

कोई कुछ भी कहे उसका पहनना-ओढ़ना सब पर उस उम्र की, उस डर की छाया है।

उसने यह बातें जब एक बार संध्या को कहीं तो वह चुपचाप सुनती रही। उसका संसार अलग था वह कभी भी इस तरह के अनुभव से नहीं गुज़री।

उसने कहा, "विदिशा, मेरे साथ कभी भी ऐसा नहीं हुआ कि मेरे बाबा हमें मोटर छोड़कर किसी और सवारी से कहीं आने-जाने नहीं देते थे। मैं बस, ऑटो, ट्राम, मेट्रो में नहीं चढ़ी। मेरे रिश्तेदार बहुत अच्छे हैं। मेरे बाबा का इतना रौब है कि वह हमें बहुत सम्मान से देखते हैं।"

जब संध्या की यह बातें वह सुनती उसे सीधी-सादी माँ याद आती।

संध्या बोली, "जब बचपन में एक दिन मेरे स्कूल में मेरे साथ पढ़ने वाले आलोक ने मुझे जान-बूझकर कोहनी से मारा मेरे बाबा ने कहा, 'तुमने मार क्यों खायी? उसे पलट कर क्यों नहीं मारा?' जानती हो मैने क्या किया? मैं दूसरे दिन

क्लास में गयी और उसे पलटकर मारा। उसके बाद वह इतना डर गया कि जब तक हम साथ पढ़े उसने कभी छुआ भी नहीं।"

विदिशा उसकी यह बात सुनकर चुप हो गयी थी। देवी बाबू ने जो भी किया उससे उबरने में उसे बीस साल लग गये। आज भी किशोरावस्था के वे दिन जब याद आते हैं उसका दम घुटने लगता है। वह साँस लेना चाहती थी। ऐसा संसार कहाँ है जहाँ साँस बन्द ना हो। उसे दुनिया साफ़-साफ़ नज़र आने लगी। वह दुनिया जहाँ अँधेरा है। जहाँ कीड़े कुलबुलाते हैं।

देवी बाबू अँधेरी दुनिया के जीव हैं। उन पर करुणा की जा सकती है। कीड़ों से बचना चाहिए। उनके दंश से भी। कुछ देर में देवी बाबू का शरीर शवदाह के लिए श्मशान ले जाया जायेगा। विदिशा के हाथ संस्कारवश जुड़ गये। उसने देवी बाबू को प्रणाम किया और सामने बैठी बुआ के पास गयी। बुआ की आँखों में आँसू, चेहरे पर पीड़ा व उग्रता के भाव थे। उन्होंने विदिशा की तरफ़ नज़र भर देखा और कन्धे पर हाथ रखा, धीरे से बोली, "मुझे माफ़ करना।"

विदिशा की आँखों से आँसू झरने लगे। उसने बुआ से कहा, "हिम्मत रखना।"

ऐसा कहकर वहाँ से तेज़ी से निकल गयी। बाहर जाते हुए बुआ के वाक्य मन में गूँजते रहे, 'मुझे माफ़ करना।' बुआ ने ऐसा क्यों कहा? क्या सब कुछ समझती थी। उसने जाते हुए घूमकर आँखें भर के बुआ को देखा। बीस साल बाद वह बुआ को देख रही है। हाँ इन बीस सालों में वह बुआ और देवी बाबू से नहीं मिली। सत्तर की हो गयी होगी बुआ। उसने दस साल पहले सुना था कि देवी बाबू वृन्दावन रहने लगे हैं और बुआ उनके घर लौट आने को लेकर ज्योतिषों के चक्कर लगाती रहती। उनके न रहने पर घर का ख़र्च कैसे चल रहा होगा! पहली बार विदिशा को पता चला कि उनके ख़ूब ज़मीन-जायदाद थी। देवी बाबू के ऊपर कभी भी कमाने का कोई झंझट नहीं था। किराये पर कई घर उठा रखे थे। उसके अच्छे पैसे आ जाते। फिर सुना पिछले दो-तीन साल से वे घर पर थे। वृन्दावन से लौट आये थे।

विदिशा शव के श्मशान ले जाने के बाद घर लौट आयी। जल्दी से सबसे पहले प्रिया के कमरे में गयी, देखा, प्रिया पीठ के पीछे तकिया लगा मुँह में थर्मामीटर लगाये बैठी है।

उसने थर्मामीटर निकालकर कहा, "माँ बुख़ार उतर गया है। पर बहुत कमज़ोरी है। उसके होंठों पर पपड़ियाँ जमी हुई थीं।

विदिशा ने उसके सर पर हाथ फेर उसे समझाते हुए कहा, "धीरे-धीरे दूर होगी। राग और दुलार से उसकी पीठ पर हाथ फेर बोली, "यह खिड़की बन्द क्यों है? खोल दूँ।"

विदिशा ने उठकर खिड़की खोल दी। खिड़की खोलते ही चाँद की रौशनी अन्दर आयी। माँ-बेटी मुस्कुरा दीं।

फ़ोन बज रहा था। संध्या का था। विदिशा ने कहा, "प्रिया की तबीयत अब ठीक है। जानती हो संध्या देवी बाबू गुज़र गये।"

संध्या ने कोई जवाब नहीं दिया। शायद उसे वह सूचना अर्थहीन लगी। उसने शिष्टतावश भी कुछ नहीं पूछा। इधर-उधर की एक-दो बात कर फ़ोन रख दिया।

संध्या के फ़ोन रख देने के बाद विदिशा बाहर से भीतर की तरफ़ लौटी। मौत, अँधेरा, दुःख, माँ, सब उसे घेरने लगे। उन दिनों जब वह छोटी थी दिन बहुत लम्बे लगते थे। घुटन भरे। ख़ामोश और ख़ौफ़नाक दिन। इतने वर्षों बाद रेशमी उजाला फैला हुआ है। आज दिन छोटे हो गये हैं। वह एक सफल सर्जन है। उसके बहुत सारे पेशेंट हैं। आशा और उम्मीद से उनकी आँखें उसकी तरफ़ उठती हैं। उसे अच्छा लगता है उनसे बात करना। उनका इलाज करना उनके विश्वास को सुनना। उनके दुःख-सुख को समझना। वह अपने मरीज़ों के साथ ख़ुश है।

वह प्रिया के पास लेट गयी। लेटते ही उसकी आँख लग गयी।

नींद में उसे लगा वह कोई गुफा में है। गुफा के बाहर जो आकाश है वहाँ कई गिद्ध मँडरा रहे हैं। उनके चेहरे पुरुषों के चेहरे हैं। पुरुषों के चेहरे वाले गिद्ध आकाश में चीख़ रहे हैं और उसे नोचने बार-बार नीचे चक्कर लगा रहे हैं। कभी आगे तो कभी पीछे उसे चोंच मारते हैं। वह बचने की कोशिश कर रही है और लहूलुहान हो गयी है। उसे सिर्फ़ अपनी आवाज़ सुनाई दे रही है। विद्रोह। पलायन। वह उन गिद्धों को गुफा में रखे पत्थर उठा-उठाकर मार रही है। अचानक उसे सामने देवी बाबू नज़र आये। वह ज़ोर-ज़ोर से कहने लगी, "देवी बाबू आपने ऐसा क्यों किया? आपने कभी सोचा भी नहीं कि कभी मुझे ऐसे सपने भी आ सकते हैं। मुझे सब पुरुषों का चेहरा गिद्ध लग रहा है। पुरुषों के चेहरे बदल रहे हैं। सब कुछ कितना भयानक है। सन्तो किसी पर विश्वास नहीं करती"

उसे लगा देवी बाबू की आँखों से कुछ निकल रहा है। आँसू है या ख़ून? क्या है? "हाँ, आपने ख़ून किया है, मेरा और सन्तो का ख़ून किया है। ख़ून! ख़ून" वह चिल्लाने लगी तभी प्रिया ने उसे हिलाकर उठाया। उसकी तरफ़ देखा, "क्या हुआ!"

वह जागी। सीधे होकर देखने की कोशिश की आवाज़ किसकी है? प्रिया! प्रिया को सामने देख वह सब कुछ ग़ायब हो गया। गुफा, वे गिद्ध, आवाज़ें सब कुछ।

उसने कहा, "कुछ नहीं हुआ।"

"सब ठीक है ना, माँ!"

"हाँ। पर ऐसा क्यों पूछ रही हो?"

"माँ तुम ख़ून-ख़ून चिल्ला रही थीं।"

"ओह! अटूट अँधेरा ज़िद्द की तरह घेरे हुए था। गुम हो गयी थी उसमें। मैं नहीं जानती कि कौन-सी जगह पर थी। न जाने कौन अँधेरे में छुपा बैठा था। ऐसी उजाड़ जगह थी। कोई रास्ता नज़र ही नहीं आ रहा था। प्रतीक्षा कर रही थी उजाले की। तुमने उजाला कर दिया। अच्छा हुआ तुमने उठा दिया।

विदिशा ने खिड़की से बाहर देखा शाम ढल रही थी। साँझ उसे मुक्त कर रही थी। युगों पुरानी यन्त्रणा का चोला उतर गया था। काया की माया मिट गयी थी। शाम कोई जादू बन उतर रही थी उसके जीवन में। शाम के समय उसके अन्दर कुछ घना और गहरा उतरने लगता है। वह प्रिया की तरफ़ देखने लगी। मन शुद्ध और शान्त था। उदासी की छाया दूर हो रही थी।

कुछ ज़िन्दगियाँ बेमतलब

एक ज़ेन-साधक ने सपने में देखा कि वह तितली बन गया है। रंग-बिरंगे पंखों के सहारे देर तक सुन्दर-सुन्दर फूलों पर मँडराने के बाद साधक की आँख खुल गयी। जागने के बाद साधक सोचने लगा, क्या मैं एक मनुष्य हूँ, जो तितली हो जाने का सपना देख रहा था; या मैं एक तितली हूँ, जो मनुष्य हो जाने का सपना देख रही है?

–ज़ेन कहानी

वहाँ कमरे ही कमरे थे। कई कमरों का वह बचपन का मकान भूलभुलैया था। नहीं भूलभुलैया नहीं था। मेरा घर था जिसमें मैं हर दीवार को पहचानती थी। हर खिड़की पर चढ़ी थी। हर दरवाज़े को खोला-बन्द किया था। उस मकान में बारिश के दिन आज से सैंतीस पैंतीस-छत्तीस-साल पहले की एक रात थी। कमरे में पानी चूने लगा था। पानी चूता ही जा रहा था। मेरी नन्ही हथेलियाँ पानी को हाथ में भर रही थीं कि एक और हथेली भी वहाँ आ गयी। उस हथेली की कलाई पर चूड़ियाँ थीं। माँ उतनी चूड़ी नहीं पहनती थी। सोने का पाटला जिसमें हीरे जड़े होते थे दोनों हाथों में एक-एक वह पहनती थी। दादी की कलाई पर भी सोने के पाटले रहते थे। तो यह कलाई किसकी थी, जिसमें लाल-हरी काँच की चूड़ियाँ थीं!

मकान के सामने बड़ा बाग़ था। उस कंकड़ बिछे बग़ीचे में पेड़ ही पेड़ थे। ताड़ और बरगद के, बेल, सेमल, सप्तपर्णी, जामुन और आम के। एक विशाल पेड़ था पीपल का। जिसके आसपास चबूतरा बना हुआ था। जैसे गाँव में पंचायत बैठती है और पंच चबूतरे पर ऊँचा आसन ग्रहण करते हैं वैसा ही परिवेश था। पर न वहाँ कोई गाँव था और न ही कोई मुखिया। वहाँ एक युवती ख़ास दिन और ख़ास समय पीपल के पेड़ के पास आती थी और लाल ध्वजा लगाकर गुम हो जाती थी।

हनुमान जी की पताका है ऐसा लोग कहते। लोग जिसकी बात करते थे या जिसने उस युवती की आवाज़ सुनी थी दरअसल वह स्त्री वास्तविकता में नहीं थी। वह मेरी नींद में थी। जो मेरे लिए सच थी और माँ के लिए मेरे द्वारा रात में देखा गया कोई दुःस्वप्न। मैंने ताराशंकर बन्द्योपाध्याय की 'भूत पुराण' कहानी उन दिनों नहीं पढ़ी थी। ना ही अमेरिकन लेखक 'एडगर एलन पो' की कोई रहस्य कथा उन दिनों पढ़ पायी थी। तो फिर वैसे स्वप्न मुझे क्यों आते!

माँ ने हम बहनों का मुण्डन घर पर ही करवाया। जैसा रिवाज़ था कि देश जायेंगे, सूरजगढ़ जाकर देवी के मन्दिर में बालों को चढ़ायेंगे वह सब नहीं हुआ। दो बहनों का सर नाई से मुँडवा दिया गया और लाल कपड़े में उस केश को बाँधकर देश जाने वाले जोशी के साथ राजस्थान भेज दिया गया। मैं केशों को लाल कपड़े में जाते हुए देखती रही। बाद में वर्षों घर में कोई आता। मुझे लगता मेरे ही केश उसके सर पर हैं। उस रात जब वह कलाई मेरे साथ अपनी अंजुरी में पानी भर रही थी मैंने देखा मेरे केश उसने अपने सर पर लगा रखे थे। मैंने उससे कहा–

"यह क्यों किया तुमने? मेरे सर पर एक भी बाल नहीं है और तुम्हारे सर पर कैसे मुलायम लहराते बाल हैं। यह पाप है किसी के बाल ले लेना।"

वहाँ चेहरा नहीं था। सिर्फ़ बाल और कलाई थी। मैंने उन कमरों में उस बाल और कलाई को कई बार देखा। यह सब मेरे बचपन में हुआ। बचपन में जो सपने आते थे उनमें हुआ। नींद में ऊँचाई से गिरती और गिरती ही जाती। ऐसे गिरती जैसा सचमुच में गिरा जाता है। वैसी ऊँचाई होती जैसी सचमुच में होती है। नीचे जब आती वह कलाई मुझे थाम लेती। एक संकट से बचने में दूसरा संकट सामने खड़ा हो जाता। मैं गिर ही जाती तो अच्छा था। वह कलाई जो मेरे केश लगाये हुए है वह मुझे क्यों बचा रही है! मुझे डर लग रहा है। डर से बचने के लिए मैं भाग कर पड़ोस के शर्मा जी के यहाँ भोर में चली जाती। वहाँ उनकी बहू थी। कम उम्र की। छोटी-सी। मैं उनको चाची कहती। भोर में वहाँ रात के जूठे बर्तन धोने गोपला आता। वह बर्तन मलते-धोते हुए उन्हें जानबूझकर गिराता, उनकी आवाज़ करता। वह इतने जूठे बर्तन देखकर बड़बड़ाने लगता, कहता, "पानी तो एक गिलास से पीते फिर दस गिलास जूठे कैसे हो जाते हैं!"

वह चाची पर ग़ुस्सा होता और बर्तनों को पटकने लगता। चाची चाचा से कहती, "कोई और नौकर रखना होगा। गोपला काम करने आता है और काम देखकर झल्लाता है।"

चाचा चाची पर ग़ुस्सा होते, "ऱोज-ऱोज नया लड़का इस घर में रखने का चलन नहीं है। कम बर्तन गन्दे किया करो। काम क्यों फैला देती हो? इतने जूठे बर्तन कैसे हो जाते हैं!"

चाचा उनका ही दोष निकालने लगते। चाची पूरे दिन काम करती रहती। भोर से साँझ तक। फिर भी काम ख़त्म नहीं होता। गोपला एक बार ही आता और काम करते हुए झींकता जाता। चाची बार-बार उसकी शिकायत करती। एक दिन चाचा ने चाची को आराम मिल सके इसलिए गोपला की लायी एक महराजिन को खाना पकाने के लिए रख लिया। वह खाना तो पकाती लेकिन जितनी देर रसोई में रहती चाची को उसके साथ रहना पड़ता। कभी कहती–'बहूजी मसाला कहाँ है, कभी कहती छुरी दिख नहीं रही।' वह जितनी देर खाना पकाती चाची से–'ये कहाँ है, वह कहाँ है' माँगती रहती। फिर धीरे-धीरे गोपला उसी समय बर्तन मलने आने लगा जब वह आती। दोनों मोहल्ले की, अपने घर की बात करते। दोनों हास-परिहास करते। उस समय दोनों चाची से कहते–'बहूजी आप आराम करो।' चाची खाना सामने खड़े होकर बनवाना चाहती और दोनों चाची का मज़ाक़ उड़ाते। उसे तंग करते। गोपला महराजिन को सुनाते हुए कहती–'आज बहूजी ने घी छिपा दिया है।' चाची के लिए यह एक नयी समस्या बन गयी थी। महराजिन अपने मन से कुछ का कुछ बनाती। जब तब चाची को कहती–'मैं शनिचर को नहीं आऊँगी, हनुमान जी के मन्दिर जाना है।' कभी कहती–'डॉक्टर को दिखाना है पैसा दीजिए बहूजी।' चाची ने एक दिन ऱोज की किचकिच से तंग आकर महराजिन को निकाल दिया। महराजिन के जाने के बाद गोपला और अधिक परेशान करने लगा। पहले वह कई दिनों तक आधे-अधूरे ढंग से महराजिन को वापस रखने की बात करता रहा। चाची दोनों के कारण हुए कलह से तंग आ चुकी थी। जब गोपला को समझ में आ गया कि उसे वापस नहीं रखा जायेगा वह ज़रूरी बर्तन छुपा देता। वह धोने के लिए रखे गये कपड़ों की बाल्टी में घर पोंछने वाला कपड़ा डुबा देता। चाची चाचा से कुछ भी नहीं कह सकती थी। वह बात सुनने के बजाये चाची पर झल्लाते।

यह विषयान्तर कथा तब घटती जब मैं रात में देखे अपने अजीब से सपने से उठकर रोने लगती। माँ पहले कुछ देर तो चुप कराती फिर अपने काम में लग जाती। मुझे लगता माँ रसोई में चली गयी है अब वह चूड़ियों वाली कलाई फिर आयेगी और मैं डर से भाग कर पड़ोस में चली जाती। पर वहाँ हो रही किचकिच के कारण वहाँ ज़्यादा देर ठहर नहीं पाती। जल्दी ही वहाँ से निकलकर फिर अपने घर लौट आती।

हमारे बड़े से मकान में नीचे एक तरफ़ एक हौद बना हुआ था और वहाँ बरसात का पानी जमा हो जाता था। उसमें जंगली नीले फूल, तरह-तरह की जंगली लतरें उग आतीं। वहाँ पत्थर फेंकने पर छप्प की आवाज़ सुनने का अपना सुख और भय था। वहाँ की नीरव जगह में कोई बसता था। किसी की साँस धड़कती थी। वहाँ जो अशरीरी कोई था वह मुझे दिन में गाहे-बगाहे देखता था, पुकारता था। उसका देखना सिर्फ़ मैं ही देख सकती थी। उसका पुकारना सिर्फ़ मैं ही सुन सकती थी। यह एक अजीब सी दुनिया थी। जिसमें नींद और जागरण में, दिन और रात में, कोई अशरीरी आत्मा मेरे आसपास थी। उसमें बसने वाले प्रेत आदमियों की दुनिया में वापस लौटने के लिए बेहद आतुर रहते थे।

वह आत्मा मैं जिस कमरे में सोती थी उसके बग़ल वाले कमरे में थी। उसकी साड़ी की फरफराहट मैं अक्सर सुनती थी। मैंने माँ को कहा कि कोई बग़ल वाले कमरे में रहता है। माँ पण्डित जी को बुलाती। वे झाड़ा देते। एक जंतर लेकर आते और मेरे गले में पहना देते। वह माँ को कहते–'शनिवार और मंगलवार हनुमान जी की ध्वजा की मुझे पूजा करनी चाहिए।' माँ वह सब करती जो पण्डित जी माँ से कहते।

माँ के पास एक किताब थी। उसमें एक कहानी थी। कहानी में एक स्वर्णलता थी। स्वर्णलता का रंग दमकता था। उसकी लम्बी परान्दे से बँधी चोटी उनके चलने से हिलती थी। कोई गीत हवा में सुनायी पड़ता था।

"खुली हवा में घुलता है इत्र..."

उस कहानी में कोई थी। जो गाती थी। जो हँसती थी। जो लाल हो जाती थी।

जिसके अन्दर सागर हिलोरें मारता था।

जिसके अन्दर पूरा बाग़ गमकता था।

जिसके अन्दर अमलतास था।

जिसके अन्दर मथुरा की गलियाँ थीं।

जिसके अन्दर वृन्दावन की शामें थीं।

जिसके अन्दर संगीत की महफ़िल थी।

स्वर्णलता अपने अन्दर के वैभव से दमकती थी।

वह विवाहित थी और निःसन्तान। उसके पति का नाम 'स्वामी' था। वे स्वामी थे। उसके मालिक। जन्म-जन्मान्तर का साथी कोई स्त्री जिसे बनाना चाहती है वे नहीं। स्वर्णलता एक जादुई कहानी थी जो माँ की किताब में थी। 'मैं स्वर्णलता होना

चाहती हूँ'–एक दिन मैंने माँ से कहा। ज़ोर का झनझनाहट वाला थप्पड़ गाल को लाल करता हुआ गालों की लालिमा आकाश में फैला गया। आकाश लाल है। माँ का हाथ लाल है। मेरा गाल लाल है। स्वर्णलता के चेहरे की लाली का जादू है। गाल दर्द कर रहा। मैं कराह रही हूँ। पर सारा दर्द छूमन्तर हो गया। मेरे गाल किताब की स्वर्णलता की तरह लाल हैं। स्वर्णलता के गाल शाम को तब लाल हो जाते जब उसकी आँखों में राग और इन्तज़ार की लौ टिमटिमाती। पर उसकी प्रतीक्षा को सहलाता हुआ कोई नहीं आता। वह अपने अनिश्चय, अवसाद, अविश्वासी में डूबती-उतरती रहती। सब कुछ रहस्यमय था।

स्वर्णलता जिनकी पत्नी होने वाली थी वे पड़ोस में रहने वाले चाचा के बड़े भाई थे। जो जन्म लेने के चौदह दिनों के बाद मर गये। स्वर्णलता उनकी ब्याहता होने वाली थी। जिनका जीवन इस संसार में दो हफ़्तों का था। तितली-सा जीवन। स्वर्णलता को स्वामी किसी हकीम और ओझा के पास नहीं ले गये। स्वर्णलता के घर में एक बूढ़ी माई आती थी। जिसके सामने का एक दाँत बाहर की तरफ़ निकला हुआ था और बहुत लम्बा था। उसकी कही बात कभी सच भी हो जाया करती थी। उसने कहा–'बहूजी तुम्हरी कोख बँधी हुई है।' स्वर्णलता ने परान्दे से चोटी बाँधी थी, लहराती आकांक्षा को बाँधा था, कहीं कोख भी तो नहीं बँध गयी! उसकी कोख कैसे छूटेगी! स्वर्णलता के गालों पर जामुनी अँधेरा जमने लगा।

घर में एक अनब्याही बहन थी स्वामी की। वह भर-भर मुँह गाली देती। वह दीवारों से बात करती। वह कमरे से निकलती कमरे में लौटने के लिए। वह कमरे में क़ैद रहती। वह कमरे में वैसे रहती जैसे कुएँ में रहता है ब्रह्म राक्षस। वह बकती, झींकती, चिल्लाती, वह स्वर्णलता को बद्दुआ देती। उसके बाल लम्बे नहीं थे। उसकी चोटी में परान्दा बँधा हुआ नहीं था। उसकी आकांक्षा को किसने किस चीज़ से बाँधा था? कौन जाने!

स्वर्णलता भीतर के संसार में अपने कोख को छुड़ाने का संघर्ष कर रही थी। बाहर वह स्वामी की बहन की खुरदुरी ज़िन्दगी से टकरा रही थी। यह वह कहानी थी जो माँ की किताब में थी। जो पड़ोस के चाचाजी के बड़े भाई जो जन्म के दो सप्ताह बाद गुज़र गये थे के घर में घटी थी। यह वह कहानी थी जो जादुई यथार्थ था, जो सपना था और मैं उसे सपने में ही देखती थी। यह वह कहानी थी जो कलाई बन मेरे घर में रात में कमरे से चूते पानी को अंजुरी में भर रही थी। कोई अशरीरी आत्मा मेरे आसपास, मेरे बचपन के मकान में उन कमरों में मेरे संग साथ छाया बनकर रहती।

एक उदास चेहरा दीवारों से बात करता। साड़ी की फरफारहट उस हौद के कोनों में उसके आस-पास उगे जंगली लतरों में सुनाई पड़ती।

स्वर्णलता के पति स्वामी की अनब्याही ननद के अन्दर कोई आग धधकती रहती थी। वह किसी भी चीज़ से ख़ुश नहीं थी। वह जो थी वह होना नहीं चाहती थी। वह जो खाती खाना नहीं चाहती। वह जहाँ रहती थी वहाँ रहना नहीं चाहती थी। उसके अन्दर क्रोध की नदी बहती थी। उसका साहस जंगल में आग लगा दे। पर उसके अन्दर की आग ने सिर्फ़ उसे जलाया। उसके क्रोध ने सिर्फ़ उसे लहूलुहान किया। उसके अन्दर जो अनन्त सम्भावनाएँ थीं उसे उसके आलस, अनियमितताओं और अनुशासनहीन जीवन ने उसे कोई राह नहीं दिखाई। उसे आनेवाले मिरगी के दौरों ने उसे अन्दर से शिथिल कर दिया। वह सनकी और विक्षिप्त हो गयी। उसकी माँ कहती–"उसके ग्रह कड़े हैं। वह कोई अतृप्त आत्मा है। शापित आत्मा।"

स्वर्णलता भी अतृप्त आत्मा थी। जिसका आम्रपाली सा सौन्दर्य सबको रोशन कर दे। मैं माँ से कहती–"मैं स्वर्णलता बनना चाहती हूँ।" अगर स्वर्णलता बनती तो स्वामी की बहन भी बनना होगा। यह उस किताब की कहानी की शर्त थी। जिस किताब में मैंने स्वर्णलता की कहानी पढ़ी थी कहानी के ऊपर लिखा था–

"यहाँ उन स्त्रियों की कहानियाँ हैं जो मन से बागी रहीं। पर जिनका जीवन क़ैदी का सा रहा। उनके अन्दर की विद्रोह की आग ने उनको जलाया उनके जीवन को सँवारा नहीं। सम्भावनाएँ बहुत थीं पर किसी ने राह नहीं दिखाई। शायद कोई सच्चा प्रेम उनके जीवन को बदल देता। उनके जीवन में प्रेम आया पर उसका इतिहास क्षणभंगुर रहा।"

यह सब जब मैं किताब में पढ़ रही थी तब मूसलाधार बारिश होने लगी थी। यह जून की बारिश थी तिपहरिया की। इस बारिश में स्वामी की बहन को खिड़कियों के पल्ले को बन्द करते देखा। बारिश में आँखों को नम होते देखा। उसके अकेलेपन को देखा। स्वर्णलता के एकाकी जीवन को देखा। जीवन को धीरे-धीरे हाथों से छूटते देखा। उस लाल किताब में जो कहानियाँ बन्द थीं वे उस आधे-अधूरे जीवन की, कुछ बेमतलब ज़िन्दगियों की कहानियाँ थीं जो मुझे पुकारतीं। वे अशरीरी आत्मा मेरे आस-पास मँडरातीं।

स्वर्णलता तितली थी। मैं तितली बनना चाहती।

स्वामी की बहन तितली थी।

पर वे भी तो कुछ बनना चाहती होंगी। स्वर्णलता और स्वामी की बहन बारिश की आवाज़ में मुझे कहने लगीं कि वे दोनों 'मैं' बनना चाहती हैं।

मेरा एक रूप है। मेरा एक रंग है। मेरे पास काया है। मैं चल-फिर सकती हूँ। बोल-सुन सकती हूँ। मैं बच्ची हूँ। मैं किशोर और युवा हुई नहीं हूँ। आने वाले दिनों में होऊँगी। स्वर्णलता और स्वामी की बहन तो अशरीरी हैं। उनके पास काया नहीं। उनके पास रूप नहीं। उनके पास रंग नहीं। वे चल और बोल नहीं सकतीं। उनको सिर्फ़ महसूस किया जा सकता है। तेज़ बारिश जब माटी पर पड़ती है तब जैसी गन्ध उठती है वैसी गन्ध के रूप में स्वर्णलता और स्वामी की बहन मेरे अन्दर बसी हुई थी और यादों की बारिश होते ही वहाँ से उनकी गन्ध उठने लगती। मेरे अन्दर कुछ बेमतलब ज़िन्दगियाँ साँस लेती हैं। मेरे बचपन के मकान में बारिश के पानी को अंजुरी में भरते हुए जिस कलाई और हाथों को देखा वे आज भी मुझे दिखती हैं। बादल गरजते हैं, बिजली चमकती है और कोई परान्दे वाली चोटी आँखों के सामने से चली जाती है। वे दोनों मनुष्य बनना चाहती थीं। जिसकी लालसा में वे भूत हो गयीं। वे ताड़ के पेड़ की फुनगियों पर, बरगद की डालों पर फरफराती रहती हैं। मुझे पुकारती रहती हैं।

वह लाल किताब उसके गलते पीले पन्ने भुरभुरा गये। उस किताब में कीड़े लग गये। माँ ने उस किताब को फेंकने को कहा। मैंने वह किताब उठाकर उस हौद में फेंक दी। मैंने जिन दिनों किताब को फेंका मैं बच्ची थी। युवा होने पर जब हौद के पास से गुज़री वहाँ भरे-पूरे संसार की आवाज़ सुनाई दी। स्वर्णलता बूढ़ी हो गयी थी और स्वामी की बहन उम्रदराज। उनके कंकाल दिखने लगे। उनकी साँसें सुनाई पड़ने लगीं। सपने में आयी स्त्रियों की आकांक्षा को परान्दे से बाँधा गया था। उनकी कोख भी बँधी हुई है। कोई हकीम वहाँ नहीं गया। किसी ने भी उनकी आधी-अधूरी जीवन की चाह को काया नहीं दी। मैं अब हौद के पास नहीं जाती। मुझे लगता है पहले वहाँ कोई खँडहर था या कोई श्मशान। मैं उन आत्माओं को नहीं पुकारती। एक बार किशोरावस्था में मैंने प्लांचेट किया था। स्वर्णलता को बुलाया था। मेरी सहेली सुमति माध्यम बनने को तैयार हो गयी। सुमति के बड़े भाई इस्माइल ने ही यह सब करने का बीड़ा उठाया। उसने कहा–

"ठाकुर रवीन्द्रनाथ प्लांचेट जोड़ासांको में किया करते थे। परलोक चर्चा। तो हम क्यों नहीं कर सकते!"

हमने एक दिन तय किया। घरवालों को ख़बर न हो और गोपनीय ढंग से सब कार्य सम्पन्न हो जाये इसका ख़याल रखा। शनिवार शाम को माँ बालाजी के मन्दिर जाती और आते हुए रुकमा बुआ से मिलकर आती और उन्हें घर लौटते हुए देर होती। सो वही दिन तय हुआ। हमने स्वर्णलता को बुलाया। सुमति में वह आयी।

"तुम कौन हो? पूरा नाम बताओ।"

"स्वर्णलता।"

"अपने बारे में बताओ?"

"मैं स्वामी की कुलवधू हूँ। जानती हो मैं डूब मरी थी। वहाँ उस झील में।" वह ऐसा कह हौद की तरफ़ इशारा करती है।

"क्या तुम वहाँ ठीक हो? कोई असुविधा तो नहीं?"

"ठीक नहीं हूँ। जीना चाहती थी। अब नहीं डूबूँगी।"

सुमति इतनी बात कहकर बेसुध होकर गिर गयी। इस्माइल सुमति को बेहोश देख डर गया और भाग गया। मैंने किसी तरह सुमति को सँभाला।

उस दिन के बाद मैं कभी भी उस मकान में नहीं लौटी। गहरी उदासी के साथ मैंने उस विशाल मकान की कथा जो मेरे अन्दर साँस लेती रहती है को किताब में बन्द कर दिया। उन कमरों की सफ़ाई कर दी। सँभलने की कोशिश की, आँखें मूँद कर, मन को बाँध कर साफ़ शफ़्फ़ाक दुःस्वप्न की रौशनी में सफ़ाई की। पर यह मेरा निरा भ्रम था। मन की किसी गुफा में वे दिखती हैं। वे लघु प्राण, मामूली ज़िन्दगियाँ, उनके अन्तहीन दुःख मेरे अन्दर साँस लेते हैं। मैं ऊपर से गिरती हूँ और गिरती ही जाती हूँ, यह गिरना उनके दुःख को समझना है उनकी वीरानियों में भटकना है। वे मुझ पर इतनी हावी हो जाती हैं कि बाहर सब कुछ अच्छा होते हुए भी अन्दर क्रन्दन कक्ष है। उनकी तमन्नाओं को मुक्ति नहीं मिलती। मुझे मुक्ति नहीं मिलती।

वे तितली होना चाहती हैं।

तितली मनुष्य होना चाहती है।

पद्माक्षी

सात दशक जिन्होंने जीवन के पूरे कर लिए हों, उनके पास जीवन की बहुत कहानियाँ होती हैं।

पद्माक्षी कुछ रोज़ से सुबह मॉर्निंग वॉक करने जाने लगी है। वॉक करने के दौरान उसके एक मित्र बने हैं। वे सत्तर से ऊपर के व्यक्ति हैं–केसर बाबू। केसर बाबू से पहले वह इधर-उधर की मोहल्ले की अपने कॉलेज की बातें किया करती थी। धीरे-धीरे केसर बाबू उसे अपनी बातें बताने लगे।

वे व्यवसायी हैं। कोलकाता शहर में ही जन्मे, पले, बड़े हुए। उत्तर कोलकाता के महात्मा गांधी रोड में उनका एक सम्पन्न परिवार में जन्म हुआ था। उनके दादा जी लगभग सौ सवा सौ साल पहले राजस्थान से यहाँ पर आये और बस गये। उनके बाबा ने जूट का कारोबार किया। उस ज़माने में उनके बाबा ने अंग्रेज़ों से बात करने के लिए अंग्रेज़ी सीखी। केसर बाबू स्वयं उत्तर कोलकाता के एक स्कूल में पढ़े-बड़े हुए हैं। बाद में उन्होंने वकालत की पढ़ाई की। वह कहते हैं–

"उस ज़माने में जब मैं कॉलेज जा रहा था बहुत सारे लोग वकालत पढ़ते थे और हम सब भाइयों में एक ने वकालत की, एक चार्टर्ड अकाउंटेंट बना, एक ग्रेजुएट हैं। आज सभी व्यवसायी हैं।"

केसर बाबू ने अपनी उम्र के पच्चीसवें साल में रोज़गार खोजने की दिशा में क़दम रखा। दस साल संघर्ष किया निजी व्यवसाय खड़ा करने में। दस साल के बाद जब उन्होंने अपना एक ख़ुद का नया धन्धा खड़ा किया तब उसमें पन्द्रह साल उन्होंने जो काम किया। वहाँ पाँच साल उन्होंने बहुत कमाया। वे पाँच साल पूरे जीवन की पूँजी है। और आज भी उसी के बदौलत अपना एक सम्पन्न जीवन गुज़ार रहे हैं।

यह तो होगा ही कि केसर बाबू के पास बहुत सारी कहानियाँ होंगी, कलकत्ते के राजनीतिक जीवन की, सामाजिक जीवन की, सम्पन्न व्यवसायी परिवार की, उनके अपने निजी सुख-दुख सफलताएँ-असफलताएँ, लोगों के बदलते हुए चेहरे, जीवन के उतार-चढ़ाव, ऊँच-नीच। वे बात-बात पर रहीम और कबीरदास का दोहा सुनाते हैं। उन्होंने अपने ज़माने में ख़ूब साहित्य पढ़ा। गुरुदत्त लेखक का नाम आज कोई नहीं लेता। पर उन्होंने उनके कई उपन्यास लाइब्रेरी से लेकर पढ़े। गुरुदत्त पेशे से आयुर्वेदिक चिकित्सक भी थे। गुरुदत्त के अलावा अमृतलाल नागर, प्रेमचन्द आदि को तो पढ़ा ही। पर आजकल का साहित्य उनसे पढ़ा नहीं जाता। नया क्या पढ़े! उन्हें समझ में नहीं आता सच तो यह है कि पसन्द नहीं आता। वैसे नया क्या लिखा जा रहा है वे ठीक से जानते भी नहीं। पढ़ने की तो बात ऐसी है कि दो घण्टे में एक किताब पढ़कर ख़त्म कर देते हैं। उनकी बहू ऑनलाइन उनके लिए किताब ख़रीदती रहती है। पर वह तब मुश्किल में पड़ जाती है जब केसर बाबू कुछ घण्टों में ही उसे ख़त्म कर डालते हैं और फिर ख़ाली बैठे टीवी देखने लगते हैं।

उन्होंने अपना पूरा जीवन कोलकाता में गुज़ार दिया। महात्मा गांधी रोड के चप्पे-चप्पे के बारे में जानते हैं। जब वह पैदल चलते हैं तो वहाँ की लगभग हर गली के उतार-चढ़ाव, कहाँ पर कौन-सी दुकानें थीं कौन-सी नहीं, सब बता सकते हैं। महात्मा गांधी रोड में जन्मे केसर बाबू महात्मा गांधी रोड का इतिहास बोलना शुरू करते हैं तो वह अनन्त कहानी बन जाती है।

पद्माक्षी का घर मुर्शिदाबाद ज़िले के बहरामपुर शहर में है। बारहवीं की परीक्षा देने के बाद उसने कलकत्ते के एक प्रतिष्ठित कॉलेज में दाख़िला लिया है। कॉलेज में दाख़िला लेने के बाद वह कलकत्ते के एक पीजी में रहने के लिए आयी और यहाँ रहकर पढ़ाई कर रही थी कि कोरोना वायरस के कारण जीवन थम-सा गया। पर कुछ दिनों से वह पार्क में सुबह-सुबह मॉर्निंग वॉक करने के लिए आने लगी है और इन्हीं दिनों वॉक करने के दौरान उसका केसर बाबू से परिचय हुआ। केसर बाबू उसे सेंट जेवियर्स कॉलेज की कई कहानियाँ सुनाने लग जाते हैं। पद्माक्षी इस बात से चकित है कि केसर बाबू से जिस भी विषय पर बात करो उस विषय पर बोलते जाते हैं।

पद्माक्षी कोलकाता के कॉलेज में एडमिशन लेकर बहुत उत्साही है। वह जर्नलिज़्म पढ़ रही है। केसर बाबू उसे कहते हैं, "हमारे घर की लड़कियों को हम लोग चार्टेड बनाते हैं, व्यवसाय के लिए ट्रेंड करते हैं, आजकल एमबीए भी करने लगी हैं। हम उन्हें जर्नलिज़्म में जाने नहीं देते। वहाँ रिस्क है।" पद्माक्षी कहती है,

"समाज को बदलने के लिए पत्रकारिता पढ़ना होगा। समाज को बदलना बहुत ज़रूरी है।" केसर बाबू उसके उत्साह से जहाँ प्रसन्न होते हैं वहीं उसकी बातें उन्हें 'भोली बातें' लगती हैं। पद्माक्षी के मुँह से देश और समाज को बदलने की बात सुनकर मुस्कुरा देते हैं। सोचते हैं–'देश और समाज को बदलना क्या इतना आसान है?'

कुछ दिनों से उससे बात करने से वे यह समझ गये हैं कि पद्माक्षी नयी लड़की है पर है तो एक पारम्परिक घर की। जिसका निश्चित समय पर उसके पिता विवाह करेंगे ही। पत्रकारिता करना, दिल्ली जाना, जोखिम उठाना जिस समाज की लड़कियाँ कर पाती है, पद्माक्षी उस परिवार से नहीं है। उसे बहुत संघर्ष करने पड़ेंगे। वह दिल्ली जाने के लिए घर वालों को कभी भी मना नहीं पायेगी। वह पढ़ने में कैसी है, इस बारे में वह थोड़ा बहुत जान गये हैं कि वह पढ़ने में अच्छी है। अंग्रेज़ी में तरह-तरह की किताबें पढ़ती है। उसमें बहुत जोश है, लेकिन उसे कोई राह दिखाने वाला नहीं। इस समाज की व्यवस्थाओं को बदलना, जीवन को बदलना, यह सब इतना मुश्किल और जुझारू काम है। ख़ास कर केसर बाबू दुनिया देख चुके इसलिए इस उम्र में पद्माक्षी की बातें उन्हें 'भोली' बातें ही लगती हैं।

पद्माक्षी हाथरस में हाल में हुए रेप काण्ड से बहुत उद्वेलित और व्याकुल है। वह कुछ ऐसा करना चाहती है, कोई किताब लिखना चाहती है जिससे समाज में इस तरह की समस्या, यह अन्याय ख़त्म हो जाये। लड़कियों को लोग मान-सम्मान और इज़्ज़त की दृष्टि से देखें। वह लड़कियों के बारे में बोलते हुए उद्वेलित हो जाती है। कहती है–

"स्त्रियों की क्या कोई आत्मा नहीं! क्या वे सिर्फ़ एक देह हैं, जिसका शोषण किया जाये? हाशिए पर पड़ी एक लड़की के साथ दुस्कर्म करना उसके बाद उसे जला देना कितना बड़ा अन्याय है।"

उसे पिछले सप्ताह से नींद नहीं आयी है। वह पुराने कई रेप काण्ड के बारे में केसर बाबू को बताने लगती है। उसने पिछले दिनों जो किताबें पढ़ी हैं, उसकी चर्चा करने लगती है। केसर बाबू उसके अन्दर की आग को देख पाते हैं। पुरुष होने के कारण वे जानते हैं कि इस समस्या की जड़ें कहाँ हैं। बुराइयों को कैसे मिटाया जा सकता है? वे यह भी जानते हैं कि किस तरह से कुछ प्रतिष्ठित संस्थानों में भी स्त्रियों के साथ छेड़छाड़, यौन शोषण होते हैं। लेकिन इन सबको कैसे बदला जाये? वे पुरुषों की नीचता और लम्पटता को बख़ूबी जानते हैं। केसर बाबू जानते हैं स्त्रियों के साथ कुछ होता है तो किस तरह से उनकी आवाज़ को दबा दिया जाता है। इस तरह से कई महकमे उसमें शामिल होते हैं।

उनके अपने घर की लड़कियों को वे इन सब क्षेत्रों में जाने से रोकते हैं। उनके अपने घर की लड़कियाँ ऐसे विषयों पर इस तरह से बात नहीं करतीं जिस तरह से पद्‌माक्षी करती है। पद्‌माक्षी का बोलना उन्हें अच्छा लग रहा है। उन्होंने पहली बार घर से बाहर किसी युवा लड़की को इस तरह से इन विषयों पर बोलते सुना है। उसके मन को उद्वेलित और व्याकुल होते हुए महसूस किया है। उसकी बातें सुनकर केसर बाबू भी व्याकुल हो गये। वे यह जानते हैं कि इस समाज में अन्याय और शोषण की जड़ें बहुत गहरी हैं। पर बदलाव लाने की एक लम्बी जटिल प्रक्रियाएँ हैं।

वह कोई ऐसी किताब लिखना चाहती है जिससे समाज से यह शोषण दूर हो जाये। इतनी किताबें इतने अन्यायों पर लिखी गयीं तो क्या वे ख़त्म हो गये? वर्ल्ड वार पर इतनी किताबें लिखी गयी हैं तो क्या युद्ध ख़त्म हो गये, या आगे नहीं होंगे? समाज में होने वाले अन्याय पर इतने आन्दोलन होते हैं लेकिन क्या वे जड़ से ख़त्म हो जाते हैं? उनकी पुनरावृत्ति नहीं होती? जो भी हो पद्‌माक्षी में उत्साह बहुत है।

केसर बाबू उससे दूसरी बात करने लगते हैं वह उससे पूछते हैं–"आप जिस पीजी में रहती हैं उसमें रात में लड़कियाँ देर से क्यों आती हैं? मैंने सुना है कि आधी रात को लड़कियाँ दरबान को कहती हैं–दरवाज़ा खोलो, वे कहाँ जाती हैं? किसके साथ जाती हैं? क्या उनके घरवालों को मालूम है? क्या पीजी की मालकिन को नहीं मालूम!" वह यह सब बातें जानती है। वह यह जानती है कि उसके पीजी में दो लड़कियाँ हैं जो देर रात तक लौटती हैं। वह यह पीजी छोड़ना चाहती है। इस पीजी की बदनामी पूरे इलाक़े में हो रही है। पद्‌माक्षी उनकी इन बातों का अपने तईं जवाब दे चुप हो जाती है।

केसर बाबू के पास अपने व्यवसायी जीवन के उतार-चढ़ाव की कहानियाँ हैं। उनके सफल होते जाने और उनके मित्रों तथा परिवारजनों का उनसे दूर होते जाने और उनके अकेलेपन की कहानी है। पद्‌माक्षी के पास समाज में स्त्रियों के साथ हो रहे अन्याय और अत्याचार की कहानी है। पद्‌माक्षी के अपने सपने भी होंगे। अपने भविष्य को लेकर अपने जीवन को लेकर। केसर बाबू कुछ दिनों की मुलाक़ात में जो समझ पाये हैं, वह यह कि पद्‌माक्षी के अन्दर स्त्री होने के दुखों की व्याकुलता कुछ ज़्यादा गहरा गयी है। स्त्री जीवन के दुख, अन्याय, शोषण, अत्याचार आदि बातों पर चर्चा करने का कोई अवसर और उसे सुननेवाला कोई आदमी परिवार और मित्रों में नहीं ही है। पद्‌माक्षी का भविष्य कैसा होगा! केसर बाबू थोड़े चिन्तित हुए। उसके अन्दर एक ऐसी आग है जिसको सुनना बहुत ज़रूरी है। अगर उसे कोई सुनने

वाला नहीं मिला तो वह न जाने क्या कर बैठे। वह हर समय हाल में हुए हमलों की घटनाओं को लेकर सोचती और परेशान होती रहती है। उसे लगता है कि वह समाज से इस अन्याय को हटा देगी। केसर बाबू ने पहली बार अपने घर की स्त्रियों, बहनों और बेटी से अलग किसी ऐसी युवा लड़की से संवाद किया है जिसके अन्दर समाज में हो रहे इस तरह के अन्याय को लेकर इतना आक्रोश है।

उन्होंने तो सोचा कि वे पद्माक्षी को बतायेंगे कि हाल में कैसे उनके एक रिश्तेदार अचानक कोरोना वायरस की चपेट में आ गये और उनका उसके कारण देहान्त हो गया। उनके घर के चारों लोग कोविड की चपेट में थे और सबको क्वारंटाइन होना पड़ा। कुछ लोगों को हॉस्पिटल में बेड नहीं मिला।

पिछले छह महीनों में उनके चार परिचित, रिश्तेदार नहीं रहे। दो तो कोरोना वायरस की चपेट में आ गये और दो की उम्र हो गयी थी, उनको बचाया नहीं जा सका। पिछले महीने अपने रिश्तेदारों के व्यवसाय को देखकर भी उनका मन बहुत ख़राब रहता है। इसी साल उनके छोटे भाई के लड़के ने हैदराबाद में एक होटल खोला और छह महीने से धन्धा चौपट है। कैसा समय है किस तरह से लोगों के व्यवसाय पर चोट पड़ी है।

केसर बाबू के सभी लोग व्यवसाय में हैं और सभी का कठिन समय है। जो लोग नौकरी में हैं वे ऑनलाइन काम कर रहे हैं, वहाँ कैसी मुश्किलें हैं वे ज़्यादा नहीं जानते हैं। वे पद्माक्षी से इन सब तरह की बातों पर भी बात करना चाहते हैं, लेकिन पद्माक्षी के पास कई और तरह की बातें हैं, कई ज्वलन्त मुद्दे। उन पर वह बोलना शुरू करती है तो वह फिर बोलती ही चली जाती है। वह तो हर दिन हाथरस से कथा शुरू करती है और निर्भया काण्ड आदि कई कहानियाँ सुनाने लगती है।

उसके पिता का बहरामपुर में कपड़ों का छोटा-सा व्यवसाय है। उस व्यवसाय पर भी चोट पड़ी है। पद्माक्षी पीजी में ही रहती थी लेकिन कोरोना वायरस के कारण उसे अपने एक रिश्तेदार के यहाँ जाना पड़ा। वह अपने घर लौट नहीं पा रही है। वह अपने घर लौटना भी नहीं चाहती। अपने रिश्तेदार के भी नहीं रहना चाहती। वह पीजी में रहकर ही पढ़ाई करना चाहती है, लेकिन पीजी भी कुछ दिनों के लिए बन्द कर दिया गया था। इसलिए उसे रिश्तेदार के यहाँ रहना पड़ा। पद्माक्षी कुछ करना चाहती है। देश और समाज के लिए। अपने लिए। उसके अन्दर बहुत सारी बातें हैं। केसर बाबू उसकी बातें सुनते हैं।

केसर बाबू इस बात को नये ढंग से समझ रहे हैं कि आजकल के बच्चों के अन्दर देश और समाज में हो रही घटनाओं का कितना असर हो रहा है। नयी

लड़कियाँ, युवतियाँ आक्रोश से भरी हुई हैं। पद्‌माक्षी को सुनना बहुत ज़रूरी है। केसर बाबू सिर्फ़ यही कर सकते हैं कि उसे सुन सकते। वह उसकी हर बात को ध्यान से सुनते हैं।

वे उसे ज़्यादा नहीं जानते। कोरोना महामारी के कारण यह पार्क पिछले छह महीनों से बन्द था। कुछ दिनों से सुबह एक घण्टे के लिए खोला गया है। उस दौरान उनका पद्‌माक्षी से मिलना हुआ और संवाद शुरू हुआ और इस दौरान उन्होंने उस को जो थोड़ा-बहुत जाना उससे वे सिर्फ़ इतना ही समझ पाये हैं कि उसे सुनना बहुत ज़रूरी है। आजकल के बच्चों को सुनने वाला कोई नहीं मिलता। वे अपनी बातें किससे कहें। घर का जीवन अलग दिशा में बहता है और युवा मन के ऊहापोह अलग होते। धुन्ध छायी रहती। मन भरा रहता कोई कन्धे पर हाथ नहीं रखता।

केसर बाबू ने कहा, "पद्‌माक्षी आप जो पढ़ती-सोचती हैं बताती रहा करें।"

"पर कल तो मैं बहरामपुर जा रही हूँ। दिवाली ब्रेक भी मिलेगा। लौटने के बाद इस पीजी में नहीं रहूँगी। बेहाला में एक नया अच्छा पीजी है। एक अकेली बंगाली महिला हैं जो सिर्फ़ दो लड़कियों को रखती हैं। वह जगह साफ़ और सुरक्षित है। वहीं शिफ्ट हो जाऊँगी। हो सकता है तब इस पार्क में आ न पाऊँ। लगता है कल हमारी अन्तिम मुलाक़ात होगी।"–ऐसा कहते हुए उसके चेहरे पर हलकी उदासी आ गयी। अचानक उसकी यह बात सुन केसर बाबू का मन भर आया। वे कुछ बोल नहीं पाये।

उन्होंने मन ही मन यह कामना की उसके आक्रोश से भरे, व्याकुल मन को शोक और विषाद को राह मिले। हर सुबह प्रकृति का निष्कलंक सौन्दर्य उसके हृदय को पाक रखे।

अन्तिम मुलाक़ात के दिन केसर बाबू उसके लिए एक डायरी लेकर आये, बोले–"इसे रख लो। जो मन में आये उसे लिखना।"

पद्‌माक्षी ने हाथ बढ़ाकर भेंट ले ली और बोली, यह पार्क पीछे छूट जायेगा पर डायरी हमेशा साथ रहेगी। मार्निंग वॉक से मिलती तसल्ली की तरह।

रोज़-ब-रोज़

मीनाक्षी ने घड़ी की तरफ़ देखा, लम्बी साँस लेकर बोली, ग्यारह बजे हैं। मोनू स्कूल से तीन बजे आयेगी और दफ़्तर गया सुधीर रात में नौ तक। पूरे दिन वह क्या करे? मन नहीं लगता, समय ही नहीं कटता। वह इतनी पढ़ी-लिखी नहीं है कि कोई जॉब कर ले।

रूपा! रूपा से बात करे? नहीं, छोड़ो क्या होगा बात करके। बोर करेगी। क्या पड़ा है उसकी बातों में। फ़ालतू बेकार की बातें। ऐसी बातें जिनसे मीनाक्षी ख़ुद को सँभाल नहीं पाती। वह झुँझलाने लगती। उसे कुछ भी अच्छा नहीं लगता, न सुधीर, न सुधीर का घर और न ही उसके रहने-सहने का ढंग। असन्तोष सिर्फ़ असन्तोष। ऐसी बयार चलती रूपा से जो उसे उखाड़ फेंकना चाहती, उसके क़दम डगमगाने लगते। पर पहले रूपा ऐसी नहीं थी। कितना मज़ा आ रहा था दोनों को एक-दूसरे से मिलने में। दोनों रोज़ मिलतीं। नहीं मिलतीं तो फ़ोन पर बात करतीं।

जब पहली बार दोनों 'कॉफ़ी कैफ़े डे' में एक साथ कॉफ़ी पीने गयी थीं, रूपा कितनी अच्छी लग रही थी। वहाँ का वातावरण मोहक था। अंग्रेज़ी धुन उस पर एयर कंडीशन की ठण्डक। न जाने कैसा लोक था। सब कुछ रहस्यमय-रोमांचक। सत्य या भ्रम। लगा, वह उड़ रही है। साथ में है रूपा। एक ऐसा स्वप्न लोक जिसमें ग़ज़ब का नशा-उन्माद। ऐसा मज़ा जो कभी मॉल में घुसते ही पागल कर देता, तो कभी 'कॉफ़ी डे' में। दिन निकलते गये। मीनाक्षी को रूपा अच्छी लग रही थी और रूपा को मीनाक्षी। कितनी बातें। बातें ही बातें। बातें ख़त्म ही नहीं होतीं। कभी दोनों एक-दूसरे की नेलपॉलिश का रंग देख मचल उठतीं, तो कभी लिपस्टिक का शेड देख। कभी दोनों को एक-दूसरे के बैग की डिज़ाइन भा जाती तो कभी एक-दूसरे की ड्रेस। एन्जॉय सिर्फ़ एन्जॉय। दोनों को मज़ा आ रहा था। रूपा कहती, "यार! सब कुछ बदल गया है। रहने-सहने का ढंग, पहनने-ओढ़ने का ढंग, खाने-पीने का ढंग। क्या पुराने-शुराने ढंग से पड़ी हो। बदलो अपने आप को।"

कुछ ही दिनों में मीनाक्षी के पहनावे में फ़र्क़ आ गया। खाने की रुचियाँ बदल गयीं। इधर मोनू स्कूल जाती, उधर रूपा और मीनाक्षी घूमने निकल जातीं। मॉल ही मॉल। कलकत्ते में कुछ सालों में कई मॉल हर तरफ़ खुल गये थे। मॉल में मज़ा आता। फिर हल्दीराम स्नैक्स सेंटर, तो कभी टिट-बिट्स। कभी दोसा, कभी पिज्जा के साथ गपशप। कभी मिल-जुलकर कोई व्यवसाय करने की बात, तो कभी रूपा जो व्यवसाय अकेले चला सकती है उस पर चर्चा। रूपा कभी कहती, मैं ब्यूटी पार्लर खोलूँगी, कभी कहती 'कॉफ़ी-डे'। वह कभी कुछ कहती, कभी कुछ। उड़ान बस उड़ान। उड़ना अच्छा लग रहा था। यह अलग बात है कि धीरे-धीरे मीनाक्षी चिड़चिड़ी होने लगी।

सुधीर को देखते ही ग़ुस्सा हो जाती। वह कहता, रविवार है, कहीं घूमने चलें तो मीनाक्षी खीझकर कहती, "चलो। पता है तुम कहाँ ले जाओगे! मैं तो नागपुर की हूँ। मेरे कोई रिश्तेदार यहाँ हैं नहीं। तुम्हारे ही सब हैं। अपनी मौसी या बीमार बुआ से मिलाने ले जाओगे और आते समय किसी साउथ इंडियन होटल में इडली-डोसा खिलाकर ले आओगे। कभी भी शॉपिंग के लिए नहीं ले जाते। न ही इनोक्स में फ़िल्म दिखाने। मीनाक्षी उकताकर कहती, कितने बोर हो तुम।"

हर रविवार इसी तरह निकल जाता। मोनू मम्मी-पापा के झगड़े को देख डरकर चुप हो जाती और सुधीर किसी दोस्त के घर यह कहकर चला जाता कि तुम्हें कुछ हो गया है। क्या हो गया था उसे? बस ग़ुस्सा बहुत आता। वह भी सुधीर पर। न जाने कैसे उसके चेहरे पर सन्तोष और शान्ति रहती। वही चेहरा जिसे देख वह राहत महसूस करती थी। अब झुँझलाने लगी थी, कहती, "सुधीर तुम्हें कुछ नहीं होता? कभी तुम्हारा मन नहीं होता कि एक गाड़ी ख़रीदी जाये।"

सुधीर हँसकर कहता, "गाड़ी! तुम कुछ नहीं समझतीं! जानती तो हो कि ख़र्च बढ़ जायेगा। मेरी इतनी ऊँची नौकरी नहीं है। मोनू के स्कूल का ख़र्च क्या कम है! माँ और पिताजी को वर्दमान में भी तो पैसा भेजना पड़ता है।"

मीनाक्षी ज़ोर से कहती, "ख़र्च। ख़र्च। ख़र्च। तुम कभी भी मेरे बारे में नहीं सोचते।"

रूपा कैसे गाड़ी में अपने पति की बग़ल की सीट पर बैठकर इतराती हुई अपनी लड़की को स्कूल छोड़ने आती है। रूपा! रूपा। मीनाक्षी को हर क्षण उसी का ख़याल आता। रूपा सुन्दर और स्मार्ट है। उसे पहनना आता है। वह जीवन में आगे बढ़ना चाहती है। वह आगे कैसे बढ़ा जाता है, जानती है। मीनक्षी को देखकर उसे लगता है कि उसने कैसा पुराना लाइफ स्टाइल बना रखा है।

एक दिन रूपा मीनाक्षी को कोलकाता में 'इमामी-मार्केट' ले गयी। बोली, "बहुत नयी चीज़ें आयी हैं उसी 'करिश्मा' में। वही दुकान जिसमें तुम मेरे साथ पहले भी जा चुकी हो। नये पर्स, कान की बालियाँ, कपड़े। चलो न देखेंगे, ख़रीदेंगे।" रूपा दुकान में रखी विभिन्न चीज़ों को देख कहने लगी, "मैं तो आज पूरी दुकान उठाकर ले जाऊँगी, ले तू भी जमकर शॉपिंग कर। देख तो सही कितनी अच्छी-अच्छी चीज़ें हैं। एकदम नयी डिजाइन।" मीनाक्षी सामान-पर्स, चप्पल, बेल्ट, घड़ी, परफ्यूम, कपड़े वग़ैरह देखने लगी। क्या ख़रीदे, क्या न ख़रीदे। मीनाक्षी ने देखा, रूपा जल्दी-जल्दी कई सामान निकलवा रही है। एक चमड़े की सुनहरी बॉर्डर वाली नये फ़ैशन की सैंडल देख बोली, "देख मीनाक्षी सुन्दर है न, धीरे-से बोली, दाम भी ठीक है, अरे वाह! यहाँ तो पाँचों रंग की सैंडल हैं। क्यों न दो ले लूँ। हाँ। सोचना क्या है। ये सभी रंग मुझे चाहिए। दो जोड़ा लेने से डिस्काउंट मिलेगा। सामने महीने दिवाली है आज ही उसकी शॉपिंग हो जायेगी।" रूपा को दो जोड़े सैंडल लेते देख मीनाक्षी क्या करे, ले या न ले, सोचते-सोचते एक जोड़ा सैंडल अपने लिए ले बैठी।

रूपा अन्य चीज़ों को देखकर मचल उठी–"क्या बात है! यह पर्स भी कम फ़ैशनेबल नहीं। इस घड़ी का कितना लोगे। दाम थोड़ा ठीक करोगे तो हम दोनों सहेलियाँ दो ले लेंगे। यह बड़ी घेरदार स्कर्ट। सचमुच एकदम वही रंग, वही डिजाइन है जो मैं ख़रीदना चाहती थी।" धीरे-धीरे दोनों ने एक-एक करके अनेक चीज़ें पैक करवा लीं। दोनों के अलग-अलग बिल बने। पैसे देख मीनाक्षी की आँखें फैल गयीं। उसने तुरन्त अपने को सँभाला, रूपा की तरफ़ देखा और कोशिश की वह भी रूपा की तरह बेफ़िक्र हो जाये। उसने दुकानदार को सारे पैसे दे दिये। रूपा अचानक हड़बड़ाने लगी, बोली, "हो गया। चलो चलें।"

मीनाक्षी बोल पड़ी, "पर तुम्हारा बिल।"

रूपा हँसते हुए बोली, "वह सब छोड़ो हमारा हिसाब चलता रहता है, बाद में कर दूँगी।"

तभी दुकानदार बोला, "आपका पहले का भी बाकी है, कुछ तो कर दीजिए।"

रूपा ज़ोर से बोली, "आपको मुझ पर विश्वास नहीं है तो लीजिए, मीनाक्षी कुछ रुपये दो तो। इन लोगों का यही है, जानते हैं पुरानी ग्राहक हूँ फिर भी ऐसी बात कर जाते हैं। मैं क्या कोई ऐसी-वैसी लड़की हूँ। अच्छे घर की हूँ। ख़ैर कुछ दे जाती हूँ, मीनाक्षी प्लीज़ कुछ कर दो।"

मीनाक्षी को कुछ भी समझ में नहीं आया। "क्या कर दूँ? सब पैसे ख़र्च हो जायेंगे तो मुझे दिक़्क़त होगी।" शालीनता और संकोच में उसे उस क्षण रूपा के सामान का भी कुछ पेमेंट करना पड़ा। उसके पास जो भी पैसे बचे थे ख़त्म हो गये। वह नर्वस हो गयी। रूपा उसे जल्दी लौटा तो देगी न! इस चिन्ता में मन मार के मीनाक्षी ने अपने पैकेट उठाये और घर चल पड़ी।

घर आते ही सारे पैकेटों को उठाकर एक कोने में पटक दिया। पर्स को एक बार खोला, ध्यान से देखा और बन्द कर दिया। सारे के सारे पैसे उड़ गये। सामने पूरा महीना पड़ा है। सुधीर ने पैसे यह कहकर दिये थे कि दूध वाले को दे देना, राशन और फ़ोन का बिल भर देना। क्या कहेगी उससे। मीनाक्षी कैसे उसके झाँसे में आ गयी। वह बहुत परेशान थी। मुँह पर तकिया रखकर सो गयी।

उस घटना को घटे दो-तीन दिन निकल गये। मीनाक्षी पूरे दिन घर में रहती, और चुप। सुधीर ने एक-दो बार पूछने की कोशिश की, "तबीयत ख़राब है?"

पर मीनाक्षी बार-बार यही कहती, "नहीं बस ऐसे ही।"

दो दिन के बाद मोनू के हाथ सारे पैकेट लग गये। वह उन्हें खोलकर चाव से देखने लगी, "मैं लूँगी। यह पर्स तो मैं लूँगी। इतना सामान किसका है। पापा को दिखलाऊँगी।"

मीनाक्षी ज़ोर से बोली, "रख दो। कुछ भी मत निकालो। फ़ालतू चीज़ें हैं एकदम बेकार। जाओ यहाँ से मुझे परेशान मत करो।"

मीनाक्षी को रूपा पर बहुत ग़ुस्सा आ रहा था। न कोई फ़ोन आया, न घर आयी। पैसे की कोई बात ही नहीं कर रही। न जाने उधार कैसे सामान लाती है। स्कूल जाना होगा। वहीं उससे मुलाक़ात हो पायेगी। अगले दिन मीनाक्षी मोनू को लाने स्कूल गयी और उसी जगह खड़ी हो गयी जहाँ रूपा खड़ी होती है। बहुत देर हो गयी। रूपा नज़र नहीं आयी। रूपा की एक सहेली नलिनी अपनी सहेली संध्या को अपने गाल पर पड़ी झुर्रियाँ दिखला रही थी। वह कह रही थी, "धीरे-धीरे ये तेज़ी से बढ़ेंगी। मैंने तुरन्त कुछ नहीं किया तो चेहरा ख़राब हो जायेगा।"

"करना वही है एमवे की डे-नाइट क्रीम लगाना। उसी के प्रोडक्ट से फेशियल करवाना।"

संध्या बोली, "सचमुच आजकल अपने शरीर और त्वचा पर ध्यान देना बहुत ज़रूरी है। देखो न कल घर में पूजा थी सो मैंने बहुत सारी मिठाइयाँ खा लीं। अब दो-चार दिन सिर्फ़ सलाद पर रहना होगा वजन को कम करना है।"

मीनाक्षी का मन इस तरह की बातों में नहीं लगा। वह वहाँ से हट गयी। तभी सामने से रूपा आती दिखलाई पड़ी। वह साधारण कपड़ों में थी, बिना मेकअप के। मीनाक्षी ने पूछा, "कहाँ थीं? तुमसे बात करनी है। चलो कॉफ़ी पीते हैं।"

"नहीं। आज नहीं। आज मैं, मुझे कुछ काम है।"

मीनाक्षी ने ज़िद की, "आज तो हम लोग बैठेंगे ही, चलो न।"

रूपा ने कहा, "ठीक है चलो तुम्हारे घर चलते हैं।"

"घर!" मीनाक्षी चुप हो गयी। वह तो पोद्दोपुकुर में रहती है। उसके दो कमरों के फ़्लैट में कोई तामझाम नहीं है। न जाने रूपा क्या सोचे! संकोच करते हुए वह उसे अपने घर ले आयी।

मीनाक्षी ने झिझकते हुए रूपा से कहा, "मुझे पता नहीं था तुम घर आओगी। सो, कुछ ख़ास नहीं पकाया। आज मेरा और सुधीर का भी कुछ ख़ास खाने का मन नहीं था। एकदम साधारण लंच है।"

रूपा बोली, "नहीं, नहीं, हमारे बीच में कोई दिखावा नहीं है। जो है वही खा लूँगी और मैं कौन-सा रोज़-रोज़ आइटम बनाती हूँ।"

मीनाक्षी ने जो भी परोसा, रूपा चाव से खाने लगी। लगा, वह बहुत भूखी थी। खाते-खाते तुम दाल कैसे बनाती हो, यह हरी सब्ज़ी कैसे बनायी गयी है, पूछती जा रही थी। मीनाक्षी को अजीब लगा कि रूपा यह सब क्यों पूछ रही है जबकि वह ख़ुद कभी नहीं पकाती।

रूपा ने कहा, "रवि को मेरे हाथ का पकाया अच्छा लगता है, उस खाना पकाने वाली को मैंने कब का छोड़ दिया।"

मीनाक्षी ने दूसरी बात छेड़ दी। शिकायत करते हुए कहा, "तुम मुझे एकदम भूल गयीं। फ़ोन नहीं करती। मैं करती हूँ तो उठाती नहीं।"

रूपा बोली, "नहीं वह आजकल फुरसत नहीं मिलती। तुम तो जानती हो सुबह-सुबह हम लोगों को कितने काम करने पड़ते हैं। कपड़ों का ही ले लो। वाशिंग मशीन में धोना भी क्या समय खाऊ काम नहीं है। मशीन में कपड़े डालना, समय का ध्यान रखना, फिर रस्सी पर सूखने डालना। इस्तिरी करना। रवि और सलोनी का टिफ़िन तैयार रहते हैं। समय कम काम ज़्यादा" ऐसा कह रूपा हँस दी पर उसकी हँसी पहले-सी खुली, खिलती हँसी नहीं थी। मुरझायी हँसी। क्या हुआ? क्या बात है। रूपा आज पहले-सी स्मार्ट नहीं लग रही थी। एकदम एकदम घरेलू दिख रही थी। आज वह व्यापार की बात भी नहीं कर रही थी। घर में सब ठीक है न! मायके में भी सब ठीक है या नहीं!

मीनाक्षी ने पूछा, "तुम्हारे पति की तबीयत ठीक तो है न?"

रूपा बोली, "रवि। हाँ एकदम ठीक हैं। पहले से ज़्यादा युवा और आकर्षक लगने लगे हैं। जानती हो कैसे? तुम तो उन्हें देख चुकी हो। अच्छे-ख़ासे मोटे थे पर अब वज़न कम हो गया है। शरीर हल्का लगने लगा है।"

मीनाक्षी हँसकर बोली, "क्या वह भी सलाद खाते हैं। पूरे दिन और आकर्षक बनने के लिए एमवे के प्रोडक्ट लगाते हैं।"

रूपा बोली, "बाप रे! एमवे का नाम मत लो। जानती हो कितना महँगा है। जब मुझ पर एमवे का भूत चढ़ा था, मैंने सारे जमा पैसे उसमें फूँक डाले। पर रवि। वह देख-समझकर काम करता है। आजकल परेशान है। मैं क्या करूँ? जो कर सकती हूँ, कर रही हूँ घर का काम ख़ुद करने लगी हूँ। खाना पकाने से लेकर कपड़े धोना, उनमें इस्तिरी करना तक।"

मीनाक्षी ने धीरे-से पूछा, "क्या हुआ?" रूपा गम्भीर हो बोली, "इतने ख़र्च हैं आजकल और वह हमारे फ़्लैट की लोन दर भी बढ़ गयी है। साउथ कोलकाता में फ़्लैट है न। रवि और भी कुछ बातों से परेशान है। हमारी गाड़ी तुम्हें तो पता ही है लोन पर है।"

तभी रवि का फ़ोन रूपा के मोबाइल पर बजा। रूपा कह रही थी, "हाँ एक घण्टे में आ जाऊँगी। घर पहुँचने पर बात करती हूँ। पर मैं फ़ोन नहीं कर पाऊँगी। इसका बिल भरना बाक़ी है।"

रूपा चली गयी। इस बार मीनाक्षी को रूपा पहले वाली रूपा नहीं लगी, पर आज मीनाक्षी बहुत कुछ पहले वाली मीनाक्षी लग रही थी। इस बार रूपा से मिलने के बाद उसके अन्दर खीझ और झुंझलाहट पैदा नहीं हुई। हाँ, ग़ुस्सा आ रहा था कि रूपा ने उसे किस परेशानी में डाल दिया, पैसों की कोई बात नहीं की, उसने सोचा था, जाते-जाते कुछ कहेगी। उससे भी माँगा नहीं गया। वह क्या करे? सुधीर से कहे? कैसे? वह उसकी बात क्यों सुनेगा?

इतने दिन हो गये सुधीर से ठीक से बात किये, सुधीर की माँ का देहान्त हुए ज़्यादा समय तो नहीं हुआ। कैसे मीनाक्षी ने सुधीर को अकेला छोड़ दिया। उस दिन मीनाक्षी ने देखा, सुधीर घर आने के बाद चुपचाप रहता है। रात खाना खा लेने के बाद वह अपनी माँ की तस्वीर को ध्यान से देख रहा है। मीनाक्षी पास गयी तो वह वहाँ से उठ गया। यह क्या! कहीं यह तो नहीं सोच रहा कि मीनाक्षी फिर किसी सामान को लेकर बहस करने वाली है। वह कुछ कहना चाह रही थी पर कह नहीं

पायी, इसलिए ही तो कि इन कुछ महीनों में उसने सुधीर को छोटी-छोटी बातों को लेकर कितना उदास और अकेला छोड़ दिया है। बात तो करनी होगी। पैसों की बात। सुधीर क्या नाराज़ होगा? होना ही चाहिए, वह एक साथ इतने रुपये कहाँ से लायेगा। मोनू की स्कूल की फ़ीस भी बाक़ी है। सुधीर कुछ बोल नहीं रहा। शायद उसे नींद आ रही है। कल बात करूँगी।

दूसरे दिन सुधीर जल्दी में था और फटाफट तैयार हो दफ़्तर चला गया। मोनू भी रोज़ की तरह स्कूल चली गयी। मीनाक्षी ने सुबह का काम सलटाया और बैठ गयी। घड़ी की तरफ़ देखा, ग्यारह बजे हैं। क्या करे? सुधीर से आज बात करेगी। उसे बता देगी कि उसने मोनू को बड़े लोगों के स्कूल में दाख़िल कर उसे कैसे भँवर में डाल दिया है। जब भी मोनू को स्कूल छोड़ने और लेने जाती है वहाँ आने वाली अन्य माँओं को कई तरह की बातें करते सुनती है। कपड़ों की, क्रीम पाउडर की, चप्पल, बैग आदि की। इसी वजह से तो रूपा के चक्कर में आ गयी और पैसे फँस गये। पर अब वह समझ गयी है। रूपा से कल दो टूक बात कहेगी कि सबसे पहले तो उसे उसके पैसे लौटाये। फिर कोई रिश्ता रखना है तो रखे और नहीं तो उसे उसकी कोई ज़रूरत नहीं है। अब वह किसी भी मरीचिका में फँसने वाली नहीं है। सुधीर उसकी बात पर यक़ीन करेगा, न! वह कब आयेगा। ओह! समय ही नहीं कटता। मीनाक्षी उसकी प्रतीक्षा करने लगी। सुधीर कब आयेगा!

व्हाट्सएप

स्मृति रूँगटा के फ़ोन में एक ख़ास तरह की ध्वनि होती है। उसके व्हाट्सएप पर एक सन्देश आया है। कौन है? अच्छा! रोशनी गर्ग का मैसेज़ है, लिखा है, "आज सुबह दस बजे आपके साथ समय तय हुआ है।"

स्मृति जवाब देती है, "हाँ। ठीक है।" उसके बाद ढेर सारे फूल जन्मदिन के अच्छे उद्धरण के साथ फ़ोन की स्क्रीन पर एक के बाद एक आ जाते हैं। केक और उपहार के चित्र भी। रोशनी को पता है, आज स्मृति का जन्मदिन है। स्मृति काउंसलर है और काउंसिलिंग के दौरान स्मृति और रोशनी सहेली बनी हैं।

रोशनी स्मृति के पास अपने तलाक़ से जुड़े जटिल सवालों को लेकर आयी है। रोशनी अपनी बेटी के बारे में चिन्तित है। उससे जुड़े प्रश्न हैं उसके पास। उसके वकील ने उसे स्मृति के पास कुछ ज़हनी प्रश्नों को सुनने और सुलझाने भेजा है। दो-तीन मुलाक़ातों के बाद स्मृति सोचती है, क्यों! आख़िर क्यों! क्यों रोशनी अपने पति से अलग हो गयी। सिर्फ़ छह वर्षों के भीतर। इसलिए कि उसका पति शराबी 'हो गया'। 'हो गया' कहना ज़रूरी है, वह पहले इतना नहीं पीता था। अगर रोशनी पहले से ही जानती होती तो उससे विवाह ही नहीं करती। रोशनी कोलकाता महानगर में पली-बढ़ी तेज़-तर्रार सुन्दर लड़की है। सम्पन्न। उसके पति का क़द ऊँचा है और सुदर्शन व्यक्तित्व का है। कान्वेंट में पढ़ा-लिखा। पर, पर! पर? कैसे कहा जाये? कहना चाहिए या नहीं! साधारण घर का और पिछड़ी जाति का युवक। स्मृति को उसका पिछड़ी जाति का होना, शराब पीना, मारना, इसमें सम्बन्ध दिखायी पड़ता है। पर, स्मृति यह भी जानती है कि ऊँचे कुल और ख़ानदान में, धनी वर्ग में पले-बढ़े लोग भी शराबी हो जाते हैं। गाली-गलौज करते हैं और पत्नियों को मारते हैं।

दोनों अलग क्यों हुए। 'इसलिए' कि दोनों की आर्थिक स्थिति में बहुत फ़र्क़ था। विवाह के बाद से ही रोशनी के पति पर बहुत कमाने, गाड़ी और नौकर-चाकर रखने का दबाव होने लगा।

रोशनी की बड़ी बहन का विवाह पारम्परिक ढंग से बड़े व्यवसायी घर में हुआ था। पति का बड़ा कारोबार। ख़ूब धनी और समाज में प्रतिष्ठित। उसके जीजा ने रोशनी के पति को कई तरह के सुझाव दिये और नया व्यवसाय शुरू करवाया। रोशनी के पति ने अच्छी-भली नौकरी छोड़ व्यवसाय शुरू किया और व्यवसाय के क्षेत्र में कोई अनुभव और प्रशिक्षण न होने के कारण कारोबार चल नहीं पाया। डूब गया। करोड़ों की चोट हुई। स्नेहा रोशनी के पति की मन:स्थिति और घर के उस समय के परिवेश की कल्पना कर सकती है। पति-पत्नी की तकरार, कलह, घरेलू हिंसा आदि। वह शराबी हो गया और मारने-पीटने लगा। जबकि यह प्रेम विवाह था।

फ़ोन में फिर ध्वनि होती है। स्नेहा चेक करती है। वही व्हाट्सएप। रोशनी अपनी बेटी अर्चिता के साथ साउथ सिटी मौल में ली गयी कुछ सुन्दर-सुन्दर तस्वीरें भेज रही है। 'वाऊ'! कितनी आकर्षक है रोशनी। बेटी उतनी नहीं। शायद बिल्कुल भी नहीं। साधारण नैन-नक्श और भारी बदन।

क्या रोशनी दुखी है? लगता तो नहीं है। क्या होना चाहिए? तलाक़ का मामला चल रहा है। क्यों होना चाहिए? नार्मल भी हो सकती है। एक बार शुरू में जीवन में हड़कम्प मचता है।

उसके बाद मन ही मन दोनों पक्षों की तैयारी शुरू हो जाती है और जीवन सम पर आ जाता है। स्नेहा व्हाट्सएप बन्द कर देती है।

पर यह कहानी रोशनी के वैवाहिक जीवन के तनाव और तलाक़ लेने के सफ़र को बताने के लिए तो नहीं लिखी जा रही है। फिर किसलिए? रोशनी की बेटी अर्चिता आजकल क्या सोच और लिख रही है यह बताने के लिए। रोशनी अर्चिता से कहती है–"तुम्हारी लिखावट देखकर लगता है कॉपी पर तिलचट्टे रेंग रहे हैं। ओह! अर्चिता तुमने यह होम वर्क पूरा नहीं किया? तुम अपने कमरे को ठीक से नहीं रखती हो। तुम्हारा कोई भी सामान सही जगह पर नहीं मिलता।" अर्चिता अपनी मम्मी की इन बातों पर ध्यान न देकर अपनी डायरी लिख रही है :

16 जनवरी 2013

मेरी आँखें मेरी माँ की तरह हैं। मेरी आवाज़, मेरे सुर न जाने कहाँ से मुझे मिले। नानी के घर में कोई भी नहीं गाता। ये सुर और गला क्या बुआ से मिला है? पापा से! हाँ, पापा और बुआ दोनों को गाते सुना है। कितना अच्छा गाते हैं मेरे पापा। पापा। तुम कहाँ हो पापा? पापा कहाँ हैं? मुझे पापा के साथ खाया मांस झोल याद आ रहा है। मुझे पापा के साथ मटन खाना है और चिकन सैंडविच भी। अर्चिता का

पढ़ने-लिखने में मन नहीं लगता। वह नियमित रूप से डायरी लिखती है। डायरी लिखना नहीं भूलती। 'विम्पीज की डायरी' पढ़कर उसका भी मन हुआ कि वह भी लिखे। वह अपनी सहेली रेचेल सोफेट से कहती है तुम अपनी दादी और पापा के साथ रहती हो ना? पर, मैं अपनी नानी के साथ रहती हूँ। नानी का घर मेरा घर नहीं है। मेरी नानी पूजा-पाठ करने वाली धार्मिक महिला है। वे सिर्फ़ घास-फूँस पकाती है। शाकाहारी भोजन। पर मम्मी तो मटन खाती है कभी-कभी। घर में नहीं बाहर। पापा ने खाना सिखाया था। मुझे पापा से मिलना है। पापा बहुत अच्छे हैं। पापा कहाँ हैं? हम साथ क्यों नहीं रह सकते। अर्चिता अपने पापा के पास पाँच वर्ष रही। फिर माँ के साथ अलग रहने लगी। इन पाँच वर्षों से तलाक़ का केस चल रहा है। अर्चिता पापा से मिलना चाहती है। पापा से मिलेगी तो पूछेगी कि वे उसके बिना कैसे रहते हैं? कैसे रह सकते हैं? मम्मी अच्छी नहीं है तो मम्मी के साथ मत रहिये पर अर्चिता का क्या दोष? पापा से मिलने पर कहना चाहती है कि पापा मैं आपके साथ रहना चाहती हूँ। मैं ग्यारह साल की इस साल हो जाऊँगी। मुझे ठाकुर माँ (दादी) बहुत याद आती है। उनका घर याद आता है। मुझे उनकी रसोई से उठने वाली सुगन्ध बहुत अच्छी लगती है। पापा मैं आपके साथ चलूँगी।

अर्चिता की ज़िद के कारण रोशनी ने वकील से बात कर अर्चिता का उसके पापा से मिलने का समय तय किया। अर्चिता और उसके पापा बालीगंज सर्कुलर रोड के कॉफ़ी-कैफ़े-डे की बग़ल में स्थित ममा-मियाँ कैफ़े में बैठे हैं। जहाँ आइसक्रीम और केक भी मिलते हैं। अर्चिता को वहाँ मिलने वाली चॉकलेट आइसक्रीम बहुत पसन्द है। दोनों चुप हैं। अचानक पापा कहते हैं तुम्हें अर्चिता क्या चाहिए? क्या तुम्हारे पास लेटेस्ट लैपटॉप है, अलेक्स्सा चाहिए या रोबोट? नया फ़ोन लोगी? बोलो, तुम्हें क्या चाहिए? मेरे पास बहुत समय नहीं है। तुम्हें जो चाहिए वह मैं तुम्हें भेज दूँगा और यह मिलना मुझे पसन्द नहीं। वह भी इतनी जल्दी-जल्दी। ऐसा करो तुम्हें जो खाना है तुम बैठकर खाओ। मैं काउंटर पर बोल देता हूँ। पेमेंट की चिन्ता मत करना। जो मन है खाना, अब मुझे जाना होगा। ऐसा कह पापा ने अर्चिता को चूमा और निकल गये।

25 जनवरी 2013

अर्चिता डायरी खोल कर बैठी है,

पापा से मिलना हुआ। पापा जल्दी आ गये, समय से पहले। और चले भी गये। पापा ने पूछा क्या चाहिए? पापा ने यह नहीं पूछा, कैसी हो? पापा बहुत अच्छे थे। बचपन में। पर अब अजीब से हो गये हैं। मुझे अपने पापा से नहीं मिलना।

अर्चिता डायरी में सिर्फ़ पापा की बात नहीं लिखती अन्य बातें भी लिखती है। उसने अपनी डायरी में अपनी शिक्षिका को पत्र लिखा है।

30 जनवरी 2013

रिस्पेक्टेड मैम,

मुझे पता है कि आपकी कक्षा में मैं आपके मुताबिक़ बहुत बात करती हूँ। मुझे आप कहीं भी बैठा दें, मैं उधर ही बात करना शुरू कर देती हूँ। मेरी हिन्दी भी ठीक-ठाक ही है। मेरा मतलब मेरी हिन्दी में कुछ ख़ास नहीं है। मेरा काम भी आप तक सही टाइम तक नहीं पहुँचता। आजकल तो मैं कक्षा में ध्यान भी नहीं देती। अगर मुझे अपनी ग़लतियों की सूची बनानी हो तो शायद दो-तीन बड़े काग़ज़ भर जायेंगे। लेकिन सच बोलूँ, तो मुझे इन सब बातों के बारे में सोचकर बहुत दु:ख होता है। आज पत्र के माध्यम से आपसे माफ़ी माँगना चाहती हूँ। मैं वादा करती हूँ कि आज के बाद क्लास में मेरी बातें कम होंगी। काम समय पर आपको मिलेगा और क्लास में मेरा पूरा ध्यान पढ़ाई पर होगा। आपकी छात्रा।

अर्चिता।

रोशनी अर्चिता की बात करने स्मृति से मिलती है।

पर, यह कहानी अर्चिता की डायरी दिखाने और रोशनी गर्ग के व्हाट्सएप को दिखाने के लिए तो नहीं लिखी जा रही है तो फिर किसलिए लिखी जा रही है?

स्मृति रूँगटा के अन्य काउंसली के बारे में बताने के लिए लिखी जा रही है। स्मृति 'मैजिक हाउस' सेंटर में बैठी अपने दूसरे काउंसली के बारे में सोच रही है। रीतेश चौधरी की याद आती है! वे जब अपनी बेटी से मिले उन्होंने उससे यह सब नहीं पूछा कि लैपटॉप है या नहीं? फ़ोन लेटेस्ट ख़रीदना चाहती हो या नहीं? बस ख़रीद दिया। सब कुछ। बहुत कुछ। अपनी बेटी अनुष्का से मिले बहुत प्यार किया। ठीक से रहना और व्हाट्सएप करती रहना यह निर्देश दिया और चले गये। यह रीतेश चौधरी कौन हैं? कहाँ से आ गये इस कहानी में? क्या पहले से ही मौजूद नहीं थे। इसलिए कि वे भी अपनी पत्नी से अलग हुए पड़े हैं। 20 वर्ष के विवाह के बाद ये दम्पति वकीलों के चक्कर काट रहे हैं, तलाक़ के लिए। अनुष्का उनकी अपनी सन्तान नहीं है। किसी संस्था से गोद ली हुई सन्तान है। बहुत लाड़-चाव से दस वर्ष तक उसे पास रखा। फिर? पति-पत्नी ना जाने क्यों दूर हो गये? पति किसी और के साथ साउथ सिटी मॉल में दिखाई देने लगा, पत्नी किसी और को व्हाट्सएप करने लगी और किसी और के साथ बिग बाज़ार में ट्रॉली पकड़ घूमने लगी।

स्मृति का ध्यान फिर अपने फ़ोन पर जाता है। उसके ख़ास दोस्त ने अच्छे पति और अच्छी पत्नी के गुणों की सूची उसे व्हाट्सएप की है। स्मृति पढ़कर मुस्कुरा देती है। रीतेश चौधरी आज उससे मिलने वाले हैं। वह उनके केस पर ध्यान देती है। क्या हुआ? क्यों? रितेश! देखने में अच्छे। पत्नी मालविका भी उतनी ही सुन्दर। लगता है बने हैं 'एक दूजे के लिए।' पर! दो दशक के बाद दोनों अलग होने के लिए छटपटा रहे हैं? दोनों का मन इतनी दूर कैसे हो गया छोटी-छोटी बातों की कड़ी मिलाई जा सकती है। रीतेश की माँ का स्वभाव अच्छा नहीं रहा। रीतेश का व्यवसाय फला-फूला नहीं और मालविका छात्रावास में पढ़ी-लिखी अपने निर्णय स्वयं लेने वाली अलग तरह की लड़की। ससुराल का संयुक्त परिवार का जीवन उसे कभी रास नहीं आया पर रह तो रही थी और निभ भी रही थी। पर फिर क्या ऐसा हुआ?

पर यह कहानी रीतेश चौधरी और मालविका के अलग होने के कारणों को गिनाने तो नहीं लिखी जा रही है। फिर? शायद इसलिए लिखी जा रही है कि अंकिता सुराना से कुछ पूछना चाहती है यही कि तीन सन्तानों के जन्म के बाद विवाह के 15 वर्षों के बाद, आख़िर क्या हुआ कि पारम्परिक-प्रतिष्ठित घर की लड़की अपने पति के रिश्तेदार से विवाह कर दूसरे शहर चली गयी। तीन सन्तान अपनी और दो दूसरे पति की पहली पत्नी से हुई औलादें। पाँच-पाँच बच्चों का साथ। इस सम्बन्ध-विच्छेद में अंकिता के पति का घर उजड़ा और उसके रिश्तेदार का भी।

यह कहानी इसलिए भी तो नहीं लिखी जा रही कि एक के बाद एक उन दम्पतियों की कथा कहे, जिनका वैवाहिक जीवन टूट गया है। यह कहानी क्या मानसी दुबे की कहानी बताने के लिए है जो रहती तो पति के साथ है तो अपने कॉलेज के दोस्त को व्हाट्सएप करना नहीं भूलती है। कैसे व्हाट्सएप? वैसे व्हाट्सएप जो उसे किये जायें जो दोस्त से ज़्यादा हो। यह कहानी इसलिए भी लिखी जा रही है यह बताये राजेश और कविता ने चार वर्ष के प्रेम के बाद घर वालों के विरुद्ध जाकर विवाह किया पर कुछ वर्ष बाद पड़ोसियों से यह ख़बर मिलने लगी कि वह रात में घर पर नहीं सोता। कविता ने अपनी बेटी को छात्रावास में डाल दिया है स्वयं नौकरी ढूँढ़ ली है।

यह कहानी किसलिए है? उन आदर्श दम्पतियों की कथा कहने के लिए भी नहीं है जिन्होंने शादी की रजत जयन्ती मना ली है और स्वर्ण जयन्ती मनाने की पूरी सम्भावना है।

यह कहानी दिविना उन दिनों को याद करके लिखवा रही है जब वह पहली बार देवांश से मिली थी। और मिलने लगी थी। लगता था चारों तरफ़ रंग-बिरंगी तितलियाँ

मँडरा रही हैं। लगता था वह हल्की हो गयी है। लगता वह उड़ रही है। लगता था सारी दुनिया तितली बन गयी है। लगता था ज़िन्दगी फूल के समान हल्की और सुगन्ध से भर गयी है। लगता था पता नहीं क्या-क्या लगता था। यह कहानी इसलिए भी है कि रितेश और ऋतिका दोनों एक-दूसरे को पाकर बहुत ख़ुश थे। फिर दोनों एक-दूसरे से बोर होने लगे।

स्मृति 'मैजिक हाउस' सेंटर में बैठी है। उसके पास एक के बाद एक टूटे वैवाहिक सम्बन्धों वाले कई लोग आते हैं। खोलकर रख देते हैं अपना मन। उत्खनन चलता है। अन्दर और अन्दर, गहरे और गहरे उतरना पड़ता है। यह लोग नदी की धार पर चलते मालूम पड़ते हैं। अब गिरे, तब गिरे।

स्मृति चैम्बर की बत्तियाँ बन्द कर देती है। एसी को रिमोट से पहले ही बन्द कर चुकी है। अचानक उसके फ़ोन में ध्वनि होती है। व्हाट्सएप है। उसके मित्र शैलेश का। लिखा है–मिलो। कहाँ हो? कब मिलोगी?

स्मृति याद करती है। दस वर्ष हो गये शैलेश को इन्तज़ार करते हुए। शैलेश ने आज तक विवाह नहीं किया और स्मृति जिसका एक पाँव छोटा है और वह लचक कर चलती है इस दुविधा में है कि शैलेश को हाँ करे या न। शैलेश के घर वाले शादी के एकदम ख़िलाफ़ हैं। स्मृति के अन्दर हर दिन अपने कोउंसली को देखकर, सम्बन्धों को लेकर अनजाना डर घना होता जा रहा है। मैजिक हाउस की बत्तियाँ बन्द कर चुकी है और एसी भी। उसे गर्मी लगने लगती है वह शैलेश को जवाब देती है, टाइप करती है, आयी डोंट नो।

व्हाट्सएप क्लोज्ड।

माँ का प्रेम

उसे सबसे ज़्यादा किसी से लगाव था तो माँ से था।

वह किसी के बिना नहीं रह सकती थी तो वह माँ थी।

उसे सबसे ज़्यादा किसी से पीड़ा थी तो माँ से थी।

उसे किसी के लिए कुछ कहना था तो माँ के लिए।

माँ को लेकर उसके मन में जो था वह क्या था! माँ उसके लिए ऐसी कहानी थी जिसे ना तो वह कह पाती थी और न ही वह अपने अन्दर रख पाती थी।

उसने माँ को तब से देखा था, जब वह छोटी थी। माँ सालों लखीकान्तपुर ग्राम से साढ़े तीन बजे मुँह अँधेरे उठकर सियालदाह स्टेशन से कोलकाता आया-जाया करती थी। हाजरा मोड़ पर माँ की मौसी फल की दुकान सजाती थी और पास की बस्ती में उसका घर था। माँ उसे लेकर मौसी के पास जाती, अपना सामान रखती, थोड़ी देर ठहरती और फिर आस-पास के कुछ अग्रवाल, टेकरीवाल, गर्ग घरों में चौका-बर्तन करती और कपड़ा धोती। मौसी ने ही माँ को काम पर रखवाया था। पहले एक चटर्जी बाबू के घर में काम दिलवाया पर माँ वह घर छोड़ धीरे-धीरे कुछ अग्रवाल घरों में काम करने लगी। उनके यहाँ काम तो ज़्यादा होता पर पैसे भी अच्छे मिलते थे। एक ऑफ़िस में झाड़ू-पोंछा भी माँ लगाती थी। इस तरह पूरे दिन काम करने के बाद उसे लेकर शाम लखीकान्तपुर लौट जाती। वह जब थोड़ी बड़ी हो गयी कोलकाता में बांग्ला माध्यम के खैराती स्कूल में एक भाभी के कहने पर उसे पढ़ाने लगी। माँ को मौसी का बहुत सहारा था। कभी एक-दो दिन वहाँ ठहर भी जाती थी। जब एक-दो दिन रुकती तब माँ पीयू को मौसी के छोड़ती और खुद कहीं और रुकती थी।

माँ जो भी कमाती उसमें से तीन भाग का एक भाग पीयू पर ख़र्च कर देती। धीरे-धीरे कुछ सालों में माँ की पहचान पटेल, भट्ट, नथानी व केजरीवाल घरों में हो गयी। उसे पुराने कपड़े और चादरें मिलने लगीं। किसी घर में सुबह की चाय मिल जाती तो

किसी घर में दो रोटी। किसी के घर में नयी बहू आती तो उसका कमरा और अच्छी तरह चमकाती और अलग से बख्शीस लेती। बहू से पुराने कपड़े माँगती जिसे पीयू पहन सके। पीयू उन कपड़ों में ख़ूब जँचती। माँ में इतना आत्मविश्वास आ गया कि वह कम वेतन और छुट्टी को लेकर काम छोड़ने और नया घर पकड़ने लगी थी। वह जब और बड़ी हो गयी उसे एक मैडम के पास ट्यूशन करने भेजने लगी। माँ ने कह रखा था कि वह पैदल न जाये। ऑटो से आया-जाया करे। सो वह ट्यूशन करने ऑटो से ही आती-जाती थी। कक्षा दस में उसने सक्सेना मैडम के यहाँ जाना शुरू किया था। मैडम गरचा रोड में रहती थी। वह इलाक़ा मध्य-उच्च मध्यवित्त लोगों का था। वे लोग जिनके अपने फ़्लैट थे और मोटर भी। मैडम भी फ़्लैट में रहती थी और अपनी गाड़ी ख़ुद ड्राइव करती थी। माँ ने मैडम से बात की थी कि वे पीयू को अंग्रेज़ी और कम्प्यूटर पढ़ा दें बदले में वह उनका चौका-बर्तन कर दिया करेगी।

पीयू जल्दी-जल्दी मौसी की गली से निकलकर ऑटो से मैडम के यहाँ जाती थी। सामने अक्सर बड़ा-सा डल्ला लिए एक अमरूद वाला बैठा दिख जाता। वह अमरूद को नज़र भर देखती। कई बार अमरूद सख़्त होते। फिर भी ख़रीद लेती। सख़्त अमरूद मुँह में कभी भुरभुरे काग़ज़ की तरह, तो कभी घास की तरह लगते थे। कभी-कभी उन सख़्त अमरूदों के बीच कोई नरम-सा अमरूद दिखाई पड़ता तो लपक कर उसे उठाती और अमरूद वाले से कहती–"भैया इसे काट देना। नमक मत लगाना और कितने हुए बताना।" वह अमरूद लेकर ऑटो में बैठ जाती। हाजरा मोड़ से मैडम के यहाँ जाने तक जितना समय मिलता उसमें यदि मध्य आकार का अमरूद हुआ तो पूरा खाया जाता यदि बड़ा हुआ तो आधा रह जाता। कभी जब अमरूद बहुत मीठा और नरम होता तब उसकी ऑटो यात्रा अच्छी हो जाती। रास्ता अमरूद खाते हुए कट जाता। अमरूद एक ऐसी चीज़ है जो अगर ना ज़्यादा सख़्त हो, ना बेस्वाद, ना ज़्यादा नरम-गला-सा, ना बहत ज़्यादा मीठा तो अच्छा लगता है। वह सोचती इसी तरह जीवन में भी हर चीज़ का अनुपात यदि ठीक रहे तो जीवन गुनगुनी धूप की तरह लगे। नहीं तो जीवन भी भुरभुरा काग़ज़ है। इस तरह की उपमा उसे ऑटो में सूझती क्योंकि ऑटो वाला रेडियो चलाकर रखता और उसमें बजते पुराने हिन्दी गाने सुनने से उसके अन्दर कविता जन्म लेती और उस छोटी-सी यात्रा में सुनकर वह बांग्ला में तुकबन्दी करने लगती।

लॉ कॉलेज के पास उतरकर सामने का रास्ता जो गरचा की तरफ़ जाता वहाँ से वह पैदल आगे बढ़ती थी। उस इलाक़े में दस तल्ले के मकान थे और लोग फ़्लैट्स में रहा करते थे पर गन्दगी तो बस्ती इलाक़े जैसी दिखाई देती थी। सड़कों पर कूड़े

का ढेर लगा होता था। कभी-कभी न जाने कैसे मकान से पहले रास्ते में कई मरे हुए चूहे क़दम-क़दम पर मिलते थे। बदबू से उसका जी घबरा जाता। बहुत सारे कौवे चूहों को नोचते दिखाई पड़ते। वह किसी तरह से अपने को बचाते हुए दुपट्टे से नाक को ढकते हुए उनके घर पहुँचती। वहाँ पहुँचने के बाद उनका पुत्र सामने बैठा हुआ दिखता। मैडम के पति कुछ दिनों पहले गुज़र गये थे। मैडम के पति ने वकालत की पढ़ाई की थी और ख़ब्ती थे। वे जब-तब लोगों के ऊपर केस ठोक देते थे। कुछ महीने पहले ही बिल्डिंग के संगठन से कार पार्किंग को लेकर उन्होंने फ़साद किया। उनके पिता की बहुत सम्पत्ति थी। जिसका बँटवारा चार भाइयों में होना था। उस सम्पत्ति को लेकर उनका अपने तीनों भाइयों से झगड़ा था। भाइयों के परिवार से बातचीत बन्द थी। आना-जाना व्यवहार सब कुछ बन्द था। उनकी मृत्यु पर परिवार के लोग उठावने में बहुत देर से आये। महीने भर में ही उसे मैडम के घर के हालात कुछ-कुछ माँ बेटे की बातों-मनमुटावों से समझ में आ गया।

मैडम से पढ़कर जब वह मौसी के एक कमरे वाले घर लौटती माँ सभी घरों और ऑफ़िस का काम सलटाकर घर में मिलती। माँ के साथ उन दिनों कोई होता। माँ उस व्यक्ति को अक्सर घर ले आती। चाय और पैकेट से निकालकर सूखी पावरोटी खाने के लिए देती। उससे जब बातें करती तब पसीने से चिपके सर के बाल, और आँखों के नीचे के काले उदास घेरे के बाद भी वह सुन्दर और चिन्ता रहित लगती। वह कभी माँ के गले में बाँहें भी डाल देता। वह बाबा नहीं थे। बाबा कभी भी बाँहें डालकर नहीं बैठते थे। वे तो हाथ उठाते थे मारने के लिए। वे रिक्शा चलाते और जो कमाते माल (दारू) पीने में उड़ा देते थे।

माँ जब थक-हार कर रात लखीकान्तपुर लौटती बाबा घर में पड़े मिलते। माँ से रोज़ पैसे माँगते और मार-पीट करते। माँ मासी को अक्सर कहती रात-दिन का काम किसी अग्रवाल घर में दिला दो ताकि घर न लौटना पड़े पर पीयू कहाँ रहेगी यह सोचकर बँधा काम न कर छुट्टा काम ही करती थी।

धीरे-धीरे वह बड़ी हो गयी और पर उसके अन्दर की वह लड़की बड़ी नहीं हुई जिसने माँ को उस व्यक्ति के साथ अन्तरंग क्षणों में देखा था। उस पल को वह अपने अन्दर सुरक्षित रखती गयी। उसने कोशिश नहीं की उस 'देखने' से मुक्त होने की। वह दृश्य उसके मांस-मज्जा में रक्त की तरह प्रवाहित रहा।

माँ छुट्टी के दिनों में कोलकाता नहीं आती घर के बर्तन धोती, खिड़की के पास धूप में अचार सुखाती, सूखे कपड़े उतारकर समेटती, शाम को कमरा बुहार बिस्तर लगाती। उसने और भी कई तरह से माँ को देखा था पर यह सब करते हुए

माँ को देखना उसके अन्दर बसा नहीं। उसके अन्दर जो बसा उसके बारे में माँ नहीं जानती। माँ को नहीं मालूम कि उसने उसे उस व्यक्ति के साथ देखा है। उसे माँ के उस क्षण से घृणा थी।

धीरे-धीरे वह पढ़ने के बाद घर नहीं जाती थी। अपने मित्र हारू के साथ हाजरा पार्क के उजाड़ कोने में जहाँ किसी की नज़र उस पर नहीं पड़े बैठकर झाल मूड़ी खाती। वैसे भी वह कोई पार्क जैसा नहीं था उजाड़ और बेकार था।

उसने अपने बड़े होने की आँखों से माँ को नहीं देखा। उसके बड़े होने की आँखें क्या और कैसी थीं? वह जैसे-जैसे युवा होती गयी उसके अन्दर के लगाव, उसके अन्दर की नदी, उसके अन्दर के बेल-वृक्ष-लतायें, उसके अन्दर की चिड़िया सब हारू तक जाकर रुक जाती थी। उसने अपने को क़ैद कर लिया था हारू में। हारू ने उसके मन को समझा था। हारू उसके मन के जंगल में उसे जंगली नालों से बचाता-सहलाता हुआ उसके मैले पाँवों को कल-कल बहती नदी से धोता हुआ उसकी वेणी में चाँद सजाता हुआ उसे सँभाल रहा था। उसकी दुनिया जिसमें पिता होकर भी नहीं थे। उस दुनिया में खड़े होने के लायक बन रहा था। जहाँ उसे जीना था। उसने माँ को कभी भी हारू के बारे में नहीं बताया।

उसके मन में माँ को देखने की ऐसी नज़र थी जिसे अच्छी नज़र नहीं कह सकते। ऐसा क्यों था यह वह नहीं जानती थी। वह उस उम्र में यह नहीं जानती थी कि माँ ने ऐसा क्या किया जो माँ के प्रति उसका मन साफ़ नहीं होता। वह एक आदर्शवादी माँ चाहती रही थी। एक आदर्शवादी माँ के पद से चयुत माँ को पाकर उसका मन वैसा मन नहीं रहा जिनके पास आदर्शवादी माँ होती है। क्या आदर्शवादी माँ जैसी कोई बात होती है? एक दौर में उसका मन हुआ वह अपनी हर सहेली की माँ के पास जाये और उनकी माँ को देखे। क्या वे सहेलियाँ वैसे अनुभव से कभी गुज़री हैं? वह माँ के पास बैठे व्यक्ति को भूल नहीं पाती थी। उसने अपनी ख़ास सखी आरती को कह दिया था, कभी माँ को लेकर बात नहीं करना। उसने जो देखा था उसे वह कभी दुनिया को नहीं दिखायेगी। वह न जाने कैसे पीड़ा में रहती।

अपने इस दु:ख से निकलने के लिए वह हारू से रुआंसे स्वर में कहती वह क्यों नहीं अपनी पत्नी को तलाक़ देता है। वह क्यों नहीं कर लेता उससे विवाह।

वह जहाँ भी जाती यदि थोड़ी देर ज़्यादा बैठ जाती तो लोग कहते शादी नहीं हुई है न, समय ही समय है। माँ इतना क्यों पढ़ा रही है? क्या बाबा लड़का नहीं देख रहे? तुम्हारी उम्र में तो हमारे एक-दो बच्चे हो गये थे। तुम्हारी माँ को तुम्हारे लिए लड़का देखना चाहिए। क्या बवाल है यह शादी भी। वह अपनी मर्ज़ी से, अपने मन से थोड़ी देर ज़्यादा नहीं बैठ सकती थी।

वह पटुआ पाड़ा में मौसी के साथ जाकर उनके एक रिश्तेदार से मिट्टी के बर्तन बनाना सीखने लगी। एक कलाकार सीनियर आर्टिस्ट शहर में आये थे। वहाँ देर शाम तक टिकी रहती। वहाँ एक बुजुर्ग थे उन्होंने किसी से कहा–इसके बाबा को इसके लिए लड़का देखना चाहिए। यह सब सुनते-सुनते पीयू परेशान हो गयी।

उसने हारू को तरह-तरह से समझाया। उसकी पत्नी उसके साथ नहीं रहती थी। वह अपनी माँ के साथ सुभाष ग्राम में थी और चाय बिस्कुट की दुकान लगाती थी। हारू एक साइकिल की दुकान में ग्राहकों को साइकिल दिखाने और बेचने का काम करता था। वह साइकिल की मरम्मत करना भी जानता था।

एक दिन हारू ने गम्भीर होकर कहा, "तुम्हारी माँ डुप्लीकेट है।"

पीयू ने हारू का यह रूप कभी नहीं देखा था। उसे वह बदला हुआ दिखाई दिया। वह ग़ुस्से और पीड़ा में काँपते हुए बोली, "क्या मतलब है तुम्हारा!"

वह बोला, "तुम्हारी माँ किसी के साथ रहती है। रमेश दास जो ऑफ़िस में चाय पिलाता है। पीयू चौंकी। उसका मन हुआ वह हारू को मार डाले। माँ के लिए क्या कुछ बोल रहा है।

हारू ने कहा, "मैं क्या जानता नहीं लखीकान्तपुर की जितनी भी औरतें यहाँ काम करने आती हैं उनके पति घर पर उन्हें मारते हैं। वे सभी कलकत्ते में भाड़े पर घर लेकर किसी के साथ रहती हैं।"

पीयू को यह सुनकर ऐसा लगा मानो उसके शरीर से किसी ने पूरा रक्त निकाल लिया हो। वह मूर्च्छित होने लगी। उसने ज़ोर से कहा, "तुम झूठ बोल रहे हो। माँ अपनी मौसी के साथ रहती है। तुम मेरे सामने से चले जाओ। माँ के लिए ऐसी बातें तुम्हें नहीं कहनी चाहिए।"

हारू ने कहा, "मैं नहीं कहता सभी कहते हैं। तुम चाहती नहीं कि मैं यहाँ बैठूँ तो लो मैं जाता हूँ।"

वह वहीं पर बैठी की बैठी रह गयी। उसके मन में माँ के लिए चोर था लेकिन हारू को उसने कभी भी नहीं बताया था। और यह झूठ था कि माँ कलकत्ते में किसी के साथ रहती थी। वह दिन-रात माँ के साथ रहती और रोज़ घर लौटती थी। माँ कभी भी रात में अपने घर को छोड़कर कहीं नहीं रुकी। पर वह यह भी जानती थी कि जब वह छोटी थी माँ मौसी के घर नहीं रहती थी। पर वह बहुत पुरानी बात है। उस बात को ज़माना बीत गया।

बाबा अच्छे इन्सान नहीं हैं। जालिम और जल्लाद हैं। यह सब क्या हारू नहीं जानता। वह क्या यह कहना चाहता है कि पीयू भी डुप्लीकेट है। तभी तो वह एक

शादीशुदा व्यक्ति के साथ घूम रही है। हारू विवाहित है और उसके मुँह से माँ के लिए ऐसी बात सुनकर उसका मन हुआ वह मर जाये। हारू के साथ प्रेम का रास्ता पीयू का नहीं था। उसे उस रास्ते पर चलना नहीं था। पर न जाने ऐसा कैसे हुआ उन दिनों वह उस रास्ते पर चल पड़ी और ऑटो में मिले हारू से दिल लगा बैठी। उसके शब्दों में वह भी डुप्लीकेट था।

उसने देखा था माँ ने उसे एक-एक पैसे बचाकर कैसे पढ़ाया और सँभाला था। बाबा जो कभी भी घर पर नहीं रहते थे और जब आते माँ और वह दोनों उनके ग़ुस्से से थर्रा जाती थी। ऐसे पिता के साथ एक छोटे-से कमरे में रहते हुए, अपनी गृहस्थी निभाते हुए माँ कैसे रही! बाबा की बहनें भी कोई कम नहीं थीं। ना बाबा के भाई कम थे। वे अपने सभी भाई-बहनों के साथ एक ऐसा समूह थे जिसने सिवा क्लेश के माँ और पीयू को कुछ नहीं दिया। माँ अपनी ज़िम्मेदारियों के साथ खड़ी थी। पर मन से अकेली थी।

वह पीयू जो हारू के साथ थी उस दिन के वाक़ये के बाद उससे अलग हो गयी। यह देखने में आया कि हारू कुछ समय बाद अपनी पत्नी से भी अलग हो गया और न.जाने कहाँ गुम हो गया। हारू का आना और हारू का चले जाना दोनों ने उसे वयस्क बना दिया। यह वयस्कता उसे दूसरों के जीवन को देखने की आँखें तो देती थी पर माँ को बचपन में जैसा देखा था वे आँखें वैसी ही रहीं।

अब वह एक पुरानी कहानी जैसी दिखायी पड़ती। उस पुरानी कहानी में कई कहानी थीं। उसकी चाल देखकर ऐसा लगता कि अपने दोनों पाँव घसीटकर चल रही है। अब वह बांग्ला की शिक्षिका थी और बच्चों को ट्यूशन देने लगी थी। उसके चलने-बोलने-हँसने में युवा उम्र सी कोई बात नहीं रही थी।

उसके पास एक गठरी थी। उसमें डूबे हुए एहसास थे। हारू के साथ बिताये पुराने दिनों की गठरी। उसे वह गंगा में बहा आयी थी। उसने अपने कोनों, द्वीपों, गोलाइयों, गलियों में छुपे हुए जीवन को खोज-निकालकर गठरी बनायी और उस गठरी को हटा दिया अपने जीवन से। वह गठरी उन सबसे भारी हुई थी जो सच नहीं था। पर जो झूठ भी नहीं था। उसमें जो भी था वह उन दिनों का सच था जिसे वह आज सच नहीं मान रही थी। उस गठरी में उसके संग-साथ के दिन थे। राग-रंग थे। जिसने उसके जीवन को अपार बेचैनी से भरा था। जिसने उसके जीवन को वर्तमान में नहीं किसी और लोक में जीने के लिए छोड़ दिया था। जिसने उसके जीवन को सामने घटी चीज़ों से दूर कर दिया था। वह उस जीवन में उलझ सी गयी थी। उन दिनों उसे यह लग रहा वह किसी रोशनी में क़ैद हो गयी है। उससे वह दूर होना चाहती है। वह

अँधेरे में कुछ हर्फ़ लिख रही थी। अँधेरा ही अँधेरा था। उसका मन हुआ वह गंगा में डूब जाये। कहीं गहरे चली जाये और छुप जाये। सब झूठ था। वह धीरे-धीरे उन सभी एहसासों से दूर होना चाहती थी और दूर हो गयी थी।

लेक कालीबाड़ी के सामने जो मल्टीस्टोरेज बिल्डिंग है उसमें वह कक्षा पाँच की एक बच्ची को थर्ड लैंग्वेज बांग्ला का ट्यूशन देती थी। ट्यूशन देकर जब निकलती माँ काली की मूर्ति के सामने खड़ी हो जाती। शनिवार के दिन काली मन्दिर के सामने भक्तों का सैलाब उमड़ता। वह उचककर माँ की मूर्ति को आँखें भरकर देखती। गहरे नीले रंग की साड़ी में माँ का दिप-दिप करता रूप अलौकिक और अद्बितीय मालूम पड़ता। वह माँ से प्रार्थना करती–"माँ मैं डुप्लीकेट नहीं हूँ। मुझे कोई डुप्लीकेट ना कहे। मेरा मान रखना।" यह डुप्लीकेट शब्द उसके अन्दर काँटे की तरह चुभ गया था। यह सब सोचते हुए भारी मन से वह अपनी मौसी के पास बस्ती में लौट जाती।

बाबा मर गये थे। माँ लखीकान्तपुर में ही रहती थी। वह माँ के पास लखीकान्तपुर जाना नहीं चाहती। माँ की मौसी अस्सी साल की हो गयी थी और उनका कोई नहीं था। पीयू मौसी के यहाँ ही रहती थी और उस घर का किराया, एक पंखा और टीवी का बिजली बिल, अब वह ही चुकाती थी। मौसी की दवा का ख़र्च भी देती थी।

इस बीच उसके एक दो प्रेम और हुए। हाजरा मोड़ पर मोबाइल और स्टेशनरी की दुकान लगाने वाला विनोद शा उससे शादी करना चाहता था। उसने कहा, "वह उसे अच्छी तरह रखेगा।" एक-दो साल उसके साथ घूमने के बाद वह उससे अलग हो गयी। वह किसी से भी शादी करने से झिझकती। आगे नहीं बढ़ पाती। बाबा याद आते।

आज भी लखीकान्तपुर से झी का दल कोलकाता महानगर में आता है। सैलाब उतरता है और उच्च-मध्यवर्गीय और मध्यवर्गीय इलाक़ों में काम करके दोपहर एक-दो बजे तक लौट जाता है। पीयू की माँ के बाद दो नयी पीढ़ी आ गयी हैं। आजकल नयी घरेलू काम करने वालियाँ मध्यवर्गीय इलाक़े में काम करते-करते उन्हीं के जैसे क़ायदे अपनाने लगी हैं। वे गड़िया हाट से ख़रीदे हुए नयी फ़ैशन के कपड़े पहनती हैं। हाथ में स्मार्ट फ़ोन होता है और कान में हेडफ़ोन जिससे वे अक्सर बात करती हुई दिखाई देती हैं। वे पायल भी पहनतीं और गले में एक चैन भी और इत्र भी लगाती हैं।

आजकल की काम करने वाली को 'झी' नहीं कहा जा सकता। वे घरेलू हेल्पर हैं। उनके चाल-ढाल भले ही नये ढंग के हो गये हों लेकिन अक्सर यह देखा गया

कि उनके बेरोज़गार पति उनसे रोज़ पैसे माँगते हैं और नहीं देने पर हाथापाई करते हैं, दारू पीकर मारते हैं। कुछ औरतों के पति रिक्शा चलाते हैं। कोई कुम्हार है तो कोई दूसरे शहर में बसता है। सब कुछ न कुछ कमाते हैं फिर भी ये मर्द अपनी औरतों पर आये दिन हाथ छोड़ते हैं।

बालीगंज सर्कुलर रोड, हाजरा रोड, गरचा रोड, शरत बोस रोड में काम करने वाली ये नयी पीढ़ी की औरतें डुप्लीकेट नहीं हैं ऐसा नहीं कहा जा सकता है।

टिप्पणी

रश्मि रावत [परिन्दे से साभार]

'नयी लड़की का पाक चेहरा' में जिस प्रकार 'नयी लड़कियों' की छवि और उनके विभिन्न संस्तरों को उभारा गया है, वह यथार्थ का एक महत्त्वपूर्ण पहलू है जिस पर वांछित ध्यान नहीं दिया गया है।

मुख्य पात्र कनुप्रिया कोलकाता के एक विद्यालय में विज्ञान की शिक्षिका है। लगभग 28-30 साल की आधुनिक युवा स्त्री की ज़िन्दगी की विडम्बना को वस्तुनिष्ठ गद्य में मार्मिकता से उभारा गया है। उसकी माँ सालों से ब्लड कैंसर से जूझते हुए मर जाती है और पिता भी बीमार हैं। वह दुनिया में लगभग अकेली है। रिश्तेदारों से उसका संवाद नहीं है। कोई भाई-बहन नहीं है। उसकी दारुण परिस्थितियों के कारण दोस्त भी कम हो गये हैं। एक गोपला ही है लेकिन एक-दूसरे की देह की गन्ध से बेख़बर उनका कोई भविष्य तक जाने वाला सम्बन्ध नहीं है। वह ख़ुद बताती है कि उन दोनों के पिता जी का क़िस्सा कमोबेश एक-सा है इसलिए वह उसके साथ सिगरेट पीती है। उसकी माँ उससे चाहती रही थी कि वह अपने सभी अनुभव लिखा करे। "मेरी माँ चाहती थी मेरा जीवन वह हो जो नहीं है।...मेरा जीवन अलग तरह का हो। औसत नहीं रहे। मुझे कुछ अलग सोचना है। गोपला मेरा साथी है सिगरेट पीने तक।"

उसके कानों में हमेशा 'ईयरप्लग' लगे होते हैं। वह पॉप सोंग, बीटीएस कूरियन बैंड सुनती है। जोमैटो, स्विगी से फूड ऑर्डर करती है। छोटी लड़कियों की तरह उसके बाल बिखरे, आँखें पनीली रहती हैं। दुपट्टा उसके पास है ही नहीं। उसका पहनावा बैगी पैंट और एक अलग तरह की अनकैप्ड टी-शर्ट है। तो क्या यह 'नयी लड़की' है? हाँ पुरानों के सामने नयी मगर अपने से नयों के सामने पुरानी। कहानी की शुरुआत में ही वह बीटीएस बैंड, वीरदास की कॉमेडी

पर बात करने वाली किशोरी छात्राओं को ऐसी बातें करने, छोटी स्कर्ट पहनने और कानों में ढेर सारे ईयर-रिंग पहनने के लिए डाँट लगाती है। दूसरी ओर उसके नयेपन से मिडिल एजेड और वरिष्ठ अध्यापिकाओं को शिकायत है। वे नयी लड़कियों के सामने असुरक्षित महसूस करते हैं। उनकी तकनीकी दक्षता, खुलापन, आत्मविश्वासी, निडर व्यक्तित्व उन्हें बिल्कुल नहीं सुहाता। वे चाहती हैं कि वे सीनियर्स से उसी तरह डरा करें जैसे वे अपने सीनियर्स से डरती थीं। वे कनु को उसके पहनने-खाने से जज करती हैं, जबकि वह हॉस्पिटल-घर-स्कूल में बुरी तरह उलझी होने के कारण घर का खाना नहीं खा पाती। उसका लैपटॉप उसे माँ के और अन्य अनेक दायित्व याद दिलाने वाले स्टिकी नोट्स से भरा रहता है। वह अपनी ज़िम्मेदारियाँ संजीदगी से निभाती है। अपनी माँ की चाहतें पूरा करने के लिए इतनी प्रतिबद्ध है कि उसकी उम्र के स्वाभाविक रुझान भी उसके संकल्पों में रंध्र नहीं डाल पाते। मगर किशोरी छात्राएँ, 25 से 30 साल की युवा स्त्रियाँ, 40-50 साल की मध्य वय, 60-65 की वरिष्ठ और 65 से ऊपर की आयु वाली बुज़ुर्ग स्त्रियाँ परम्परा और नवीनता के अलग-अलग स्तरों में ख़ुद को पाती हैं। सभी को अपने से आगे बढ़ी नयी स्त्रियों के बिंदास उन्मुक्त आचरण से गुरेज है और अपने से वरिष्ठ स्त्रियों को वे पारम्परिक समझती हैं। उनका साहचर्य भी उन्हें स्वीकार्य नहीं। अब तो समय की चाल इतनी तेज़ है कि चार-पाँच साल में अलग पीढ़ी तैयार हो जाती है। ऐसे में नयी-पुरानी के क्रम में विभाजित स्त्रियों और उनके सतह पर दिखते आचरण और भीतरी यथार्थ को कुशलता से सामने रखना समय की एक ज़रूरी संवेदना को जगाने में सहायक है। कहानी सफलतापूर्वक स्थापित कर पाती है कि बाहरी आचरण और रहन-सहन में फ़र्क़ होने पर भी भीतर से परम्परा ही रूप बदलकर स्त्री के माध्यम से बह रही है। तथाकथित नयी स्त्री तो और भी अकेली है। उसकी बेबाकी पिछली पीढ़ी की स्त्रियों में उनके प्रति दुराव पैदा करती है। इस जगह परम्परा प्रदत सपोर्ट सिस्टम भी उससे छीने जा रहे हैं। कनु के भाई-बहन होते तो माँ-पिता के दायित्व और वेदना को समानुभूति के स्तर पर किसी से बाँट पाती। नये तरह के संकल्पों-आकांक्षाओं ने स्त्री की सेंसरशिप को और भी मज़बूत कर दिया है। स्त्रियों में सामूहिकता की ताक़त से सार्थक बदलाव सम्भव हो सकते थे। मगर वह धर्म-वर्ग के अलावा नयी-पुरानी के समूहों में स्त्री इस तरह विभक्त हो चुकी है कि जड़ परम्पराएँ उसके भीतर से अबाध बहती जा रही हैं। समवयस्क पुरुष मित्र के साथ सिगरेट पीती स्त्री के वर्णन में शर्मिला जालान की भाषा की

भंगिमा देखी जा सकती है–“दोनों के चेहरे बासी लगे। लगा सफ़ेद कबूतर का एक पंख आकर आसपास गिर गया है। उनका जीवन पहले मिसरे पर ही रुक गया है। वहाँ एक मुलायम सन्नाटा है। दोनों साथ थे। साथ रहकर भी उनमें अटूट चुप्पी, अजीब-सा ख़ालीपन था। तल्लीनता थी तो दु:ख की। उसने दु:ख को चुना नहीं था पर वह उसके हिस्से आ गया था।...जब वह सिगरेट से धुआँ छोड़ती है तब उसके चेहरे को देखकर लगता है कोई पहाड़ है जहाँ आग लगी हुई है और कोई खन्दक है जहाँ जंग छिड़ी हुई है।”